Choice

編輯的口味
讀者的品味
文學的況味

獻給阿爾吉儂的花束

新譯本。

丹尼爾・凱斯——著
陳澄和——譯

DANIEL KEYES
Flowers *for* Algernon

【推薦文】

《乞丐王子》的變奏——震撼、迷人、愛不忍釋！

王浩威

大部分的讀者對《獻給阿爾吉儂的花束》的閱讀，可能和我一樣，都是早年出版的版本。那是一九九五年的事，作者丹尼爾・凱斯（Daniel Keyse）連續有幾本書在台灣出版，像是《第5位莎莉》和《24個比利》。

二次大戰後的精神醫學界，曾盛行一個叫「文化相關症候群」（Culture-Bound Syndrome）的診斷。當時以為，這一類的文化相關症候群是跟該地區還不是很現代化時，因為傳統的特殊共同觀念和相信，而出現的特殊症狀。如在華人社群中的縮陽症（Koro）就是一個例子。傳統華人相信男性的陽氣會流失，流失到最嚴重時連性器官也會不見或變小。這在五〇年代的台灣還經常可見，不過我開始當精神科醫師的八〇年代就沒有再聽聞。倒是一九八六年海南島還發生過一次集體縮陽的大事件，某幾個村的男人都為自己身體的這種現象嚇壞了。不過那雖然是一九八六年的事，如果我們現在去三亞渡假，詢問當地人，大概不會有人還記得這事，更沒有所謂的患者。整個中國改變得太快，不只是建築和財富，連心智也改變了。

文化精神醫學對這些變遷，過去只注意到文化相關症候群消失的意義。這些消失代表該地方越來越現代化或西方化了。後來，文化精神醫學也開始討論是否有新的文化相關症候群，也就是西方化或現代化才出現的症狀，譬如厭食症、自我傷害行為、拒學行為等等，這其中當然也包括多重人格障礙。這些以前台灣沒有但西方很普遍的症狀開始出現，可能是代表我們心智某一層面上是越來越西方化，但也可能是我們原有文化觀和西方文化有更深的互動（包括認同和衝突），或是現代化以外的歷史過程，讓我們集體的心態（mentality）有了細微但新穎的改變。從這樣的觀點，我們來思考這本《獻給阿爾吉儂的花束》。

《獻給阿爾吉儂的花束》當年出版時，是相當受到歡迎的。而且不只是台灣，連日本和韓國都改編成電視劇。好萊塢也拍了一部電影，只是受注意的程度不高。

我們當然可以從作品的角度來討論為何丹尼爾・凱斯這部小說，比前兩本還更受歡迎。

我自己對作者丹尼爾・凱斯的背景並沒有太多了解，也不急著去網路搜索。不過，任何人都可以看出，這本《獻給阿爾吉儂的花束》是作者所有翻譯成中文的作品中最迷人的一本。前面兩本不管虛構的小說或報導的新聞體，都還拘泥在寫實的層面，可是到了《獻給阿爾吉儂的花束》這種帶有現代都會氣氛的小說（奇幻小說？科幻小說？推理小說？），觸及的層面更深也更廣，帶給讀者的是既震撼又迷人的閱讀經驗。特別是在這一次完整譯本裡，我們看到了原來沒有的許多細節。而故事往往就是以細節來打動我們的心情，這次的完整譯本，也許就是因為這樣，讓我們情緒更是投入其中隨之起伏的緣故。

然而，除了細節，《獻給阿爾吉儂的花束》的感動還有什麼原因？

作者向來擅長的多重人格描述，這一次也在這本小說出現了。當智商開始改善的主角查理和愛麗絲去聽公園音樂會時，忽然看到幻影一般的青少年查理，而且隨後的出現是越來越頻繁，最後簡直就是兩個分裂的人格互相對話，就是典型多重人格的不同版本。

將多重人格應用在小說裡並不罕見。五〇時代黑白電影的就有「三面夏娃」、「驚魂記」等名片，日本近年松岡圭祐的《催眠》等系列作品，東野圭吾的《殺人之門》也用到一些。這些作品在描述人格的黑暗面，往往是扣人心弦的。

不過在《獻給阿爾吉儂的花束》裡，我們還可以再從另一角度來看。在研究童話或小說時，榮格學派提出所有故事都有它的原型的說法。《獻給阿爾吉儂的花束》這樣的故事，其實只是我們從小熟讀的馬克．吐溫《乞丐王子》的現代變奏版罷了。

在《乞丐王子》裡，當王子和外表與自我都相似的乞丐交換身分後，不管是從乞丐變王子的那位（這是從笨變聰明的查理），還是從王子變乞丐（從聰明天才又回到白痴的查理），過去熟悉的世界都開始翻轉了，所有的常規都不再存在。這時，所有過去熟悉的事物都變得不一樣了，所有我們以為熟悉的那些人，原來只是熟悉他們的面具，而從沒看到真正的人性。

在書中的查理就是現代版的乞丐王子。只是馬克．吐溫筆下的故事，到最後還是喜劇收場：艾德華王子繼承了王位，而乞丐湯姆・康地到最後還是當了國王侍衛，結局皆大歡喜。然而，在《獻給阿爾吉儂的花束》裡，經由白癡而天才再變回白癡的查理，卻因為暸解了人性，再也回不到過去的天真無邪了。

《乞丐王子》的故事，原本就很容易獲得現代人的共鳴。在現代的社會裡，每個人都很可能迅速成功，每個成功的人也可能迅速失敗。我們一方面在「星光大道」或「超級偶像」裡看到人人都可能立即成名，蘇珊大嬸或小胖林育群的故事好像就是我們伸手可及的希望；但是，我們又經常看到過去大紅特紅的影歌星或職棒明星淪落的故事，甚至是昔日王子陳致中的醜聞或某富二代王子鋃鐺入獄。

真實的世界如此，當然，《獻給阿爾吉儂的花束》也就讀起來特別親切。以致我們不禁會有這樣的念頭：我們每個人將是或曾是那一隻勤奮奔跑的阿爾吉儂。也許，這也為什麼小說永遠讓人愛不釋手的原因吧！

獻給我的母親
並紀念我的父親

有些常識的人都會記得，眼睛的困惑有兩種，也來自兩種起因，不是因爲走出光明，就是因爲走進光明所致，不論是人體的眼睛或心靈的眼睛，都是如此。記得這件事的人，當他們看到別人迷茫、虛弱的眼神，他們不會任意嘲笑，而會先詢問這個人的靈魂是否剛從更明亮的生命走出來，因爲不適應黑暗而無法看清周遭；或是他剛從黑暗走入光明，因爲過多的光芒而目眩。他會認爲其中一個人的情況與心境是快樂的，並對另一個人產生憐憫。或是，他可能會有心情嘲笑從幽冥走進光明的靈魂，但這總比嘲笑從光明世界回到黑暗洞穴的人更有道理。

——柏拉圖《理想國》

近步❶報告——1

3月3日

史特勞斯醫生說從現在起我因該寫下我想到和記得以及發生在我生上的每件是情。我不知到為什麼但他說這件是很重要。這樣他們才知到能不能用我。我希望他們用我因為紀尼安小姐說他們可能會把我便匆明。我要便匆明。我的名子叫查理・高登。我在杜納的面包店工做。杜納先生一星期給我十一元和一些面包或旦高如果我要的話。我現在三十二歲下個月是我的生日。我跟史特勞斯醫生和尼姆教受說我寫不好。但他說沒官西他說我因該像我在說話或是在紀尼安小姐的教室寫作文一樣的寫。我有空的時後一個星期三次去畢克明學院的低能成人中心上課。史特勞斯醫生說每天要寫一點我想的和發生在我生上的是。但我在也想不起來因為我沒有東西可以寫。所以今天不寫了……你真成的查理・高登

近步報告——2

3月4日

我今天有考是。我想我書了他們現在可能不要用我了。我安照他們說的在午飯時間去尼姆教受的辦公室。他的密書代我去一個門上寫著精神部的地方。那里有長長的通道還有許多小房間里面只有一張桌子和一張椅子。在一個房間里面有一個很客氣的人。他有很多白色的卡片上面有墨水到在上面。他說坐下來查理放青松坐好。他穿著和醫生一樣的白色長衣服。但我想他不是醫生因為他沒有叫我張開嘴巴說阿……他就只有那些白卡片他的名子叫柏特。我望了他的姓因為我記不住。

我不知到他要做什麼只能好好地坐在椅子上就像我有時後去看牙醫一樣。但柏特不是牙醫他一只叫我放青松可是我就一只害怕因為這表示會很痛。

❶編註：本書全文為查理・高登的進步報告，字型、詞語與標點符號的誤用情形為原文的創作風貌。刻意不刪改，以增強查理手術前後落差與故事張力。

然後柏特說查理你在這張卡片上看到什麼。我只看到有墨水到在上面。雖然我的口代里有幸運兔腳我還是很害怕因為我小時後在學校每次考是都失敗而且時常打番墨水。

我告訴柏特我看到墨水到在白色的卡片上。柏特笑著說對所以我就覺得好過一點。他一只在番卡片我就說有人打番墨水在上面弄得所有卡片又紅又黑的。我想這次考是很容意。但我占起來要走的時後柏特不要我走。他說查理坐下來我們還沒有結束還有很多卡片要看。我不董可是我記得史特勞斯醫生說要照考是的人說的去做。就是不董什麼意是也要做因為這就是考是。

我記不住柏特說的話。但我記得他要我說墨水里有什麼東西。我在墨水里什麼也看不到。但柏特說里面有圖話。我真的很用力看但還是沒有看到圖話。我把卡片拿近一點。然後在拿遠一點看。我說如果我有代眼近的話可能會看青楚一點。我只有去電影院或看電視的時候才會帶眼近，我說眼近可能會幫住我看到墨水里的圖話。我代上眼近然後說讓我在看一次卡片我猜我現在可以看到了。

我很用力地看但還是找不到圖話只看到墨水。我告訴柏特我或許需要新的眼近。他在一張只上寫了一些東西我很害怕我的考是失敗了。所以我告訴他這是一張很好的墨水話上面有很多美力的點。可是他搖搖頭所以這樣說也不對。我問他別人在墨水中有沒有看到東西。他說有他們會在墨水班點中看到圖話。他說卡片上的班點叫作墨跡圖形。

柏特的人很好而且說話很慢就像紀尼安小姐在教是一樣。我在她的低能成人班學洗讀書。柏特向我解是說這叫作羅沙哈測驗。他說人們會在墨點中看到東西。我要他給我看在拿里。他不給我看。只說要去想象有東西在卡片上。我說我想象到一個墨水圖。但他搖頭所以我還是說的不對。他說甲裝那是個東西問我會連想到什麼。我閉上眼睛很久甲裝在想然後我說這是一平墨水打番在白色的卡片上。聽到這些話時他的鉛筆尖段掉了。我們就占起來走出去。

我想我沒有通過羅沙哈測煙。

近步報告—3

3月5日

史特勞斯醫生與尼姆教受說卡片上有墨水不要緊。我告訴他們墨水不是我打番的。我在墨水里看不到東西。他們說他們可能還是會用我。我告訴史特勞斯醫生說紀尼安小姐都沒有給我做過那種測煙。她只讓我寫和讀。他說紀尼安小姐告訴他我是她在畢克曼學校低能成人班中最好的學生。而且我也最用功。因為我真的想要學我比那些更匆明的人還要奴力。

史特勞斯醫生問我說查理你怎麼會自已跑去畢克曼學校上課。你怎麼找到的。我說我忘了。尼姆教受說可是你為什麼會想到要學讀書和拼字。我告訴他因為我這一生都想要便匆明。不要呆呆的。我媽媽也一只告訴我要奴力學洗。紀尼安小姐也是這樣告訴我。可是要便匆明很困南。我在紀尼安小姐的班上學到一些東西但也忘掉很多。

史特勞斯醫生在一張紙上寫了一些東西。然後尼姆教受都不笑的和我說話。他說查理我們不卻定這個食燕會對人產生什麼做用。因為我門到現在只對動物是過。我說紀尼安小姐也是這樣說。但我沒有官西我跟本不怕痛或什麼的。因為我很強壯而且我會很奴力。

我要便匆明如果他們讓我便的話。他們說他們必須或得我家人的許可。可是已前照顧我的賀曼叔叔已經死了，我也不記得我的家人。我很久很久沒有見過我的媽媽和妹妹諾瑪。可能他們也死了。史特勞斯醫生問我他們已前都住在那里。我想是布魯克林。他說他們要是是看能不能找到他們。

我西望我不必寫太多這種近步報告。因為我要花很多時間寫。我會很晚才能睡叫。早上工做的時後我都很累。金皮對我大叫因為我把拿到爐子考的一整盤面包捲掉到地上。全部都弄張了。他必須弄乾淨才能在放近去考。我做錯是的時後金皮會一只對我大叫。但他真的喜歡我。因為他是我的朋友。哇。如果我便匆明。一定會讓他大吃一斤。

近步報告——4

3月6日

今天我做了更多風狂的測驗。如果他們要用我的話。在同一個地方但比叫小的測驗室。有一個很青切的女士把東西交給我。還告訴我測驗的名子。我問她這幾個字要怎麼拼音。這樣我才能寫在我的近步報告上。主題統覺測驗。測驗我看得董，其他幾個字我就不知到什麼意是。你必須考過不然會得到壞的分素。這次測驗好像比叫容意因為我看得到圖話。只是這次她不要我告訴她在圖話里看到什麼讓我有點胡土起來。我告訴她柏特昨天說我因該告訴他在墨水里看到的東西。她說兩種不一樣。這是另一種測驗。現在你必須說一個和圖中人物有官的故是。

我說我怎麼會知到我不認是的人的故是呢。她說甲裝你知道。但我告訴她那是說黃。我在也不要說黃。因為小時後我每次說黃都會被打。我的皮甲里有一張我和諾瑪和賀曼叔叔的相片。叔叔死去已前為我找到在杜納面包店當工友的工作。

我說我可以說和他們有官的故是。因為我和賀曼叔叔住在一起很久。但女士不要聽這個故是。她說這個測驗和另一個羅沙哈測驗都是為了了解人的個姓。我笑了起來。我說被墨水弄張的卡片和你不認是的人的相片怎麼可能讓你知到人的個姓。她看起來很生氣就把圖話代走我才不管。

我猜這個測驗我也沒考過。

然後我為她話了幾張圖。但我話的不好。後來穿著白色長衣服的令一位測驗員柏特來了。他的名子叫作柏特•塞登。他代我去令外一個地方一樣在畢克曼大學的四樓門口。寫著心理學食驗室。柏特說心理學的意是就是心智食驗室。就是他們做是驗的地方。我本來以為他說的是一種覺口香糖的地方。但現在我知到是做拼圖和遊細的地方。因為我們就是做這些。

我不太會拼圖。因為都亂七八招害我插不近洞。有一種遊細在紙上話滿各種方向的現條還有很多的格子。紙的一個地方寫著起點。令一個地方寫著終點。他說這叫作迷工。我因該拿起一支鉛比從起點開始走。一只走到終點。中間不可以越過現。

我不董迷工是什麼。我門用掉很多的紙。然後柏特說我門去食驗室。我要給你看個東西說不定你看過就董了。

我們去五樓的令一個房間里面有很多龍子和動物有猴子也有老鼠。這里有文起來像是樂色的怪味到。還有其他穿著白色長衣服的人在和動物玩。所以我想這里很像動物店。只是沒有客人而以。柏特從龍子捉出一支白老鼠給我看說它叫阿爾吉儂。它很會走迷工。我說你弄給我看它怎麼走迷工。他把阿爾吉儂放在一個像是大桌子的箱子。里面有彎來彎去的強壁還有和紙上一樣的起點和終點。不過大桌子上有一塊隔板。柏特拿出他的時鍾。然後拉起一到滑門說放開阿爾吉儂。老鼠用鼻子文了兩三下後就開時跑起來。它起先在一條長長的通到上跑。等它發現過不去後就跑回到開時的起點。它一只占在那里晃動胡須。然後又往令一個方向跑。

它做的是就像柏特要我在只上話的一樣。我笑了起來。因為我想要老鼠做這件是一定很南。但阿爾吉儂不停地常是每條路。一只到它可以從終點跑出來。並且發出支支叫的生音。柏特說這表是它很快樂。因為它做對了是情。

我說哇它真是一支匆明的老鼠。柏特說你要不要和阿爾吉儂比塞看看。我說好阿。他說他有令外一個木板做的迷工路現就用在上面。還有一支像是鉛比的電筆。他要把阿爾吉儂的迷工用成和那個一樣。這樣我們就可以做相同的迷工。

他把阿爾吉儂箱子里的所有板子差下來。在以不同的方法組和起來。然後又把隔板放回去。這樣阿爾吉儂才不會跳過板子跑到終點去。他把電筆給我教我怎麼把筆放在路現上移動。我的筆不可以離開木板只能跟著路現走，一只到筆不能前近，或是我被電了一下。

他拿出時鍾後又想要把它常起來，所以我就近量不去看他但也便得非常緊張。他說開時後我就想要前近。但不知到要去拿里。然後我聽到阿爾吉儂在箱子裡支支叫。還有它的腳抓地的生音好像已開時跑了。我開始走但走錯路於是走不過去手只被電了一下下。所以我就回到起點但每次我走不同的路路都不通然後就又被電一下。這不會痛也不會怎樣只會讓我下一跳。我在板子上走了一半的時後我就聽到阿爾吉儂在支支叫好像很高興的樣子。表是他比塞營了。

我們又做了令外十次比塞。阿爾吉儂每次都營。因為我找不到對的路。走不到寫著終點的地方。我沒有感到南過。因為我看阿爾吉儂跑讓我學到怎麼跑完迷工可是我要花很常的時間。

我都不知到老鼠是這麼匆明。

近步報告——5

3月6日

他們早到我的妹妹諾瑪。她和我媽媽住在布魯克林。她同意讓我動手術所以他們就會用我。我非常新份都快不知到要怎麼寫了。但尼姆教受和史特勞斯醫生發生爭吵。史特勞斯醫生和柏特・塞登近來的時後我坐在尼姆教受的辦公是。尼姆教受擔心用我。但史特勞斯醫生告訴他我看起來是他們測是過最好的一位。柏特也告素他紀尼安小姐推見我是她在低能成人中心交過最好的學生。

史特勞斯醫生說我有很好的特只又說我有很好的動雞。可是我都不知到我有這個東西。他說不是每個哀Q只有68的人都有我那種東西。我聽了很高信。我不知到動雞是什麼。也不知到我在那里弄來的。但他說阿爾吉儂也有這種東西。阿爾吉儂的動雞是他們放在箱子里的起司。但不可能只有那個。因為我這星期都沒有吃過起司。

尼姆教受擔心我的哀Q從太低便成太高會讓我因為這樣而生病。史特勞斯醫生還告訴尼姆教受一些我不董的話。所以他們說話的時後我在比記本記下幾個字。這樣我可以寫在我的近步報告中。

他說哈落德那是尼姆教受的名子。我知到查理不是你心木中的第一個新品種志能**抄人不知道是什麼。但多素心智像他這樣低的人都很有油意**與不合作。他們通常都很池頓**與冷日**很難去接近。查理的天姓善涼熱心。也努力去討好。

尼姆教受說要記得他會成為第一個靠手術提高智會的人累。史特勞斯醫生說這正是我的意是。我們要去拿里在找一個有這麼大學習動基的低能成人呢。以一個心志年林那麼低的人他的讀與寫都學的很好。這是具大的成就。

我沒有記下所有的話因為他們說的很快。但好象史特勞斯醫生與柏特占在我這邊。尼姆教受不是。柏特一只說愛麗絲•紀尼安覺得他有非常強列的學習玉望。他自已也請求要用他。這是真的。因為我要便匆名。史特勞斯醫生占起來走來走去。然後說我主張用。查理柏特也點點頭。尼姆教受用母只抓抓鼻子說或許你是對的。我們就用查理吧。旦是我們必須讓他知到這次食燕還有很多是情都可能出錯。

他這樣說後我新奮到跳起來握住他的手因為他對我這麼好。我想我這樣做時他一定下了一跳。他說查理我們做這個很久了。但只對阿爾吉儂這樣的動物用過。我們確定對你的身體不會有為險。但還有很多是情是我們不知到。必須是驗過才會知到。我要你了解這還是可能失敗。結果什麼也沒有發生。也有可能只是占時姓的成工最後讓你比現在還招高。你了解這是什麼意是嗎。如果這發生了我只好把你送回州立華倫之家去住。

我說我沒有官西因為我什麼都不怕。我很強壯。常常做好是我有我的幸運兔腳。而且我從來沒有打破過近子。我只衰破過碟子。但那不會代來惡運。

史特勞斯醫生然後說查理就算這次失敗了。你還是對棵學有很大的共現。這個食燕對很多動物都有用。但從來沒有對人體食燕過。你將是第一個。我說醫生謝謝你不會後回給我第二次雞會的。就像紀尼安小姐說的。我這樣告素他們時我是說真的。手術後我會奴力便匇名。我一定會很用力。

近步報告——6

3月8日

我害怕。很多在大學和在醫學院做是的人都來住我好運。測驗員柏特也代花來說是精神部的人送的。他住我好運，我也西望有好運。我代著幸運兔腳幸運錢還有我的馬提鐵。史特勞斯醫生說查理不要這樣迷信。這是棵學。我不知到棵學是什麼。但他們一只都在說。所以可能是會讓你好運的東西。但反正我一支手拿著幸運兔腳一支手抓著幸運錢。錢必的中間還有個洞。我也想把馬提鐵代在身邊。但它很重只好把它留在夾克里。

面包店的喬・卡普從杜納先生那里代給我一個巧克力旦高。西望我趕快好起來。面包店的人以為我生病了。因為尼姆教受說我因該這樣告素他們。不要說手術便聰名的是。這是以後才能說的密密。免得沒有成工或有出錯。

然後紀尼安小姐也來看我。她代一些雜志給我讀。她看起來有點緊張和害怕。她整里好我桌上的花把所有東西放好不像我會弄得亂七八招。她還把我頭下的怎頭弄好。她很洗歡我。因為我努力不像成人中心的其他人。他們什麼都不是很在呼。她要我便聰名我知到。

然後尼姆教受說我不能在有訪客。因為我必須休洗。我問尼姆教受手術後我能不能在比塞中營過阿爾吉儂。他說也許會。如果手術成工我要讓老鼠知到我也可以和它一樣匆名。或還要匆名。然後我就能讀得更好拼字也更好。並且和別人一樣知到很多是。哇這樣會把美個人下一跳。如果手術成功然後我便匆名。也許我能去早我媽媽妹妹和爸爸讓他們知到。他們看到我像他們還有妹妹一樣匆名會下一跳嗎。

尼姆教受說如果手術成工而且是永久的。他們就能讓其他人也像我一樣便匆名。也許全世介的所有人都可以。他說這表是我對棵學做了好是我會便得有名。我的名子會寫近書本去。我才不管便有名。我只要和其他人一樣便匆名。這樣我就可以有很多洗番我的朋友。

他們今天沒有東西給我吃。我不知到吃東西和便匆名有官西。我肚子餓。史特勞斯醫生代走我的巧克力旦高。那個尼姆教受是個很會抱院的人。史特勞斯醫生說我可以在手術後把旦高拿回來。你不能在手術前吃東西。起司也不行。

進步報告——7

3月11日

手術不會痛。史特勞斯醫生在我睡叫時做的。我不知到他怎麼弄的，因為我看不到。而且我的眼睛和頭上三天都有崩代。所以我到今天才能寫進步報告。受受的護士看到我在寫的時後說我的進寫錯了。她還告訴我對的拼音我一定要記得。我對拼音的記意力很差。他們今天把我眼睛上的崩代拿走所以我現在才能寫進步報告但我的頭上還有崩代。

他們走進來告素我要做手術的時後我很害怕。他們要我下床換到令外一張有輪子的床。他們把我推出房間經過走郎到一個寫著開刀房的門。哇我下了一跳里面是一個有綠色強必的大房間。很多醫生坐在房間上面的四周看人做手術。我不知到這會像是看秀一樣。

有一個全身穿著白衣服的人走近桌子。他臉上有塊白布。代著象交手套就像電是節目里一樣。他說放青松查理。我是史特勞斯醫生。我說醫生我害怕。他說沒有什麼好怕的查理。你只要睡叫就好了。我說我怕的就是這個。他拍拍我的頭。然後有兩個也代白口照的人進來。他們把我的手和腳都綁住害我都不能動。我非常害怕。我的位快要抽今我好像要吐了。

但我只吐了一點點。我快要哭了。但他們把一個象交的東西放在我臉上讓我西那。文起來很奇怪。我一只聽到史特勞斯醫生說手術的是情。告素每一個人他要怎麼做。但我什麼都不董。我在想也許手術後我就便匆名。我就會董所有他說的是。所以我深呼西。然後我好像很累因為我睡著了。

我醒來後又回到我的床上。那時後非常黑我什麼也看不到。但我聽到有人在說話。那是護士和柏特。我說怎麼拉你們為什麼不打開登。還有他們什麼時後才要手術。他們都笑起來。柏特說查理已經都做好了。你感到很黑因為你的眼睛上面有崩代。

這真好笑他們在我睡叫的時後做手術。

柏特每天都來看我。他記下所有的是情像是我的溫度血壓和其他東西。他說這是棵學方法的記路。他們必須記路發生的是。這樣以後才能在做一次。不是對我而是對其他不匆名的人。

這也是我必須寫進步報告的原因。柏特說這是食燕的一部分。他們要復印這些報告這樣他們才會知到我心里在想什麼。我不董他們為什麼看這些報告就會知到我心里在幹麻。我讀這些報告很多次。想看我都寫什麼。但我都不董我心里在做什麼。所以他們怎麼會知到。

但這就是棵學。而我要努力和其他人一樣便匆名。當我便匆名時他們就會和我說話。我就可以和他們坐在一起像喬・卡普還有法蘭克還有金皮一樣討論重要的是情。他們做是的時後常常會討論上帝或總筒怎麼花錢的是情。或是官於共合糖與民主糖的是情。他們會便得很新奮好像要發風一樣。而杜納先生會走進來要他們回去考面包。要不然會把他們做成灌頭才不管他們有沒有工會。我要像這樣子說是情。

如果你便匆名你就會有很多朋友可以說話。你不會都是一個人感到孤丹。尼姆教受說我可以在進步報告里寫所有發生在我身上的是情。但他說我因該寫比叫多我感覺我想到和官於過去的是情。我告訴他我不知到要怎麼去想過去的是情。但他說是是看。

我眼睛上面有崩代的時後我就是著去想以前的是情。但什麼是也沒有發生。我不知到因該想什麼。但現在我快要便匆明了。如果我問他也許他會告訴我怎麼去想。匆名的人都在想什麼或想以前的什麼呢。我猜都是很美妙的是情。我好西望我已經知到許多美妙的是情。

3月12日

尼姆教受剛拿走就的報告。我開始寫新的。但我不必每天都在上面寫進步報告。只要寫日期就可以。這樣可以省很多時間這是好主意。我可以坐在床上看穿戶外的草和束木。受受的護士的名子叫西兒達。她對我很好。她代東西給我吃還為我弄床。她說我很永趕讓他們在我的惱子里弄東西。她說就是給她全中國的茶她也不會讓他們弄。我告素她我不是為了中國的茶我是為了要便匆名。她說他們沒有全利把我便匆名。因為如果上帝要我匆名的話他會讓我生下來的時後就匆名。她還說一些阿丹下娃知是樹罪惡和吃掉下來的平果的是情。她說也許尼姆教受和史特勞斯醫生是在干色。他們不因該干色的是情。

她非常受。說話的時後臉會便紅。她說我因該向上帝倒告要他元諒他們對我做的是。我沒有吃平果也沒有做壞是。但現在我會害怕。也許我不因該讓他們在我的惱子里手術。如果像她說的會讓上帝氣我的話。

3月13日

今天他們換了我的護士。這一個很票亮。她的名子叫陸西兒。她給我看怎麼拼她的名子。好寫在進步報告上。她的頭法是黃色的。有藍色的眼睛。我問她西兒達去那里了。她說西兒達已不在這個部門工作。她現在在產房照故小保保。她在那里才不會說太多話。我問她什麼是產房。她說是生保保的地方。但我問她保保是怎麼生的時後。她的臉像西兒達一樣便紅了。然後就說她要去涼別人的體溫了。從來沒有人告素我保保是怎麼來的。也許如果手術有用而我便匆名我就會知到了。

紀尼安小姐今天來看我。她說查理你看起來很好。我告素她我很好但我沒有感到便匆明。我以為手術後他們把我眼睛上的崩代拿掉我就會便匆名。會知到很多是情。可以讀書和像別人一樣說很多重要的是情。

她說查理不會這麼快有用。校果要曼曼才發生。你必須很用工才會便匆名。我不知到是這樣子。如果我也必須很用工才行。那還要做什麼手術。她說她也不是很卻定。但手術的作用是如果我很用工校果就會流下來。不像以前都不會流下來。

我告訴她這讓我感到不開心。因為我以為我馬上就會便匆名。可以回去讓面包店的人知到我有多匆名和他們說很多是情。或許還可以便成住理面包師。然後我要去早我媽和我爸。他們看到我便匆名會下一跳。因為我媽一只都要我便匆名。如果他們看到我便匆名了。也許就不會在把我送走。我告素紀尼安小姐我會很用工要努力便匆名。她拍拍我的手說我知到你會的。我對你有信心查理。

進步報告——8

3月15日

我以經離開醫院但還沒有回去工做。什麼是也沒有發生。我做了很多測是。和阿爾吉儂做了不同種累的比塞。我恨那支老鼠。它老是打敗我。尼姆教受說我必須玩那些遊細。必須一次又一次的做那些測是。那些迷工很笨。圖片也很笨。我洗歡話一個男的和一個女的圖話。但我不會說別人的黃話。

而且我也不會拼圖。

要去想和記這麼多東西會讓我的頭很痛。史特勞斯醫生答印要幫住我但是沒有。他沒有告素我要想什麼或什麼時後我會便匆名。他只是要我躺在沙發上和我說話。紀尼安小姐也來大學看我。我告素她什麼都沒有發生我到底什麼時後才會便匆名。她說你要有奈心查理。這要時間的。校果會發生的很曼你都不會知到它來了。她說柏特告素她我很有進步。

我還是覺的那些比塞和那些測是很笨。進步報告也很笨。

3月16日

我和柏特在大學的參聽吃中飯。他們有各種好東西而且我不必給錢。我洗歡坐在那里看大學的男生和女生。他們有時後會到處走。但大部分時後在說各種的是情就像杜納的面包店里一樣。柏特說他們在談意術正治和中教。我不知到這些是什麼東西。但我知到中教是上帝。媽以前常告素我有官他和他對世介做的是。她說我因該永原愛上帝和向他倒告。我以經不記得怎麼向他倒告。但我想到小時後媽常要我向他倒告。要他讓我好起來不要生病。我不記得我生什麼病我想那是有官我不匆名的是情。

柏特說如果食燕有用我就會知道學生在說的所有是情。我說你任為我會像他們一樣便匆名嗎。他笑著說那些孩子不是那麼匆名。你會操過他們的。好像他們都站著不會動的樣子。

他向我介少許多學生。有些人奇怪的看我。好像我不是這個大學的。我差一點望記。我開時告訴他們我很快就會和他們一樣匆名。但柏特打段我的話只告素他們我在打掃心理部的食驗室。然後他說這件是情不能工開說。因為這是密密。

我不太董為什麼要守密密。但柏特說這是為了必免失敗。尼姆教受不要大家笑他。特別是給他錢做這個計話的威伯格雞金會。我說我才不怕別人笑我。很多人都笑我。但他們是我的朋友我們都很快樂。柏特放他的手在我的尖榜上。他說尼姆教受丹心的不是你。他不要別人笑他。

我想大家不會笑他。因為他是大學的棵學家。但是柏特說沒有棵學家對他的大學和學生是那麼韋大。柏特是一個岩就生。他的少校是心理學。就像食驗室門上寫的字一樣。我不知到大學也有少校。我以為只有軍對才有❷。

但不管怎樣我西望能便匆名。因為我要知道世界上的美一種東西就像大學生知到的一樣。所有官於意術正治和中教的是情。

3月17日

今天早上我醒來的時後我想我馬上會便匆明。但並沒有。美天早上我都想我會便匆名但是沒有發生。也許食燕沒有用。可能我不會便匆名而且我必須去華倫之家住。我恨是燕恨迷工我也恨阿爾吉儂。

我從來沒有想過我比老鼠還笨。我不在洗歡寫進步報告。我很會望記是情。有時後我寫東西在比記本上我看不董自已寫的東西而且很南董。紀尼安小姐說要有奈心。但我感到生病很累。而且我一只都在頭痛。我要回去面包店工做不要在寫進步報告。

3月20日

我要回去面包店工做了。史特勞斯醫生告素尼姆教受我回去工做會比叫好。但我還是不能告素別人我做什麼手術。而且我必須美天晚上工做完後到食燕室做兩個小時的是驗還要寫這些笨報告。他們會美星期付給我錢就像是打工一樣。因為這是威伯格雞金會給他們錢的規定。我還是不董威伯格是什麼東西。紀尼安小姐跟我說過但我還是不董。所以如果我不便聽名他們為什麼還要給我錢寫這些笨東西。但如果他們給我錢我就會寫。但寫東西很南。

我很高興回去工做。因為我想念我在面包店的工做。還有所有的朋友和我們所有的快樂。

史特勞斯醫生說我因該在口代中放一個比記本才能記下我想到的是情。而且我不必美天做進步報告。只有想到一些是情或是有特別的是發生的時後在寫。我告素他都沒有特別的是情發生。就好像這個特別的食燕也沒有發生的樣子。他說不要卸氣查理。因為這要很久的時間。而且會發生的很慢讓你都不會馬上住意到。他解是說阿爾吉儂也是很久的時間才便成已前的三倍聰名。

阿爾吉儂會在完迷工的時後老是打敗。我就是因為它也做過那個手術。它是一支特別的老鼠。是第一支在手術很久後還是匆名的動物。這讓它便的很不一樣。如果和一支普通的老鼠比塞完迷工我可能就會營。也許我有一天會打敗阿爾吉儂。哇那一定很不得了。史特勞斯

❷這裡指的是major，這個字在英文中兼有主修課程與陸軍少校的意思。

醫生說到木前為止阿爾吉儂好像會一只匆名下去。他說那是好雞象。因為我們都做了一樣的手術。

3月21日

今天我們在面包店很好笑。喬・卡普說嘿你們看查理做了什麼手術。他們放了一些惱子進去了。我差一點就告素他們我要便匆名的是。但我想起尼姆教受說不可以。然後法蘭克・雷利說你做了什麼查理開錯門了嗎。這些話讓我笑起來。他們是我的朋友他們都洗歡我。我有很多工作要捕做。他們沒有其他人打少因為那是我的工做。但是他們有一個新來的男孩厄尼來送貨。那是我一只在做的是情。杜納先生說他決定先留下他。好讓我有雞會休息不要工做太勞累。我告訴他我沒有問題。我可以送貨和打少。就像已前一樣。但杜納先生說我們要留下男孩。

我說那我要做什麼。杜納先生拍拍我的尖綁說查理你多大年紀了。我說三十二下次生日就三十三了。那你在這里多久了。我說我不知到。他說你十七年前來到這里。你以經安息的賀曼叔叔是我最好的朋友。他代你來這里要我讓你在這里工做並近量照故你。兩年後他死去後你的母親把你送去華倫之家。我要他們放你出來到外面工做。這以經十七年了查理。我要你知到面包店生意不是太好。但就像我說的你一倍子在這里都會有工做。所以不用丹心我讓別人取代你的工做。你決不會在回去那個華倫之家。

我沒有丹心。只是他拿里須要厄尼送貨和工做。因為我一只都送的好好的。他說那男孩須要錢查理。所以我要留下他當學途。並教他成為面包師。你可以當他的住手在他須要的時後協住他送貨。

我從來沒有當過住手。厄尼非常聰名。但面包店的其他人不是很洗歡他。他們都是我的朋友而且我們在這里常常開完笑。大家都笑得很開心。

有時後有人會說嘿你看法蘭克或喬或金皮。他那回真的整到查理・高登了。我不董他們為什麼這麼說但他們都會笑而我也笑起來。金皮是面包師。他有一支壞腳走起路會一伯一伯的。今天早上他大聲罵弄丟生日旦高的厄尼時用了我的名子。他說厄尼天阿你真是令一個查理・高登。我不董他為什麼這麼說我從來沒有弄丟過包果。

我問杜納先生我可不可以學洗當面包師的學途像厄尼一樣。我告素他如果他給我雞會我能夠學會。

杜納很好笑的看了我很久。我差是因為我大部分時間都不太說話的。法蘭克聽到後笑個不亭。只到杜納先生要他必嘴去照故爐子。然後杜納先生說查理這件是須要一些時間。面包師的工做很重要也很付雜。你不因該丹心這累的是情。

我西望我可以告素他和其他人我做的是什麼手術。我西望那會真的有用。這樣我就會便匆名和美個人一樣了。

3月24日

尼姆教受和史特勞斯醫生今天晚上來我的房間看我為什麼沒有去食燕是。我告素他們我不想在和阿爾吉儂比塞。尼姆教受說我可以有一段時間不用和它比。但我因該還是要去。他代給我一個里物但只是借給我。他說這是一個交學基器。它的功能就和電是一樣。它會說話也會出現圖片。我必須在睡叫前打開它。我說你在開完笑。為什麼要我在睡叫之前打開電是。但是尼姆教受說如果我要便匆名。我就必須照他說的去做。我就說反正我也不會便匆明。

史特勞斯醫生走過來把手放在我的尖綁。他說查理你自已還不知到但你一只都在便匆名。你不會立克注意到就像你不會看到時鍾里的時針在移動。你的改便也是一樣。他們發生的很曼讓你都不知到。但是我們可以從測驗和你行為和說話的方是還有你的進步報告中看出來。他說查理你必須對我們和對你自已有信心。我們不確定改便是永久姓的。但我們相信很快你就會便成很匆名的年青人。

我說好巴。然後尼姆教受就弄給我看怎麼去用其食不是電視的電視。我問他電視會做什麼。他起先看起來又有些生氣。因為我要他解是而他說我只要照他說的做就好了。但史特勞斯說他因該解是給我知到。因為我已經開始會直疑全威。我不知到全威是什麼。但尼姆教受看起好像要把自已嘴唇咬下來的樣子。然後他很曼的解是說這個基器會對我的心林做很多的是情。有些是在我睡著之前交我一些東西。因為我很想睡叫之前和我睡了一點點後我可能看不到影像。但還是可以聽到說話。令外就是晚上的時後會讓我做夢並且記起發生在很久已前我小時後的是。

好可怕。

噢。我望了。我問尼姆教受我什麼時後可以回去紀尼安小姐的成人班上課。他說不久已後紀尼安小姐回來大學測是中心特別交我。我很高姓知到這件是。我手術後已經很久沒有看到她。她很好。

3月25日

那個風狂的電視讓我整晚上沒有睡叫。當有人整個晚上都對你的耳多大叫一些風狂的是情你怎麼能夠睡叫。還有那些魚笨的影像。哇。我沒睡的時後都不董它在說什麼。睡叫後怎麼可能會董。我問柏特這件是。但他說沒有官西。他說我的惱子在我才要睡叫之前還在學東西。等紀尼安小姐在是驗中心開始交我上課時那就會有幫助。是驗中心並不是我以前想的動物醫院。而是個棵學食驗室。我不知到棵學是什麼只知到我這個食驗對它有幫助。

反正我不董這個電視。我任為這很風狂。如果你能在睡叫時便聰明你為什麼還要去上學。我不認為這個東西會有用。我以前睡叫之前都會看晚上的節目。但都沒有讓我便匆名。也許只有一些電影能讓你便匆名。也許是像益志節目這些。

3月26日

如果那個東西一只讓我不能睡叫我要怎麼工作。我睡到一半起來後就睡不著了。因為它一只說記得……記得……記得……所以我想我記起來一些東西。我記不太青除。但這是官於紀尼安小姐和我去學校學洗的事。還有我是怎麼去那里的。

以前有一次我問喬・卡普他是怎麼學會讀書的。還有我要怎樣才會讀。他和平常我說好笑的是情時一樣笑我。他說查理你為什麼要浪費時間。他們不能在空空的地方放進惱子。但是芬妮・伯登聽到了。她問她的表地他是畢克曼大學的學生。她告素我畢克曼學院的低能成人中心的是情。

她把名子寫在一張紙上給我。法蘭克笑我說不要學的太有學問。讓你不想和你的老朋友說話。我說不要丹心。就算我會念和寫我也會和老朋友說話。他笑了起來。喬・卡普也笑起來。但金皮走近來要他們回去做面包。他們都是我的朋友。

我工做後就走了六條街去學校。但我有點害怕。我很高姓我要去學讀書。所以就買一分報紙要在學洗完後代回家看。

我到那里時大聽上有很多人。我很害怕對別人說錯話所以就開時轉頭要回家去。但我不知到為什麼又轉回來並在一次走近去。

我等到大部分人都走了。只有幾個人走過一個像我們面包店里有的大時鍾。我問一個女士我可不可以學讀和寫。因為我要讀報紙上的所有是情。我把報紙拿給她看。她就是紀尼安小姐。但我那時後不知到。她說如果你明天回來並且住冊。我就會開時交你怎麼讀。但是你要知到你可能要很多年才能學會怎麼寫。我說我不知到要這麼多時間但我還是要學。因為我很多次像別人甲裝我董的寫。但那不是真的。所以我要學。

她和我握手。並且說很高信認是你高登先生。我會便成你的老師。我的名子是紀尼安小姐。所以我就是在那里學洗並且這樣認是紀尼安小姐。

司想和記意都很困南。而且現在我在也睡不好叫。那個電視生音太大了。

3月27日

現在我開始會作夢並且記起是情。尼姆教受說我必須去接受史特勞斯醫生的治聊。他說治聊是你感到不書服時你和人說話讓你便好。我說我沒有不書服而且我一天都在說話為什麼我還要去治聊。然後他又便的不高姓說我去就是了。

什麼是治聊。就是要我倘在長椅子上。而史特勞斯醫生坐在旁邊的椅子上聽我告素他我頭惱想到的所有是情。有很久時間我沒有說話。因為我想不起來要說什麼。然後我告素他面包店和他們對我做的是情。但是要我去他辦公是倘在長椅子上說話是很魚笨的是。因為我已經寫在進步報告上面他可以自已讀。所以今天我代進步報告去。我說也許他可以讀報告。而我可以在長椅上睡一下。我很累因為那個電視讓我整個晚上不能睡叫。但他說不能這樣治聊我必須說話。所以我就說話但然後還是在長椅上睡著了。就在說到一半的時後。

3月28日

我的頭在痛。這次不是因為電視的官西。史特勞斯醫生交我怎麼把電視轉小生所以現在我可以睡了。我什麼都沒有聽到。我也還是不董它在說什麼。有幾次我在早上把它放出來聽。想知到我快要睡著和我在睡叫的時後學到什麼。但我連那些字都不董。也許那是令一種話或別的東西。但多數時後聽起來還像是美國話而且說的太快。

我問史特勞斯醫生睡叫時便匆名有什麼用。我要的是醒過來的時後便匆名。他說這是同一回是。而且我有兩個心林。一個是意識。一個是潛意識（就是這樣寫的）。而且一個都不知到令一個在做什麼。他們剩至不會互相說話。就因為這樣所以我才會做夢。而且我的夢可真是風狂。哇自從有了那個晚上的電視。那個很晚很晚的電影節目以後。

我望了問史特勞斯醫生是只有我還是每個人都有這樣的兩個心林。(我剛才在史特勞斯醫生給我的字典里查了這個字。潛意識的：形容詞，屬於未出現在意識心靈活動的性質；例如，潛意識的欲望衝突。)還有更多的解是。但我不董什麼意是。對我這樣的笨旦。這不是什麼好字典。

但是頭痛是從派對得來的。喬·卡普和法蘭克·雷利找我工作完後和他們去哈洛蘭酒巴喝飲料。我不洗歡喝威士忌。他們說我們會完的很開心。我完的很快樂。我們做遊細。他們讓我頭上代著燈罩在巴台上跳五。讓美個人都笑起來。

然後喬·卡普拿一支拖把給我。說我因該讓女孩們知到我怎樣在面包店里打少。我拿給他們看並且告訴他們杜納先生說我是最好的工友和跑腿。因為我洗歡我的工做做的很好。而且從來不會晚到或缺習。除了我做手術的時後。他們都笑了起來。

我說紀尼安小姐常常說查理要為你的工作感到交傲。因為你都有做好工做。美個人都笑了起來。法蘭克說那位紀尼安小姐一定頭惱壞掉才會那麼洗歡你。喬·卡普也說嘿查理你有和她搞嗎。我說我不董這是什麼意是。他們給我很多東西喝。然後喬還說查理喝掛的時後超逗的。我想這是說他們洗歡我。我們完的很快樂。但我等不及要便匆名要像我最好的朋友喬·卡普和法蘭克·雷利一樣。

我不記得派對怎麼結束的。他們要我去轉角看看有沒有在下雨。當我回去那里時他們已經不在。也許他們去找我了。我到處找他們到很晚。然後我迷路了我對自己很生氣。因為如果是阿爾吉儂一定可以在街到跑上跑下一百次也不會像我一樣迷路。

然後我就不太記得了。但佛林太太說是一位好心的警查代我回家的。

那個晚上我夢到我的媽媽和爸爸。但是我看不到她的臉。因為都是白的而且胡胡的。我一只在哭。因為我們在一家大白貨公司而我迷路了找不到他們。我在店里的大貴台中間跑過來跑過去。然後有一個人代我去一個有很多椅子的大房間裡面。他給我一支棒棒糖然後說像我這樣的大男孩不因該哭。因為我媽和我爸就會過來找我。

但夢里就是這樣然後我就有了頭痛。而且我頭上有一個大包。全身也都是黑青。喬・卡普說也許我被車子撞了或是警查把我弄的。我不覺得警查會做這種是情。但我以後在也不喝威士忌了。

3月29日

我打敗阿爾吉儂了。我甚至不知到我營了直到柏特・塞登告素我。然後第二次我又書因為我太新分了。但是我後來又營他八次。我一定便匆名了才能打敗像阿爾吉儂這樣匆名的老鼠。但是我沒有感到便匆名。

我還想再比。但柏特說今天夠了。他讓我拿著阿爾吉儂一下子。阿爾吉儂是一支好老鼠。像棉花一樣軟。他會必眼睛。但他打開眼睛時邊邊是黑色和粉紅色的。

我問可不可以畏它。因為打敗它讓我感到不開心。我要對它好。當它的朋友。柏特不給我畏。他說阿爾吉儂非常特別。他有和我一樣的手術。它是所有動物中第一支能夠保持聰名那麼久。他說阿爾吉儂非常聰名。它美天去吃東西時都必須解答一個不同的問題。所以他必須學才能吃到食物。這讓我為他南過。因為如果他不學洗它就吃不到東西它就會惡。

我任為這是不對的。要別人通過測是才能吃東西。如果柏特每次要吃東西時都必須先通過測是他會怎樣呢。我想我要當阿爾吉儂的朋友。

這讓我想到一件事。史特勞斯醫生說我因該寫下我所有的夢和我想到的是。這樣我去他辦公是時我才能告素他。我告素他我不知到要想什麼。但他說他要的就是像我寫官於我媽和我爸還有我怎麼去學校和紀尼安小姐學洗。或是我在手術前發生的是情。這就是司想。而我因該把他們寫在我的進步報告上面。

我不知到我已經在思想和記起已前的東西。或許這表是我正在發生一些是情。我沒有感到不同。但是我會新分到睡不著叫。

史特勞斯醫生給我一些粉紅色的藥讓我好睡。他說我須要很多睡眠。因為多素改便都是這個時後在我的惱子里發生。這大蓋是真的。因為賀曼叔叔丟掉工作時他一只都睡在我們家客聽的舊沙發上。他很胖很南找到工做。因為他一向都在幫別人油七房子。他爬樓梯上下很曼。

有一次我告素媽媽我要像賀曼叔叔一樣當油七工。我的妹妹諾瑪說好耶查理要成為我們家里的意術家了。可是爸爸在她臉上打一巴掌。叫她不可以這樣對哥哥那麼惡列。我不董意術家是什麼。但如果會害諾瑪被打我差大蓋一定對我不好。

我便匆明後我也要去看她。

3月30日

今天晚上紀尼安小姐在工作後來到食燕室付近的教室。她好像高姓看到我但很緊張的樣子。她比我以前看道還要年青。我告素她我很奴力要便匆名。她說我對你有信心查理。你比所有人都更奴力想要讀和寫的更好。我知到你做的到。在怎麼不好你還是有過這些一陣子。而且你也幫住了其他有障艾的人。

我們開始讀一本很南的書。我已前從沒有讀過這麼南的書。書名叫魯賓遜漂流記。是官於一個人被困在方島的故事。他很匆名能夠想出各種是情。所以他能有一間房子和食物而且他很會遊永。只是我為他南過。因為他很估單都沒有朋友。但我想那里一定還有別人在島上。因為在一張圖片上他拿著一支好笑的雨散在看腳印。我西望他有朋友不會那麼估單。

3月31日

紀尼安小姐交我怎麼把拼字學的好一點。她說看到一個字時閉上眼睛一直念一直念到你記住為止。她說我常聽不董你的一些字像是through你會說成THREW。還有你不說enough和tough而說成ENEW和TEW。以前我還沒有便匆名的時後我都是這樣寫的。我搞不青楚。但紀尼安小姐說不用丹心。拼字沒有什麼特別道里的。

進步報告——9

4月1日

面包店里的每個人今天都來看我操做揉面機的新工做。是情是這樣發生的。管揉面機的奧利佛昨天詞掉工作了。我以前常幫他把面粉代搬進來讓他到進機器里。但是我並不知到我董怎麼操做機器。那很困南。奧利佛在學習當助里面包師。以前還去面包師學校學了一年。

但喬・卡普是我的朋友。他說查理你為什麼不去接下奧利佛的工做。我們那一樓的每個人都跑過來看並且都在笑。法蘭克・雷利說對呀查理你來這里夠久了是是看吧。金皮不在。他也不會知到你動了機器。我很害怕因為金皮是面包師的頭。他告素我決對不可以靠近揉面機。因為我會受傷。美個人都說做阿。只有芬妮・伯登說不要啦。你們為什麼不放過他呢。法蘭克・雷利說閉嘴芬妮。今天是魚人節讓查理操做揉面機。他可能把它搞好。這樣我們就可以放假了。我說我不會修機器但是我回來後有看過奧利佛在用我可能會操做。

我操做了揉面機把大家都下一跳。特別是法蘭克・雷利。芬妮・伯登非常新奮。因為她說奧利佛花了兩年才學會怎麼揉好面團。而且他還有讀面包師學校。幫忙操做機器的伯尼・

貝特說我做的比奧利佛更快更好。沒有人笑。金皮回來後芬妮告訴他這件事。他很生氣我動了機器。

但她說你看他怎麼做。他們在做弄他當作魚人節的完笑。但反而是他做弄了他們。金皮看我做。但我知道他對我生氣。因為他不喜歡別人不照他說的去做。就像尼姆教受一樣。不過他看到我怎麼操做揉面機後他抓抓頭說我看到了。但我還是不相信。然後他打電話給杜納先生。並要我在做一次給杜納先生看。

我很害怕他會生氣並對我大叫。所以我做完後就說我可以回去做我自己的工做了嗎。我必須去打掃面包店前面和貴台後面。杜納先生很奇怪地看了我很久。然後他說這一定是你們這些家火在捉弄我的魚人節玩笑。這是什麼把戲。

金皮說我起先也以為這是惡作具。他跛著腳繞著揉面機走了一圈然後對杜納先生說我也弄不董。但我必須成認他做的比奧利佛還好。

美個人都圍過來在說這件是情。我很害怕。因為他們都很奇怪地看我並且都很新奮。法蘭克說我告素過你們查理最近怪怪的。喬•卡普也說對我知到你在說什麼。杜納先生叫大家都回去工做。然後代我到店的前面去。

他說查理我不知到你是怎麼做的。但好像你中於學會一些東西。我要你小心進你最大心力去做。你現在有新的工做並且加新五元。

我說我不要新工做。因為我喜歡打掃清里和送貨。還有為我的朋友做是情。但杜納先生說不要管你的朋友。我須要你做這個新工做。我不能想像會有人不要進升。

我說進升是什麼。他抓抓頭然後隔著杯子看我。不用管這個查理。從現在起你來操做揉面機。這就是進升。

所以我現在不送貨洗冊所和到樂社。我是新的揉面人。這就是進升。明天我要告素紀尼安小姐。我想她會很快樂。但我不董為什麼法蘭克和喬都對我生氣。我問芬妮她說不要管那些笨旦。她說今天是四月一日魚人節他們弄喬成左。反而讓自已成了笨旦而不是你。

我要喬告訴我什麼是弄喬成左。但他說你去跳河吧。我猜他們對我生氣是因為我操做了機器而他們沒有得到放假。這就表示我便匆名了嗎。

4月3日

讀完魯賓遜漂流記。我想知到更多有官他的是情。但紀尼安小姐說就只有這樣了。為什麼。

4月4日

紀尼安小姐說我現在學得很快。她讀了許多我的進步報告。然後有點奇怪的看著我。她說我是個好人我會讓他們知到的。我問她為什麼。她說沒有關係但如果我發現不是每個人都像我想像得這麼好我也不需要難過。她說上帝給你那麼少。但你已經比很多有頭腦卻從來不用的人做的更多。我說我所有的朋友都很聰明。而且他們都很好。他們喜歡我。從來不會對我做不好的事情。然後有東西進去她的眼睛。她必須跑去女士的洗手間。

我坐在教室等她的時候。我在想紀尼安小姐就像以前我的媽媽那麼好。我想到我記得媽媽告訴我要對別人好。而且要隨時友善地對待別人。但是她說隨時都要小心。因為有些人不了解。他們會認為你是想找麻煩。

這也讓我想到當我媽媽必須出去時。他們把我留在鄰居雷洛易太太的家裡。媽媽去了醫院。爸爸說她不是因為生病或有什麼毛病才去醫院。而是要去醫病為我帶個小妹妹或小弟弟回來。（我還是不知道他們是怎麼做的）。我告訴他們我要一個小弟弟陪我玩。但我不知道為什麼他們還是帶了一個小妹妹回來。但她就像娃娃一樣可愛。問題只是她一直都在哭。

我從來沒有傷害過她或什麼的。

他們把她放在他們房間的嬰兒床裡面。有一次我聽到爸爸在說別擔心查理不會傷害她的。

她就像個一直在哭叫的粉紅色東西。害我有時睡不著覺。我晚上睡覺的時候她還會把我吵醒。有一次他們都在廚房而我在床上的時候她開始哭。我起床去抱她起來。像媽媽一樣要哄她安靜下來。然後媽吼叫著進來把她抱走。她還用力打我害我跌倒在床上。

然後她開始尖叫。你不要再碰她。你會傷害到她。她是個嬰兒。沒有你的事情你不要去碰她。我當時並不曉得但我現在知道她是以為我會傷害寶寶。因為我太笨根本不會知道我在做什麼。現在想到這件事讓我覺得很難過。因為我絕不會去傷害小嬰兒。

我去史特勞斯醫生的辦公室時我一定得告訴他這件事。

4月6日

今天，我學到，逗點，就是（，），一個帶有尾巴的句點，紀尼安小姐說，這個，很重要，因為，它可以讓寫作，變好，她說，如果逗點，沒有放在，正確，的位置上，有些人，可能會因此，丟掉許多錢，我的工作，還有，基金會，付我的，讓我存了，一些錢，並不太多，但是，我看不出來，為什麼，一個逗點，能夠，讓你，不致丟掉錢，

不過，她說，每個人，都要使用逗點，所以，我也要，使用他們，，，，

4月7日

我的逗點用錯了。這是一種標點符號。紀尼安小姐告訴我遇到長的字要查字典，以便學會怎麼拼字。我說如果你不會念的話那又有什麼差別。她說這是教育的一部分，所以從現在

起我會去查所有我不確定應該怎麼拼的字。這樣子寫法會很花時間，但我想我現在記得的東西愈來愈多了。

不論如何，我就是這樣找到標點符號這個字的。字典裡就是這樣用的。紀尼安小姐說，句點也是一種標點符號，而且還有許多的符號要學習。我告訴她，我原本以為她的意思是所有的句點都必須有尾巴，然後叫作逗點。但她說不是這樣。

她說；你，把！一切，都%搞。混？了：而現在。我可以（在寫東西時＋把所有的。標點符號？都混在一起用）。要學的、規則「很多，但我會，都記起來？我最喜歡」的一件事是&親愛的紀尼安小姐：在商業$書信裡%都是#這樣@稱呼的，（如果我*也去做生意的話？）每次我問她問題！她總是能給我一個理由&她，真是個天才！我希望？我也能和她一樣聰明＊標點符號，真？好玩！

4月8日

我真是個蠢蛋！我以前根本不知道她在說什麼。昨晚我讀了文法書，才讓我整個瞭解是怎麼一回事。然後我知道這和紀尼安小姐想要告訴我的東西是一樣的，只是我以前一直不了解。我半夜醒來，所有的困惑都在心裡明朗起來。

紀尼安小姐說那台電視有作用，能在我剛睡著以及夜間的時候提供幫助。她說我達到一個高原期，就像是一座山的平坦頂部。

我弄清楚標點符號的作用後，我把過去的進步報告從頭讀了一次。天哪，我的拼音與標點符號可真瘋狂！我告訴紀尼安小姐，我應該重新檢查一次，並且改正所有的錯誤。但她說：「不，查理，尼姆教授希望它們維持原樣。所以才會在影印後讓你保留下來，以便你可以看到自己的進展。你進步的很快，查理。」

這些話讓我感到得意。下課後我去樓下和阿爾吉儂玩耍，我們不再比賽了。

4月10日

我覺得我生病了。不是需要看醫生那種，但我感到胸中一片空虛，像是被打了一拳又兼感到心痛一樣。

我不想寫下來，但我猜我必須寫，因為這很重要。今天是我第一次故意留在家裡不去工作。昨天晚上喬・卡普和法蘭克・雷利邀我去一個派對，那裡有許多女孩子，金皮和厄尼也在那兒。我還記得上回我喝太多，弄得很難過，所以我告訴喬我什麼都不要喝。他就給我一罐普通的可樂，味道嚐起來很奇怪，但我想應該只是我嘴巴的味覺不好。

我們開心的玩了一陣子。

然後喬說：「去和艾蓮跳舞，她會教你舞步。」他對她眨眨眼，好像眼裡有話要說的樣子。

她說：「你為什麼不饒過他呢？」

他拍拍我的背。「這位是查理・高登，我的夥伴，我的哥兒。他可不是普通人，他剛被晉升負責操作揉麵機。我只要妳和他跳舞，讓他玩得愉快，這有什麼不妥？」

他把我推向她，所以她就和我跳舞。我跌倒了三次，我不懂為什麼，因為沒有別人在我和艾蓮旁邊跳舞。可是我一直絆倒，因為老是有人把腳伸出來。

他們圍成一圈，看著我們的舞步笑。每次我跌倒，他們就笑得更大聲，而我也跟著笑，因為實在好笑。但最後一次跌倒時我沒有笑，我站起來的時候，喬又把我推倒。

然後我看到喬臉上的表情，讓我的肚子有種奇怪的感覺。

「他是個怪咖。」其中一個女孩子這樣說，每個人都跟著笑起來。

「你說得對，法蘭克，」艾蓮笑到嗆著說：「他是單人表演的雜耍秀。」然後她說：「嘿，查理，吃個水果。」她遞一個蘋果給我，但我咬下去，才發現那是假的。

法蘭克大笑說：「我就說他會咬下去，你能想像有人會笨到吃蠟做的水果嗎？」

喬說：「自從那晚我們要他去角落看看有沒有下雨，然後把他放鴿子留在哈洛蘭酒吧後，我就再也沒有笑得這麼開心了。」

然後我看到一個我心底記得的景象。我還是小孩子的時候，街上的小朋友讓我和他們一起玩捉迷藏，並讓我當鬼。我一次又一次扳著手指頭數到十以後，我開始去找其他人。我一直找到天黑、變冷，我必須回家的時候。

可是我一個也沒找到，我也一直不知道為什麼。法蘭克說的話讓我聯想到這件事，發生在哈洛蘭酒吧的事，也是同一回事。這就是喬和其他人正在做的事，他們在嘲笑我。和我玩捉迷藏的小朋友是在作弄我，他們一樣是在嘲笑我。派對上的人像是一堆向下張望的模糊面孔，每張臉都對著我嘲笑。

「你看，他臉紅了。」

「他在害羞，查理會害羞哩。」

「嘿，艾蓮，妳對查理做了什麼？我從來沒看過他這樣子。」

「天哪，艾蓮把他給弄翹起來了。」

我不知道該怎麼辦或轉到哪裡去。她的身體緊靠著我搓摩，讓我覺得很奇怪。每個人都在嘲笑我，讓我突然覺得好像自己全身沒有穿衣服一樣。我想把自己藏起來，讓他們看不到我。我跑出去屋外。那是個很大的公寓房子，裡面有很多走廊，我找到樓梯間。我都忘記有電梯了。最後，我終於找到樓梯，我跑到街上，走了很久的路才回到我的房間。我以前從來不知道，喬、法蘭克和其他人喜歡讓我跟在身邊，純粹只是為了作弄我。現在我知道當他們說「去整查理‧高登」的時候，那是什麼意思了。

我覺得慚愧。

還有一件事。我夢到那位和我跳舞並且在我身上搓摩的女孩艾蓮，當我醒過來時，床單濕了，而且一團亂。

4月13日

還是沒有回去麵包店工作。我請我的房東佛林太太打電話給杜納先生，說我生病了。佛林太太最近看我的表情，好像她會怕我的樣子。

我想能夠發現大家是怎麼嘲笑我是件好事，我對這件事想了很多。因為我實在是太笨，連自己在做些蠢事也不自知。別人看到一個呆子不像他們那樣做事情，就會覺得很好笑。

不論如何，我知道我現在每天都變得更聰明一些，我會標點符號，也能夠正確的拼字。我喜歡在字典裡查一些艱深的字，我也記得住。我盡量很仔細地去寫這些進步報告，但這很難。我現在讀很多東西，紀尼安小姐也說我讀得很快。我甚至了解很多我讀的東西，而且都會留在我的心裡。有時候，我還可以閉上眼睛去想書中的某一頁，而所有內容就會像圖畫一樣重新出現。

不過，其他的事情也會在我的腦海裡浮現。有時候我閉上眼睛，然後我就會看到一幕景象。就像今天早上我剛醒來的時候，張著眼睛躺在床上。那情景就像在我的心靈牆壁挖開一個大洞，讓我可以整個人穿過去。我想那應該是很久遠的事了……很久以前我剛開始在杜納麵包店做事的時候。我看到麵包店所在的那條街，起初有些模糊，然後逐漸零零落落地拼湊起來，有些部分變得非常真實，現在明確地呈現在我眼前，只是其他部分依舊模糊，而我也不確定……

一個小個子的老人，一台娃娃車改裝的手推車，一個炭爐，烤栗子的味道，地上覆蓋著雪。一個眼睛張得很大的乾瘦男孩，臉上帶著驚恐的表情仰望商店的招牌。上面寫著什麼呢？模模糊糊的字母似乎毫無意義。我現在知道招牌上寫的是杜納麵包店，但在我的記憶中回顧那塊招牌，我無法透過他的眼睛讀懂那些字。所有的招牌都毫無意義，我想那個臉上帶著驚恐表情的男孩就是我。

明亮的霓虹燈、耶誕樹與人行道上的攤販。每個人都裹在外套裡，衣領拉得高高的，脖子上還繞著圍巾，但他連手套也沒有。他的兩手冰冷，他放下一捆沉重的棕色紙袋。他停下來觀看小販已上緊發條的那些機器玩具，翻滾的熊、跳躍的狗，還有鼻子上旋轉著一顆球的海豹。翻滾、跳躍、旋轉。如果他能擁有這些玩具，他將是世界上最快樂的人。他很想請求紅面孔、指頭已從棕色手套露出來的小販，讓他握著翻滾的小熊一下下，但是他不敢。他抱起那捆紙袋放在肩頭。他雖然乾瘦，但多年的辛苦勞動，已經把他磨練得強壯。

「查理！查理！……呆頭麥粒！」

小孩子圍著嘲笑和戲弄他，就像許多小狗在咬他的腳一樣。查理對著他們微笑。他很想放下那捆紙袋，和他們一起玩耍，但當他這樣想的時候，突然背上的皮膚一陣抽痛，他可以感覺到幾個較大的男孩朝他身上丟東西。

回麵包店的路上，他看到幾個男孩站在一條黑暗通道的入口。

「嘿，看，查理來了！」

「嘿，查理，你帶著什麼東西？你要玩丟骰子嗎？」

「過來，不會害你的。」

但那條路暗藏古怪——黑暗的走道、笑聲，還有讓他皮肉再次抽痛的東西。他努力想弄清楚是怎麼一回事，但他只記得衣服上都是屎和尿，他帶著一身的骯髒回到家時，賀曼叔叔還對他大聲吼叫，然後手上拿著一把榔頭衝出去，要去找作弄他的孩子算帳。查理倒退著離開在通道裡嘲笑他的那群孩子，肩上的紙袋掉了下來，他向前再撿起來，然後一路跑回麵包店。

「你怎麼拖了這麼久？」金皮在麵包店後門的入口對他吼叫。

查理推開彈簧門進到麵包店的後面，把肩上的東西放在滑道的墊木上。他身體倚著牆，兩手插進口袋。他真想有自己的旋轉玩具。

他喜歡留在麵包店的後面，這裡的地板常撒滿白色的麵粉，比沾滿煤煙的牆壁和天花板還要白。他穿的高筒鞋厚底上沾著一層白，縫線與花邊眼上有白粉，還有他的指甲縫，以及手上皮膚的裂紋裡也是。

他在這裡放鬆自己——靠著牆壁蹲坐著——他的背向後靠，有個D字的棒球帽斜蓋在眼睛上。他喜歡麵粉、甜麵糰、麵包、蛋糕和烤麵包捲的味道。爐子發出劈啪作響的聲音，讓他蒙上睡意。

甜美……溫暖……睡眠……

突然間，他跌倒了，身上一陣抽痛，頭撞在牆上。有人踢了他的腳，讓他滑倒。

我只記得這些。我可以清晰地看到，但不知道為什麼發生。這就像我以前常去看電影。第一次看的時候，我根本不懂在演什麼，因為進展得實在太快，但一部電影看過三或四次後，我通常就會了解他們在說什麼。我一定得告訴史特勞斯醫生這件事。

4月14日

史特勞斯醫生說，最重要的是繼續回想類似昨天的記憶，並且記錄下來。然後我去他辦公室的時候，我們就可以討論。

史特勞斯醫生是位精神病學家兼神經外科醫師，我以前並不知道，我以為他只是一位普通的醫生。今天下午我去他辦公室時，他說認識有關自己的事情非常重要，這樣我才能了解我的問題所在。我說我沒有任何問題。

他笑了起來，然後從他的椅子起身，走向窗戶邊。「查理，你的智慧愈高，問題就會愈多。你智慧上的成長很快就會超越你情感上的成熟，然後你會發現隨著你的進步，你可能會有很多事想和我談。我只是要你記得，當你需要協助的時候，這是你可以來的地方。」

我還是不懂他指的是什麼，但他說即使我不了解我的夢境和回憶，或是為什麼會夢到這些，未來有一天這一切都會串連在一起，而我也會對自己了解得更多。他說，重要的是發現記憶中那些人所說的話。這都和我的孩童時期有關，我必須回想發生了什麼事。

以前我從來不知道有這些事。這好像是說如果我變得夠聰明，我就會了解我心靈中的所有話語，我也會知道那群通道上的孩子，以及賀曼叔叔和我的父母。但他說我可能會為這些事感到難過，心理會因此而生病，這又是什麼意思呢？

所以，我現在必須每星期到他辦公室兩次，和他談論那些困擾我的事情。我們只是坐在那裡，我說話，史特勞斯醫生聽。這就叫作治療，意思是談論這些事情會讓我覺得好過一些。我告訴他，有一件困擾我的事和女人有關，就像和那位叫艾蓮的女孩跳舞時會讓我興奮。所以我們就談這件事。但我在談的時候有種很奇怪的感覺，我會又發冷又冒汗，腦子裡嗡嗡響，我覺得我快要吐了。史特勞斯醫生說，我在派對之後發生的事是夢遺，會很自然地發生在男孩子身上。

所以，即使我變得聰明，也學到許多新事物，他認為我在有關女人的事情上，仍然只是個孩子。這實在讓人糊塗，但我終究會把生活中的一切弄清楚。

4月15日

這幾天我讀了很多東西，而且幾乎所有讀過的都會留在腦子裡。除了歷史、地理和算術，紀尼安小姐說我應該開始學外國語。尼姆教授給我更多帶子在睡覺的時候播放。我還是不了解意識和潛意識心智是如何運作的，史特勞斯醫生要我先不要管這些。他要我承諾，我幾星期內開始學習大學課程時，除非獲得他的允許，我不會閱讀任何有關心理學的書。他說這會讓我混淆，引導我去思考心理學理論，而不是我自己的想法和感覺。但讀小說就沒有關係，這個星期我已讀了《大亨小傳》、《美國悲劇》與《天使望鄉》。我從來不知道男人和女人會做那些事。

4月16日

今天我覺得好過一些，但仍因為人們一直在嘲笑與作弄我而生氣。如果我的智慧像尼姆教授所說，能達到現在的智商七十的兩倍多，也許大家會開始喜歡我，並且當我的朋友。

不過，我不太確定智商是什麼。尼姆教授說那是一種衡量智慧有多高的東西，就像藥房的磅秤是用來量出你的體重一樣。可是史特勞斯醫生對於這點和他發生很大的爭論，他說智商根本無法測量智慧。智商只是顯示你的智慧可以達到多高，就像量杯外面的數字一樣，你仍然得把材料填進杯裡去才行。

我問為我做智商測驗並且與阿爾吉儂一起工作的柏特・塞登，他說有些人可能會認為他們兩人都錯了，根據他目前正在讀的東西，智商也能衡量一些你已經學到的不同東西，但實在不是測量智慧的好方法。

所以，我還是不知道智商是什麼，而且每個人都有不同的說法。我現在智商大約是一百，而且很快就會升到一百五十以上，但他們還是得為我填進材料才行。我不想說什麼，但如果他們不知道智商是什麼，或是存在什麼地方，他們又怎麼知道你的智商究竟有多高。

尼姆教授說，後天我必須做一次羅沙哈測驗。我懷疑那是什麼東西。

4月17日

昨晚我作了一個惡夢，今天早晨醒來後，我按照史特勞斯醫生告訴我的方法，在我記得夢境時去自由聯想。我想著我的夢境，讓心思任意漫遊，直到其他想法湧上心頭。我不斷這樣做，直到心神一片空白。史特勞斯醫生說，這時就表示我的潛意識正試圖阻止我的意識去記憶。這是一道介於現在與過去之間的牆。有時候這道牆會屹立不搖，有時候則會崩垮，然後我就能想起背後隱藏著什麼。

就像今天上午一樣。

這場夢是關於紀尼安小姐讀我的進步報告發生的事。在夢裡，我坐下來寫東西，但我突然再也不會寫或讀。一切都空了。我非常害怕，所以我請麵包店的金皮幫我寫。紀尼安小姐讀到我的報告時非常生氣，因為報告裡面用了很多髒字，她氣得把報告撕碎。

我回家，尼姆教授和史特勞斯醫生也因為我在進步報告中寫了骯髒的事，把我打了一頓。他們離開後，我撿起撕碎的報告，但紙片在我手上變成許多有花邊的情人卡，上面還沾滿了血。

這是個可怕的夢，但我離開床，把所有經過都寫下來，然後開始自由聯想。

麵包店……烘烤……甕……有人踢我……跌倒……沾滿了血……寫作……紅色情人卡上放著一枝很大的鉛筆……一粒小金心……一個小盒子……一條鍊子……上面都是血……他在嘲笑我……

鍊子屬於那個小盒子……旋轉著……閃耀的陽光照進我眼裡。我喜歡看著鍊子旋轉……看著鍊子……全部聚成一團或扭曲和旋轉……一個小女孩看著我。

她的名字是紀尼……我是說哈莉葉。

「哈莉葉……哈莉葉……我們都愛哈莉葉。」

然後什麼沒有了，又是一片空白。

紀尼安小姐在我面前讀我的進步報告。

然後我們都在低能成人中心，我寫作文的時候，她在我面前讀東西。

學校換到十三學區，我十一歲，紀尼安小姐也是十一歲，但現在她不是紀尼安小姐。她是個小女孩，臉上有酒窩，留著長長的鬈髮，她的名字叫哈莉葉。我們每個人都喜歡哈莉葉。這時是情人節。

我記得……

我記得在十三學區發生的事，以及他們為什麼把我轉學，換到二二二學區，那是因為哈莉葉的緣故。

我看到十一歲大的查理。他有一個金色的小項鍊盒，是他在街上撿到的。盒子上沒有鍊子，但他用一條細繩串起來。他喜歡旋轉小盒子，讓盒子和細繩纏繞成一團，然後再看著它旋轉著解開，並讓閃耀的陽光射進他眼睛。

有時候他和小朋友玩丟球，他們都只讓他站在中間，他會努力在別人之前抓到球。他喜歡站在中間，雖然他從來沒有抓到球。有一次，海米‧羅斯不小心讓球掉下來，被他撿到，但他們不讓他丟，他還是得站到中間去。

哈莉葉經過的時候，所有男孩都會停止玩球，緊盯著她看。所有男孩都愛哈莉葉。當她搖頭的時候，她的鬈髮會上下晃動，而且她有酒窩。查理不懂為什麼他們會對一個女孩子大驚小怪，為什麼一直想和她說話（他寧可去玩球、踢罐子或是玩捉迷藏），但所有男孩都愛哈莉葉，所以他也必須愛哈莉葉。

她從來不像其他孩子一樣嘲笑他，他也會為她做些把戲。當老師不在的時候，他會跳到桌子上走，把橡皮擦丟出窗戶，在黑板與牆壁上亂塗亂畫。而哈莉葉總是尖聲地咯咯笑，「喔，你看查理，他是不是好好笑？喔，他是不是很蠢？」

到了情人節，每個男孩都在談論要送什麼情人卡給哈莉葉，所以查理也說：「我也要送一張情人卡給哈莉葉。」

他們都嘲笑他，貝利說：「你要去哪裡弄情人卡來？」

「我也會送她一張很漂亮的，你們等著看好了。」

但他根本沒錢買情人卡，所以他決定把他的小項鍊盒送給哈莉葉，盒子也是心形的，就像商店櫥窗賣的情人卡一樣。那個晚上，他從媽媽的抽屜拿了幾張棉紙，花了很久時間把小盒子包起來，並結上一條紅色的帶子。隔天中午吃飯的時候，他拿去找海米・羅斯，請海米幫他在紙上寫字。

他要海米寫著：「親愛的哈莉葉，我認為妳是世界上最美麗的女孩，我很喜歡妳，而且我愛妳。我要妳當我的情人。妳的朋友，查理・高登。」

海米小心地用很大的字母印在紙上，他一直在笑，然後告訴查理說：「乖乖，這一定會讓她的眼睛掉下來，你等著看她的表情吧。」

查理有些害怕，但他想把項鍊盒給她，所以就從學校跟著她回家，等她走進家裡後，他才偷偷溜到門口，把包裹掛在門把上。他按了兩下門鈴，然後衝到對街一棟樹後面躲起來。

哈莉葉下樓開門，左右看了一下，想知道是誰按門鈴。她看到包裹後，就拿著上樓去。

查理從學校回到家，被打了一頓屁股，因為他沒說一聲就從媽媽抽屜拿走棉紙和彩帶。但他不在乎。明天哈莉葉會帶著他的項鍊盒，告訴所有男孩，這是他送給她的。然後大家都會看到。

隔天，他一路跑著上學，但到的太早，哈莉葉根本還沒來，他非常興奮。

但哈莉葉來到學校後，甚至看都不看他一眼，不但沒有帶著項鍊盒，而且看起來很生氣。

他在揚森太太沒注意時，耍盡了所有把戲：他做好笑的鬼臉，大聲地笑，站在椅子上扭屁股，甚至還拿粉筆丟哈洛德。但哈莉葉連正眼也不看他一下。也許她忘了，也許她明天就會帶來上學。她在走廊的時候走過他身邊，但他走向前問她的時候，她一個字也沒說就把他推開。

她的兩個哥哥在校園裡等他。古斯推了他一把說：「你這個小雜種，是你寫這張骯髒的字條給我妹妹嗎？」

查理說他沒有寫骯髒的字條，「我只給她一個情人節禮物。」

奧斯卡高中畢業前，曾經是美式足球校隊的一員，他抓著查理的襯衫，弄掉了兩顆鈕釦。「你離我小妹遠一點，你這個敗類，反正你不屬於這個學校！」

他把查理推向古斯，古斯抓著他的喉嚨，查理很害怕，並開始哭。

然後，他們兩個開始打他。奧斯卡在他鼻子上揍了一拳，古斯把他推倒在地，用腳踢他身體，接著兩人輪流踢他。校園裡有許多孩子看到了，他們是查理的朋友，他們拍著手邊跑邊嚷，「打架！打架！他們在打查理！」

他的衣服被撕破，鼻子在流血，還掉了一顆牙。古斯和奧斯卡走後，他坐在人行道上哭，其他小孩還大聲嘲笑他：「查理被揍慘了！查理被揍慘了！」這時，學校的一位管理員華格納先生把其他小孩趕開，他帶查理進男生廁所，告訴他在回家前，先把臉上和手上的血和泥土洗掉……

我猜我那時候一定很笨，因為我竟然會相信別人說的話，我不應該相信海米或任何人的。

在今天以前，我從不記得這類的事，但我開始思考我的夢境後，就自然湧上心頭。這和我對紀尼安小姐讀我進步報告的感覺有關。無論如何，我很高興再也不用請別人幫我寫東西，現在我自己就能寫。

但我剛想起一件事，哈莉葉一直沒把項鍊盒還我。

4月18日

我知道羅沙哈是什麼了。那是一種墨跡圖形測驗，我在手術前曾經做過。我一看到這個東西，就開始害怕。我知道柏特會要我在卡片裡找出圖像，但我知道我什麼也看不到。我在想，如果有方法可以知道那裡面隱藏什麼圖像就好了。但也許其中根本沒有圖像，這只是種招數，想要知道我是不是會笨到去找出根本不存在的東西，想到這點就讓我對他生氣。

「好啦，查理，」他說：「你見過這些卡片的，記得嗎？」

「我當然記得。」

聽我說話的語調，他立刻知道我在生氣，他驚訝地抬頭看我。

「有什麼不對勁嗎？查理。」

「沒什麼，只是那些墨跡圖形讓我很煩。」

他微笑地搖搖頭。「沒什麼好煩的，這只是種標準的性格測驗。現在我要你看著卡片，這是什麼？你在卡片上看到什麼？人們會在這些墨跡圖形上看到各式各樣的東西，告訴我你看到的可能是什麼，讓你想到什麼。」

我非常震驚。我瞪著卡片，然後再瞪著他。

我沒有期待他會說這些話。「你的意思是這些墨跡圖形中沒有隱藏任何圖像？」

柏特皺著眉頭，然後摘下眼鏡。「你說什麼？」

「圖像！隱藏在墨跡圖形裡的圖像！你上次告訴我，每個人都看得到，你要我也找出來。」

「不，查理，我不可能這樣說。」

「你是什麼意思？」我對他高聲叫嚷。對於墨跡圖形的過度恐懼，讓我對自己也對柏特發脾氣。「你就是這樣對我說的，不要以為你聰明到能夠讀大學，就可以嘲笑我，我受夠了每個人都在嘲笑我。」

我不記得自己曾經這麼生氣過，我想我不是對柏特發作，但一切就這樣爆發出來。我把羅沙哈卡片丟在地上，然後走出去。尼姆教授剛好從走廊經過，我沒打招呼就從他身旁衝過去，他就知道有些不對勁了。他和柏特追上我時，我正準備搭電梯下樓。

「查理，」尼姆抓住我的手臂，「等一下，這是怎麼回事？」

我掙脫他的手，朝柏特點一下頭，「我受夠了別人老是作弄我。也許我以前不知道，但現在我知道了，我一點都不喜歡。」

「這裡沒有人會作弄你，查理。」尼姆說。

「那墨跡圖形測驗怎麼說呢？上回柏特說每個人都可以在墨水裡看到圖形，而我……」

「查理，你想聽一下柏特究竟是怎麼告訴你的，還有你自己是怎麼回答的嗎？你的測驗過程都有錄音，我們可以播來聽，讓你知道究竟說了哪些話？」

我懷著複雜的心情，跟他們一起回到心理學辦公室。我很確定他們一定是在我太過無知、什麼事都不懂時，乘機作弄和欺騙我。我的憤怒是種很刺激的感覺，我不想輕易擱下，我已經準備好要作戰。

尼姆在檔案中找錄音帶時，柏特解釋說：「上回我用的措詞幾乎和今天一模一樣，這類測驗要求每次的過程必須一樣，都獲得有效的控制。」

「我聽到以後就會相信。」

他們交換一下眼神。我覺得血液又往上衝，他們還是在嘲笑我。然後我想起我剛說了什麼，再聽過我自己說過的話後，我知道他們不是在嘲笑我，而是因為他們知道我遭遇到什麼問題。我已經達到一個新的水準，憤怒與懷疑是我對周遭世界的第一個反應。

錄音機傳出柏特的聲音：

「現在我要你看著卡片，這是什麼？你在卡片上看到什麼？查理，人們會在這些墨跡圖形上看到各式各樣的東西，告訴我你看到的可能是什麼，讓你想到什麼……」

他用的措詞和語調，和幾分鐘前在實驗室說的話幾乎一模一樣。然後我聽到自己的答覆，說的是些幼稚、無法想像的事情。然後，我無精打采地坐在尼姆教授桌旁的椅子上。

「那真的是我嗎？」

我跟著柏特回實驗室，繼續我們的羅沙哈測驗。我們進行的很慢，這回我的答覆相當不一樣。我在墨跡圖形中「看到」東西：一對蝙蝠在互相拉扯、兩個人在鬥劍。我還想像出各種事物，但即使如此，我發現我已不再完全信任柏特。我不斷把卡片翻過來，檢查背後是否有我應該注意的東西。

他在做筆記時，我也會偷瞄。但他記的都是這類代碼：

WF + A DdF-Ad orig. WF-A SF + obj

這項測驗還是沒有什麼意義，因為我覺得任何人都可以說謊，故意編出一套他並沒有真正看到的事情。他們如何知道我不是在愚弄他們，沒有故意說些我並未真正想到的事呢？也許史特勞斯醫生允許我讀些心理學的書後，我就會了解。我愈來愈難記下我的所有想法和感覺，因為我知道別人會讀。如果我能私自保留部分的報告一段時間，或許會比較好。我要去問史特勞斯醫生，為什麼這件事會突然讓我感到困擾？

進步報告——10

4月21日

我想出一個新方法來設定麵包店的揉麵機，可以加快生產速度。杜納先生說這可以讓他節省勞動成本，並且提高獲利。他給我五十元紅利，而且每週加薪十元。

我想請喬・卡普和法蘭克・雷利出去吃中飯慶祝，但喬說他得去幫太太買東西，法蘭克說要和表弟一起吃中飯。我猜想他們需要一段時間才能適應我的改變。

每個人似乎都怕我。我走到金皮身邊拍了一下他的肩膀，想問他一件事情，他竟然整個人跳起來，手上的咖啡灑了自己滿身。他以為我沒有在看的時候，狠狠的瞪我。在工作的地方再也沒有人和我說話，路上的小孩也避開我。這讓我的工作變得相當孤單。

這件事讓我想起以前，我很睏地站起來時，法蘭克會用腳踢我的腿，讓我跌倒在地上。暖暖的甜味、白色的牆壁、法蘭克打開烤箱移動麵包時的轟隆聲響。

突然跌倒……扭成一團……下半身懸空，頭撞到牆壁。

那就是我，但躺在那裡的似乎是別人，另一個查理。他搞糊塗了……手揉著頭……先抬起眼睛瞪著高瘦的法蘭克，再看看旁邊的金皮。金皮的塊頭很大，頭髮茂盛，灰色的臉，濃密的眉毛幾乎蓋住藍色眼睛。

「放過那孩子，」金皮說：「天哪，法蘭克，你為什麼老找他麻煩？」

「我沒別的意思，」法蘭克笑著說：「這又傷不了他，他不會有什麼感覺的，你會嗎？查理。」

查理揉著頭，一副畏縮的模樣。他不知道自己做了什麼事，竟然惹來懲罰，但這總會一再發生的。

「但你自己可是很清楚，」金皮腳上穿著沉重的矯正鞋，「你倒說說看，你為什麼老是整他？」兩人坐在長桌旁邊，高高的法蘭克與胖胖的金皮正在揉麵，準備做成麵包捲放進烤箱，應付傍晚的訂貨。

他們靜靜地工作一會兒，然後法蘭克停下來，把白色帽子往後頂一下。「嘿，金皮，你想查理能學會烤麵包捲嗎？」

金皮的手肘倚在工作桌上，「你為什麼就不能放過他？」

「不，我是說真的，金皮，不是開玩笑，我打賭他能學會做麵包捲這種簡單的事。」

金皮似乎對這個主意有了興趣，他轉身注視查理。「也許你可以學一點，嘿，查理，過來一下。」

查理就像平常一樣，有人在談他的時候，總是低著頭看自己的鞋帶。他知道怎麼穿鞋帶和打結。他可能會做麵包捲，也有可能學會搗、捲、旋轉麵糰，然後做成小圓形。

法蘭克不太確定地看著他。「也許我們不該試，金皮。或許這是不對的，如果一個蠢蛋學不來，也許我們就不該教他任何東西。」

「這件事交給我，」金皮現在接下法蘭克的點子，「我想他可能學得來。聽著，查理，你想學點東西嗎？你要我教你怎麼像法蘭克和我一樣做麵包捲嗎？」

查理注視著他，笑容逐漸從臉上消失。他知道金皮要做什麼，他感到擔憂。他想討好金皮，但他聽到學和教的字眼，想起曾被嚴厲懲罰的事，但想不起來到底是什麼事……只記得有隻白色、纖細的手舉起來打他，要他學些他不懂的事。

查理後退幾步，但金皮抓住他的手臂。「嘿，孩子，放輕鬆，我們不會打你的。你看他抖得整個人都快散掉了。看這裡，查理，我有個新奇、發亮的幸運玩意要給你玩。」他伸出手給他看一條黃銅鍊子，上面連了一片寫著「永光牌金屬拋光劑」的閃亮圓盤。他手抓著鍊子末端，讓閃亮的金色圓盤緩緩轉動，反射著日光燈的亮光。查理記得那閃亮的墜鍊，但不知道為什麼或到底是什麼東西，他沒有伸手去拿，他知道拿別人的東西會被懲罰。如果是別人放在你手裡就沒關係，否則就是不對的。他看到金皮要拿給他，他點點頭，臉上也重新綻開笑容。

「這個他倒是懂，」法蘭克笑著說：「只要給他閃閃發亮的東西。」法蘭克讓金皮接手做這項試驗，自己也興奮地把身體向前傾。「也許他真的很想要那塊廢料，如果你教他怎麼做，說不定他真會學到如何把麵糰做成麵包捲。」

他們準備教查理的時候，店裡其他人也跟著圍過來看。法蘭克在他們和桌子中間清出一個區域，金皮抓了塊中等大小的麵糰給查理。有人在下注，打賭查理能否學會做麵包捲。

金皮說：「仔細看我們做。」然後他把墜鍊放在桌上查理看得到的地方。「仔細看，照我們的每個動作去做，如果你學會怎麼做麵包捲，這個閃亮的幸運符就是你的了。」

查理彎腰駝背坐在凳子上，專心地看金皮拿起刀子切下一片麵糰。他注視金皮的每個動作，看到他先把麵糰擀平鋪開成長條狀，然後斷開再揉成一團，放下來後，撒上一些麵粉。

「現在看著我做。」法蘭克說，他重複金皮的做法，但查理卻混淆了。兩個人的動作有些差異。金皮擀平麵糰的時候，手肘是撐開的，就像鳥的翅膀，法蘭克則緊靠在身體兩側。金皮揉麵時，兩手拇指和其他指頭靠在一起，法蘭克卻是用手掌去壓，拇指和其他指頭分開。

查理太過擔心這些細節，以致金皮說「好，換你試試看」時，他根本動不了。

查理搖搖頭。

「查理，我再慢慢做一次。這回你看著我的每個動作，我做一步，你做一步。好嗎？但要注意記住每個步驟，這樣你待會才能自己做一次。現在先這樣做。」

查理皺著眉頭看金皮抓下一塊麵糰，然後揉成麵球。他遲疑了一下，跟著拿起刀子切下一片麵糰，放在桌子中央。慢慢地，他和金皮一樣撐開手肘，也把麵糰揉成球狀。

他從自己的手望向金皮的手，小心地讓自己的手指姿勢和金皮一樣，拇指和其他指頭靠得緊緊的，略成杯狀。他必須做對，照金皮要求的方式去做。他心裡有個聲音在回響，告訴他要做對，這樣他們就會喜歡你。他希望金皮和法蘭克能喜歡他。

金皮把麵糰揉成麵球後，他退後一步站著，查理也照著做。「嘿，太棒了。法蘭克，看到沒？他做成麵球了。」

法蘭克點點頭微笑。查理鬆了口氣，他的身體一直緊張地發抖，他不太習慣這類罕有的成就。

「好，現在我們來做麵包捲，」金皮說。查理笨拙地，但很小心地跟著金皮的每個動作。有時候，他的手或手臂的偶爾晃動，會破壞他正在做的東西，但再多過一會兒，他就能把一塊麵糰慢慢捏成麵包捲。他在金皮旁邊做了六個麵包捲，他撒上麵粉後，小心翼翼把它們放到鋪著麵粉的烤盤上，和金皮做的排在一起。

「很好，查理。」金皮的表情嚴肅，「現在你自己做給我們看，要記得從頭開始的每個步驟。好，現在開始。」

查理望著厚厚的大堆麵糰，再看看金皮交到他手上的刀子，立刻又恐慌起來。他第一步該怎麼做？手應該怎麼放？還有指頭呢？他要怎麼揉麵糰？……一千個混亂的念頭同時在他心裡爆開來，他只能呆站在那裡微笑。他想要做，要讓法蘭克和金皮高興、喜歡他，同時拿到金皮答應送他的那個閃閃發亮的幸運玩意。他在桌上把那塊柔滑、沉重的麵糰轉來轉去，就是不知道該如何下手。他沒辦法切下去，因為他知道他做不出來，他會害怕。

「他已經忘了，」法蘭克說：「他記不住。」

他很想記住，他皺著眉頭努力回想：起初你必須切下一塊麵糰，然後把它揉成一個球。但要怎麼變成像烤盤上的麵包捲呢？這是另外一回事。給他一些時間，他就會記起來。一旦那些混亂的念頭消失，他就會想起來。再過幾秒鐘就行了。他想多抓住剛學到的東西一會兒，他太想要了。

「好啦，查理，」金皮嘆了口氣，拿走他手上的切刀，「沒關係，別擔心，反正這不是你的工作。」

再過一分鐘他就會想起來，如果他們不要催他就好了。為什麼凡事都得這麼匆忙呢？

「去吧，查理，去坐下來看你的漫畫書，我們得回去工作了。」

查理點頭並微笑，接著從背後的口袋抽出漫畫書。他把書壓平，然後放在頭上，假裝是一頂帽子般戴著，惹得法蘭克笑起來，金皮也終於露出微笑。

「走吧，你這個大寶寶，」被逗樂的金皮哼著說：「去坐在那兒，等杜納先生有事再叫你。」

查理對著他微笑，回到揉麵機旁堆著麵粉袋的角落。他喜歡盤腿坐在地板上，靠著麵粉袋看漫畫書裡的圖畫。他開始翻頁時，突然有想哭的感覺，卻不知道是為什麼。有什麼好悲傷的呢？模糊的雲霧來了又散，現在他期待的是漫畫書中精美的彩色圖畫帶來的快樂，這本書他已看過三、四十次了。他知道漫畫書中的所有人物，因為他一次又一次問過他們的名字（幾乎問過每個他遇到的人）。他也知道人物上方那些白色氣球裡的奇怪字母和字代表他們正在說的話。如果能夠讀懂氣球裡的字該有多好？如果他們給他足夠的時間，只要他們不要催他催得太急，他就會學起來。可是大家沒有時間。

查理盤起腿，打開漫畫書的第一頁，蝙蝠俠和羅賓正抓著一條長繩子，擺盪到建築物的另一頭。他決定，總有一天他要讀書。到那時候，他就會讀懂故事。他感覺肩膀上有隻手，他抬頭看。金皮伸出手上拿的黃銅圓盤和鍊子，讓鍊子旋轉、纏繞，照射著光芒。

「拿去！」他粗暴地說，然後把東西丟到查理懷中，跛著腿離開……

我以前從未想過這件事，他能這樣做真好。但為什麼呢？反正，這就是我記得的當時情景，比我以前經歷過的任何事都要清晰完整。有點像在清晨光線還灰濛濛的時候，從廚房窗戶往外張望一樣。從那時候到現在，我已經歷很大的改變，這一切都得歸功於史特勞斯醫生和尼姆教授，以及畢克曼大學的其他人。但法蘭克和金皮看到我現在的改變後，會有什麼樣的想法和感覺呢？

4月24日

麵包店裡的人變了，不僅僅是忽視我而已，我還能感覺到敵意。杜納安排我加入麵包師工會，我又獲得一次加薪。但最糟的是所有的樂趣都沒了，因為其他人都討厭我。從某方面看，我不能怪他們。他們不了解我是怎麼回事，而我也不能告訴他們。大家沒有像我期待的為我感到驕傲，絕非如此。

然而，我還是得找人談談。明天晚上我要請紀尼安小姐看電影，慶祝我獲得加薪，如果我有足夠的勇氣的話。

4月24日

尼姆教授終於同意史特勞斯醫生和我的說法，如果知道我寫的東西會立即被實驗室的人拿來讀，我根本不可能記下所有事情。不論我記下來的是什麼題材，我都已經儘可能誠實，但還是有些事我不願意寫下來，除非我能私下保留至少一段時間。

如今，我獲准保留一些比較隱私的報告，但只能保留到提交最後報告給威伯格基金會之前，尼姆教授最終仍會讀過所有報告，以決定哪些部分要出版。

今天發生在實驗室的事情，讓我非常難過。

傍晚前我路過實驗室，想問史特勞斯醫生或尼姆教授，我能不能邀請紀尼安小姐出去看電影。但敲門之前，我就聽到他們在激烈爭吵。我不應該在那裡逗留的，但要改變習慣很難。因為人們在我面前都會照常說話或做事，就好像當我不在場一樣，他們根本不在乎我聽到什麼。

我聽到有人在拍桌子，然後尼姆教授高聲吼叫說：「我已經通知委員會，我們會在芝加哥發表報告。」

然後我聽到史特勞斯醫生的聲音說：「可是你錯了，哈洛德，從現在起的六個星期時間還是太倉卒，他仍在改變。」

尼姆接著說：「到目前為止，我們都能正確預測發展模式，我們提出臨時報告是合理的。我告訴你，傑伊，沒什麼好怕的。我們已經成功了，所有結果都是正面的，現在不會再出錯了。」

史特勞斯說：「這件事情對我們所有人都太重要，不能還沒成熟就提前公開，你不能自作主張。」

尼姆說：「你忘了我是這個計畫的高級成員。」

史特勞斯說：「可是你忘了你不是唯一必須顧慮聲譽的人，如果我們現在就誇大宣告成果，我們的整個假設會遭到嚴厲攻擊。」

尼姆說：「我已經不再擔心退化，我已一再檢驗所有過程。臨時報告不會有什麼傷害，我很確定現在不會出錯了。」

他們就這樣爭論不休，史特勞斯說尼姆覬覦的是哈爾斯敦的心理學會主席職位，尼姆則說史特勞斯仗恃的是他的心理學研究勢力。然後，史特勞斯說，他的心理學技巧和酵素注射模式，對這個計畫的貢獻絲毫不遜於尼姆的理論。總有一天，全世界成千上萬的神經外科醫生都會使用他的方法。尼姆則針對這點提醒他，如果不是有他的原創理論，這些新技巧都無從產生。

他們用許多字眼指責對方，包括機會主義者、憤世嫉俗、悲觀主義者，讓我感到害怕。突然間，我想到我沒有權利在他們不知情的狀況下，站在辦公室外面聽他們說話。以前我還懵懂無知的時候，他們可能不在乎，但現在我已經能夠了解，他們不會希望我聽到這些話。我沒有等到他們爭吵出個結果就已經離開。

天色已經暗下來，我走了很久的路，想弄清楚自己為什麼這麼害怕。我第一次看清他們不是神，甚至也不是英雄，只是兩個煩惱著要從工作中獲得某些東西的平凡人。然而，如果尼姆的說法正確，實驗是成功的，那又有什麼好怕的呢？有太多事情要做，太多計畫要訂。

關於請紀尼安小姐看電影慶祝加薪的事，我會等到明天再去問他們。

4月26日

我知道做完實驗室的事情後，不應該在學院附近繼續逗留，但看到年輕男女帶著書本進進出出，聽到他們談課堂上學到的東西，會讓我興奮。我很希望能和他們在波爾校區的餐館中坐下來喝咖啡、聊天，一起爭論政治、想法與書本上的問題。聽他們討論詩、科學與哲學，是很讓人興奮的事，不管談論的是莎士比亞與米爾頓；牛頓、愛因斯坦與佛洛伊德；柏拉圖、黑格爾與康德；或是所有像教堂的的洪亮鐘聲一樣在我心中迴盪的偉大名字。

有時候，我會傾聽周圍桌子的學生對話，假裝我也是個大學生，雖然我其實比他們老很多。我帶著書本到處晃，並抽起菸斗。這樣做很蠢，但因為我屬於實驗室，我覺得好像自己也是大學的一部分。我痛恨回去家裡的孤單房間。

4月27日

我和波爾校區的幾個學生做了朋友，他們在爭論莎士比亞的劇本是否真的是莎士比亞所寫。一位滿臉汗水的胖學生說，所有莎士比亞的劇本都是馬洛寫的。但戴著暗色眼鏡的小個子學生雷尼不相信有關馬洛的說法，他說每個人都知道劇本是法蘭西斯・培根寫的，因為莎士比亞沒有讀過大學，從未接受劇本中呈現的那種教育水準。然後，一位戴著新鮮人便帽的學生說，他在男生廁所裡聽到幾個人在說，莎士比亞的劇本其實是一位女士寫的。

他們也談論政治、藝術與上帝的問題。我以前從未聽過上帝可能不存在的事，聽得我嚇了一大跳，因為這是我第一次開始思考上帝的意義。

現在我知道上大學和接受教育的最重要理由之一，是去了解你以前一直相信的事情並非真實，而且任何東西都不能只靠外表來決定。

他們一直在聊天和爭論，我感到一股興奮之情在內心沸騰。這正是我要的，我要上大學，聽人談論所有重要的事情。

如今我空閒的時候，大部分時間都泡在圖書館閱讀，儘可能從書本吸收東西。我沒有特別專注在任何領域，目前只是大量閱讀小說，來填補我那無法滿足的飢渴，包括杜斯妥也夫斯基、福樓拜、狄更斯、海明威、福克納，或是我能接觸到的所有東西。

4月28日

昨夜在夢裡，我聽到媽對著爸和十三學區小學（我轉到二二二學區之前的第一個學校）的老師大聲吼叫……

「他很正常！他很正常！他會像其他人一樣成長，比其他人更好。」她想去抓老師，但爸把她拉回來。「他有天會去上大學，變成大人物！」她不斷尖聲大叫，還去抓爸爸，想要掙脫開來。「他有天會去上大學，而且變成大人物！」

我們在校長的辦公室，裡面的許多人表情都很尷尬，但助理校長在笑，他還把頭轉開，以免被人發現。

我夢中的校長留著長長的鬍子，他在房間裡晃過來晃過去，然後指著我說：「他必須去讀特殊學校，把他安置在華倫州立之家和訓練學校，他不能留在這裡。」

爸拉著媽離開校長辦公室，她還在高聲叫嚷，但同時也哭了起來。我沒看到她的臉，但她斗大的紅色淚滴不斷往我身上掉落……

今天早上我還記得這個夢，不僅如此，我還能模模糊糊回想起六歲時發生的事。那時候，諾瑪還沒生出來。我看到媽是個瘦小的女人，有著深色頭髮，她講話很快，而且用了太多手勢。她的面孔一直很模糊。她的頭髮梳成高高的髮髻，不時伸手去拍一下，把它壓平，好像要確定髮髻還在那裡。我記得她像隻白色大鳥，一直拍著翅膀圍在我父親四周，而他則是太過笨重與疲倦，根本避不開她的撲啄。

我看到查理站在廚房中央，玩弄他的旋轉玩具，那是用條繩子串起來的許多閃亮的彩色珠子與圓環。他一手抓著繩子上端繞圓圈，看著那些珠環在旋轉的炫光中不斷纏繞與分開，他就這樣子玩了很久。我不知道那是誰幫他做的，後來流落到哪裡去，但我看到他著迷地站在那裡，一面繞圈圈，一面看著繩子的重複纏繞與解開……

她對著查理高聲嚷叫，不，她是在對父親叫嚷。「我不會把他轉走，他沒什麼不對勁！」

「蘿絲，繼續假裝一切正常沒什麼好處。妳看看他，蘿絲，他已經六歲了，卻還……」

「他不是呆子，他很正常，他會跟其他人一樣。」

他悲傷地看著兒子玩耍，查理對他微笑，把玩具拿得高高的，讓老爸看玩具旋轉起來有多漂亮。

「把玩具收起來！」媽尖叫著，突然間揮出一掌，把旋轉玩具從查理手上拍出去，摔落在廚房地板上。「去玩你的拼字積木！」

他呆站在那兒，被這突如其來的發作嚇壞了。他縮成一團，不知道媽會對他怎樣，身體開始顫抖。他們在吵架，那竄高竄低的吼聲好像在他體內擠壓，讓他起了恐慌。

「查理，去廁所，你膽敢拉在褲子上試看看！」

他想照她的話做，但腿卻軟弱地不聽使喚，兩手自動抬高想抵擋母親的巴掌。

「看在上帝分上，蘿絲，饒了他吧。妳把他嚇壞了，妳老是這樣對他，可憐的孩子。」

「那你為什麼不幫我？我必須凡事自己來，每天都得設法教他，幫他趕上其他人。他只是有點遲鈍，如此而已，他可以和其他人學得一樣好。」

「不要欺騙自己，蘿絲，這樣對他或對我們都不公平。妳不能假裝他很正常，然後把他當動物一樣驅使，要他學些把戲。妳為什麼不放過他呢？」

「因為我要他跟其他人一樣！」

他們吵架時，查理體內感受到的那股擠壓也變得更強烈。他感覺肚子就快爆開來了，他知道必須像媽經常告訴他的，趕緊去廁所，但他就是動不了。他很想當場在廚房坐下來，但這是不對的，而且媽會揍他。

他想要他的旋轉玩具，如果他拿到玩具，看著那東西轉來轉去，就能夠控制自己，不會拉在褲子上。但玩具已經摔壞四散，有些圓環散落在桌子下，有些跑到水槽下，繩子則飛到爐子旁邊。

奇怪的是，雖然我清晰地記得他們的聲音，他們的面貌卻始終模糊，我只能看到大概的輪廓。爸爸塊頭大但委靡，媽媽瘦小而靈敏。時隔多年，現在聽到他們相互爭吵的聲音，我有股衝動想對他們高叫：「看看他，看著查理，他得去廁所！」

當他們為了他吵架時，查理站在那裡拉扯著他的紅格子襯衫。他們之間的言語交鋒閃爍著憤怒的火花，但那是他無法辨識的憤怒與罪過。

「九月的時候，他要回十三學區小學，重讀這學期的課。」

「妳為什麼不能自己認清事實呢？老師說過他沒有能力在正常的班級上課。」

「那婊子也能算老師嗎？噢，我還可以給她更好聽的稱號。她再惹我看看，這回我不會只是向教育局投訴。我會挖出那蕩婦的眼珠。查理，你為什麼扭成那樣？去廁所，自己去，你知道怎麼去的。」

「妳看不出他要妳帶他去嗎？他會害怕。」

「你別管，他完全有能力自己上廁所，書上說這會帶給他自信和成就感。」

想到那個貼滿冰冷瓷磚的房間，他就渾身恐懼，他不敢自己去，向她伸出手，哭著說：「廁……廁……」但她把他的手甩開。

「不行！」她嚴厲地說：「你是個大男孩了，你可以自己去。現在就去廁所，照我教你的拉下褲子。我警告你，如果拉在褲子上，我會打你屁股！」

我現在幾乎可以感覺到，他們站在他面前等著看他怎麼做時，他肚子裡的那種扭曲與糾結。但突然間，他再也控制不了，他的嗚咽變成柔聲的哭泣，他已經弄髒褲子，同時雙手掩面哭了起來。那種東西軟軟、熱熱的，他的感覺混合著解脫與害怕的困惑。困惑的是他，但她會像往常一樣讓他清醒過來，把困惑留給自己。然後，她會打他屁股。她走向他，高聲罵他是壞孩子，而查理則奔向父親求救。

突然間，我想起她的名字是蘿絲，他的名字是麥特。忘掉自己父母的名字是很奇怪的事。諾瑪呢？我居然已經很久沒有想起過她。我很希望現在能再看到麥特的臉，想知道他那時候在想什麼。但我只記得她開始打我時，麥特・高登轉身走出公寓。

我很希望能更清楚地看到他們的臉。

進步報告——11

5月1日

我為什麼從未注意到愛麗絲・紀尼安有多漂亮？她有鴿子般柔和的褐色眼睛，羽毛般輕軟的褐髮直垂到頸部凹處，微笑時，豐滿的嘴唇看起來像在噘嘴。

我們一起去看電影，並且共進晚餐。第一部電影我看進去的不多，因為我太過強烈地意識到她就坐在我身邊。她裸露的手肘在扶手上碰到我兩次，每一次碰觸時，我都害怕她會不高興而趕快縮回手肘。我滿腦子想的都是身邊幾吋外的柔嫩肌膚。然後我看到在我們前面兩排，一位年輕男子用手臂摟著身旁的女孩，我也想把手臂環在紀尼安小姐肩上。我很害怕。但如果我慢慢地……先把手臂放在她的椅背……再一吋一吋往上移……逐漸靠近她的肩膀和頸背……再若無其事地……

但是我不敢。

我能做的頂多只是把手肘靠在她座位的椅背上，但等我推進到這個位置時，我已經必須變換位置，來擦拭滲滿頸部與滿臉的汗水。

有一回，她的腿還不經意地掠過我的腿。

這實在是莫大的折磨，太痛苦了，我只得強迫自己把心思從她身上移開。第一部電影是戰爭片，但我只知道結尾的時候，那位美國大兵重返歐洲，與救過他一命的女人結婚。第二部電影引起我很大的興趣。這是一部關於心理學的電影，敘述一個男人和女人表面看起來像在戀愛，實際上卻在互相摧毀對方。故事的進展一直顯示，這個男人即將殺死他太太，但在最後一刻，她在夢魘中尖叫著某件事，讓他回想起童年發生的事。這段突如其來的回憶告訴他，他的憎恨實際是針對一位邪惡的女家庭教師而發，她以各種恐怖的故事驚嚇他，以致讓他的人格留下缺陷。興奮地發現這個真相後，他高興地大叫，把他的太太驚醒。他把她抱在懷裡，暗示他的一切問題都已化解。這樣的結論太過簡略低俗，而我大概也顯示了我的不屑，所以紀尼安小姐想知道有什麼不對勁。「這是一派胡言，」我們走進大廳時，我向她解釋說：「事情根本不會以這種方式發生。」

「當然不會。」她笑著說：「這是個虛構的世界。」

「噢，不！這不能算是答案。」我強調說：「即使在虛構的世界，也必須有規則可循。每個部分必須前後呼應，屬於一個整體。這樣的電影純粹是胡扯，情節是硬編出來，因為作家、導演或某個人所要的東西，和整體並不搭軋，感覺上都不對勁。」

我們走進時報廣場令人目眩的輝煌夜色時，她若有所思地看著我。「你進步得很快。」

「我很迷惑，我不知道自己究竟知道些什麼。」

「不要在意那個，」她堅持說：「你已經開始看清與了解事情。」我們穿越廣場到第七大道時，她揮著手臂來遮擋周遭的霓虹燈與炫光。「你逐漸能看清事情表面底下的東西，你剛才說每個部分都必須屬於一個整體，那就是很好的見解。」

「噢，算了吧，我可不覺得我有做好任何事情。我不了解自己或我的過去，我甚至不知道我父母在哪裡，或長什麼樣子。妳知道嗎？我在記憶的瞬間或在夢裡看到他們時，他們的面孔始終是模糊的。我想看清他們的表情。除非我能看到他們的臉，否則我無法了解到底發生了什麼事。」

「查理，冷靜點。」路人都轉過來看我。她的手穿過我的臂彎，把我拉近一點，讓我不要太激動。「要有耐心，別忘了你已經在幾週內完成別人要一輩子才能做到的事。你就像一片不斷吸收知識的巨大海綿。你很快就能把事情連結起來，然後你會發現，所有不同的學習世界都是相關的。查理，所有層級就像一個巨大樓梯的梯階，而你會愈爬愈高，看到愈來愈多周遭的世界。」

我們走進四十五街的自助餐館並拿起餐盤時，她說得正起勁。她說：「一般人只能看到一點點，他們無法改變太多或超越自己，但你是個天才。你會愈爬愈高、愈看愈多，你的每一步都會為你揭開一個令你驚奇的新世界。」

排隊的人聽到她說的話時，都轉過頭瞪她，直到我碰她一下後，她才壓低聲音。「我只祈求上帝，」她低聲地說：「不要讓你受到傷害。」

聽到她這麼說，我有好一陣子不知該說些什麼。我們在櫃台點好食物，然後帶到我們的桌子，一言不發地吃起來。這靜默的時刻讓我緊張起來，我知道她說的是她的恐懼，所以我就藉此開玩笑。

「我為什麼會受傷害呢？我不可能比以前更糟了。甚至阿爾吉儂也還是很聰明，不是嗎？只要牠還不錯，我就會維持良好狀況。」她玩弄著刀子，在一小塊奶油中挖了個圓形凹洞，她的動作令我著迷。「而且，」我告訴她，「我無意中聽到尼姆教授與史特勞斯醫生的爭執，尼姆說他肯定情況不會出錯。」

「但願如此。」她說：「你無法想像我有多害怕事情會出差錯，我認為我也必須負一部分責任。」她看到我在凝視她的刀子，便小心翼翼把刀放在盤子旁邊。

「如果不是妳，我絕對不會動手術。」我說。她笑了起來，她的神情讓我顫抖。我就是在這時候，發現她的眼睛是柔和的褐色。她很快低下頭看著桌布，臉也紅起來。

「謝謝你，查理。」她說，然後握著我的手。

這是第一次有人對我這樣做，這也讓我變得大膽。我將身體向前傾，繼續握住她的手，話也跟著流瀉出來。「我非常喜歡妳。」說完，我很怕她會笑起來，但她只是點點頭微笑。

「我也喜歡你，查理。」

「但這不只是喜歡而已。我的意思是……噢，天哪，我不知道要說什麼。」我知道我已滿臉通紅，不知道眼睛要看向哪裡，也不知道手該擺哪裡。我弄掉一支叉子，彎身去撿時，又打翻一杯水，濺濕了她的衣服。突然間，我又變得笨拙彆扭，我想要道歉，舌頭卻不聽使喚。

「沒關係，查理，」她試著安慰我，「只是水而已，不必因此覺得沮喪。」

在回家的計程車上，我們沉默了很長一段時間。然後，她放下皮包，拉緊我的領帶，並弄直我胸前口袋的手帕。「你今晚很沮喪，查理。」

「我覺得自己很可笑。」

「都是我談起那件事才讓你心煩，是我讓你變得自覺。」

「不是因為這樣，讓我心煩的是，我不知如何用言語來表達我的感受。」

「這種感覺對你是全新的經驗，不是每件事都……需要用說話來表達。」

我靠近她，想再拉住她的手，但她把手抽走。

「不，查理，這對你可能不是件好事。我會讓你心煩，這可能會有負面影響。」

她的退卻讓我同時感到尷尬和愚蠢，我對自己生氣，退回到自己的座位，眼睛望著窗外。我以前從未恨過任何人，但她的輕鬆答覆與母性般的大驚小怪，卻讓我對她痛恨起來。我想打她耳光，讓她趴倒在地，然後再把她擁進懷裡親吻。

「查理，如果是我讓你心煩，我很抱歉。」

「不要提了。」

「可是你必須了解這是怎麼回事。」

「我了解，」我說：「可是我寧可不談。」

計程車開到她在七十七街的寓所時，我已經難過得不得了。

她說：「這是我的錯，我今晚不該和你出來的。」

「是的，現在我知道了。」

「我的意思是，我們無權把這件事推展到個人……情感的層面上。你還有太多事要做，我沒有權利在這時候闖進你的生活。」

「那是我該擔心的事，不是嗎？」

「是嗎？這不再只是你個人的事，查理。你現在負有責任，不只是對尼姆教授與史特勞斯醫生，而且必須對數百萬可能踏著你的足跡前進的人負責。」

她愈是那樣說，我就愈覺得不好過。因為她凸顯了我的彆扭，顯示我對於該說與該做的事欠缺認識。在她眼裡，我只是個言行笨拙的青少年，她正試著要我放輕鬆。

我們站在她公寓門口時，她轉過身對我微笑，在那片刻我以為她會邀我進去，但她只是低聲說：「晚安，查理，謝謝你讓我度過這美妙的夜晚。」

我想和她吻別道晚安。我早先就為這問題擔過心，女人不是都期待你會吻她嗎？在我讀過的小說和看過的電影中，男人總是採取主動。我昨晚就已決定要吻她，但我還是一直擔心：如果她拒絕呢？

我靠近她的身體，攏向她的肩膀，但她的動作更快。她攔住我，把我的手握在她手中。

「我們最好用這種方式道晚安，查理。我們不能讓關係變得太親近，還不行。」

在我來得及抗議或問她是什麼意思之前，她已經開始往內走。「晚安，查理，再次謝謝你陪我度過這美妙……美妙的時光。」然後她就把門關上。

我對她、對我，以及這世界感到憤怒，但等我回到家時，我了解到她是對的。現在，我已經弄不清她是喜歡我，或只是對我仁慈。她究竟把我當作什麼呢？最令人難堪的是，我以前從來沒有過這種經驗。人要怎麼做才能學會如何對待另一個人呢？男人要如何才能學會對待女人呢？

書籍在這方面沒有太大用處。

但是下回，我要和她吻別道晚安。

5月3日

有件事一直讓我感到困擾，就是每次往事在回憶中浮現時，我從來不能確定事情真的是這樣發生，或者這只代表我當時的想法，或根本就是我自己捏造出來。我就像個一生都在半睡半醒間的人，拚命想知道自己清醒過來之前的模樣。所有事情都詭異地以慢動作發生，而且模模糊糊。

昨晚我作了個惡夢，醒來後依稀還記得片段。

先說這個惡夢：我在一條長廊上跑步，飛舞的塵土讓我幾乎睜不開眼，有時我向前跑，有時四處飄浮，或是往後跑，但我很害怕，因為我的口袋裡藏著東西。我不知道那是什麼，或是我在哪裡拿來的，但我知道他們要從我這裡拿走，這讓我感到害怕。

牆壁倒塌了，突然有個紅髮女孩向我伸出雙臂，她的臉是個白色面具。她把我擁入懷中，然後吻我、愛撫我，我想緊緊抱住她，但我害怕：她愈是碰我，我愈是驚恐，因為我知道我一定不能碰女孩子。然後，她的身體在我身上摩挲，我感覺到體內的奇怪沸騰與抽動，讓我感到溫暖。但當我抬起頭，我看到她手中拿著一把血淋淋的刀子。

我一邊跑，一邊想要喊叫，但喉嚨發不出聲音，而且口袋已經空無一物。我在口袋裡尋找，卻不知道自己究竟丟了什麼，或是我為什麼把它藏在口袋。我只知道東西不見了，而且雙手沾滿了血。

醒來時，我想到紀尼安小姐，而且我和在夢中一樣驚慌。我到底在害怕什麼？應該和刀子有關。

我為自己煮了杯咖啡，並抽了根菸。我從未作過這樣的夢，我知道這和紀尼安小姐共度的那一晚有關。我已經開始用不同的方式來看待她。

自由聯想仍然很難，因為想要不去控制自己的思維並不容易……盡量開放你的心靈，放任所有事物流入……想法像泡沫浴缸裡的泡沫一樣浮上水面……一個女人在洗澡……一個女孩……諾瑪在洗澡……我從鑰匙孔偷窺……她從澡盆走出來擦乾身體時，我發現她的身體和我不一樣。少了某樣東西。

跑過通道時，有人在追我……不是一個人……只是一把閃亮的菜刀……我害怕得想哭，但哭不出聲音，因為我的脖子被砍了一刀，我在流血……

「媽媽，查理從鑰匙孔偷看我洗澡……」

她為什麼長得不一樣？她發生了什麼事？……血……流血……一個黑暗的小房間……

三隻瞎眼的老鼠……三隻瞎眼的老鼠，

看看牠們跑得多快！看看牠們跑得多快！

牠們都在追逐農夫的妻子，她拿切肉刀砍斷牠們的尾巴，

你可曾看過這樣的景象？

三隻……瞎眼的……老鼠？

大清早，查理一個人在廚房裡。其他人都在睡覺，只有他獨自玩著旋轉玩具。他彎腰時，襯衫上的一顆鈕釦蹦了開來，鈕釦滾過房間地板的複雜線條圖案，一直滾向浴室，他一直跟著，但跟丟了蹤跡。鈕釦到哪裡去了呢？他進浴室找。浴室裡有個小貯藏室，洗衣籃就放在那裡，他喜歡把所有衣服拿出來端詳。爸爸的、媽媽的……還有諾瑪的衣物。他很想穿

上這些衣服，然後假裝他是諾瑪，他試過一次，結果被媽媽揍了一頓。他在衣籃裡找到諾瑪的內褲，上面有乾掉的血跡。她做錯了什麼事？他嚇壞了。傷害她的人可能也正在找他……

為什麼孩童時代的這種記憶會給我這麼強烈的印象，為什麼到現在還讓我害怕？難道這是因為我對紀尼安小姐的情感的緣故嗎？

現在想起來，我可以了解為什麼他們要我遠離女人。向紀尼安小姐表達我的感情是不對的，我沒資格用那種方式去想女人，時候還沒到。

但我寫下這些事情時，我的內在卻有個聲音在對我大吼，告訴我不是如此。我是個人，在接受手術之前，就已經是個人，我必須去愛別人。

5月8日

即使現在我知道杜納先生背後發生了什麼事，我還是很難相信。我在兩天前最忙碌的時刻，第一次注意到情況有些不對勁。金皮在櫃台後為一位老客人包裝生日蛋糕，蛋糕的價格是三塊九毛五。但金皮按下收銀機時，上面顯示的卻只有兩塊九毛五。我正要告訴他算錯了的時候，我在櫃台後面的鏡子上，看到客人微笑地對金皮眨了一下眼睛，而金皮也報以微笑。顧客收下找給他的零錢時，我看到他留下一個銀幣在金皮的掌中發亮，金皮握起手掌，迅速地把五毛銀幣放進口袋。

「查理，」我背後傳來一個女人的聲音，「你們還有夾奶油餡的點心嗎？」

「我去後面找找看。」

我很高興能夠抽身，讓自己有時間思考看到的事情。很顯然，金皮不會算錯，他是故意少算客人的錢，他們之間有種默契。我無力地倚在牆上，不知道該怎麼辦。金皮已經為杜納先生工作超過十五年。杜納對待員工一直就像對好朋友或親戚一樣，他曾不止一次邀請金皮的家人去他家吃晚飯。杜納先生必須外出時，常常請金皮幫他顧店，我也聽說過，杜納先生還出錢支付金皮太太住院的費用。

很難相信這樣一位好人，竟然還會有人想欺騙他。這裡面一定還有其他解釋。可能金皮在按收銀機時真的算錯帳，或是五毛錢只是顧客給他的小費，要不然就是杜納對這位經常光顧買奶油蛋糕的客人有特別優惠。任何說法總是比相信金皮中飽私囊要好，畢竟金皮一直對我很好。

我再也不想知道實情。我端出奶油餡點心的盤子，把餅乾、圓麵包和蛋糕加以分類時，眼光盡量避開收銀機。

但那位經常捏我的臉，開玩笑說要幫我介紹女朋友的矮小紅髮婦人進來時，我想起她通常都選在杜納外出吃中飯，金皮顧櫃台時才來買東西。金皮也常派我送貨去她家。

我情不自禁地在心裡算出她買的東西值四塊五毛三，但我把頭轉開不去看金皮按收銀機。我很想知道事實，卻又害怕面對事實。

「兩塊四毛五，惠勒太太。」他說。

收銀機叮噹響了一聲，計算找零，然後抽屜砰地使勁關上。「謝謝妳，惠勒太太。」我轉過頭時，剛好看到金皮把手伸進口袋，我還聽到銅幣碰撞的輕微聲響。

究竟他曾多少次利用我幫他跑腿送貨給她，並且故意少算她錢，以便兩人私下平分？這些年來他一直都在利用我幫他偷錢嗎？

他沉重地在櫃台後面走動時，我的眼光一直無法從他身上移開，我看到汗水從他戴的紙帽下滲出。他似乎很快活，心情也不錯，他抬起頭時和我的眼光接觸，他皺了一下眉頭，把頭移開。我很想揍他，我想走到櫃台後面，把他那張臉砸碎。我不記得曾經這麼痛恨過別人，但這個早上我衷心痛恨金皮。

在我寧靜的的房間裡，把所有感受宣洩在紙上並沒有太大幫助。每次我想到金皮在偷杜納先生的錢，我就想砸東西。好在我不是能夠行使暴力的人，我這輩子大概也沒有打過任何人。

但我還是得決定要怎麼辦。我應該讓杜納知道，他最信賴的員工這些年來一直在偷他的錢嗎？金皮一定會否認，而我也無法證實。然後杜納又會怎麼做呢？我不知道該怎麼辦。

5月9日

我睡不著覺。這件事讓我很苦惱。我虧欠杜納先生太多，不能袖手看著他這樣被矇騙。保持沉默會讓我和金皮一樣有罪。然而，我有立場告訴他這件事嗎？最讓我困擾的是，金皮派我去送貨時，其實是利用我幫他偷杜納的錢。當我不知情時，我可以置身事外，也沒有責任。但現在我知道了，我若保持沉默，我就和他一樣有罪。

然而，金皮只是個員工，他有三個孩子要養，如果杜納把他開除，他要怎麼辦？他可能再也找不到工作，特別是他還有條畸形的腿。

我應該為此憂慮嗎？

怎麼做才對？諷刺的是，我所有的聰明才智也無法幫我解決這道難題。

5月10日

我向尼姆教授請教這件事，他堅持我只是位無辜的旁觀者，沒有理由介入必然會鬧到很不愉快的情勢之中。我被利用來當跑腿，他似乎也不以為意。他說，如果我在事情發生時一無所知，那就沒有關係。我就像被拿來殺人的刀子，或是在車禍中肇事的汽車，責任不在我身上。

「但我不是沒有生命的物體，」我抗議說：「我是一個人。」

他迷惑了一陣子，然後笑著說：「當然，查理，但我指的不是現在，我指的是手術之前。」

他那自以為是的自負表情，讓我也很想揍他。「即使在手術之前，我也是一個人，我必須提醒你……」

「是的，當然，查理，不要誤會。但情況不太一樣……」然後，他突然想起他必須去實驗室核對一些圖表。

史特勞斯醫生在我們的心理治療時間裡並不太說話，但今天我提出這個問題時，他說我在道義上有義務告知杜納。但我想得愈多，愈覺得這件事不單純。我需要別人幫我解開這個結，而我能夠想到的唯一對象就只有愛麗絲・紀尼安。最後，到了十點三十分時，我再也忍不住。我撥了三次電話，每次都在中途停下，第四次時，我終於撐到聽見她的聲音為止。

起初，她覺得不應該見我，但我求她在我們一起吃晚飯的餐館和我見面。「我尊敬妳，妳一直都能給我最好的建議。」她還在猶疑時，我一再堅持。「妳必須幫我，因為妳有部分責任，妳自己也這麼說過。如果不是妳的緣故，我絕對不會陷入這樣的情況，妳現在不能置身事外。」

她想必也感受到事態的緊迫，因為她還是同意見我。掛上話筒後，我盯著電話發呆，為什麼知道她的看法和感受對我會是那麼重要呢？在成人中心一年多來，我唯一在乎的事就是討她歡心。我就是因為這樣，才同意接受手術的嗎？

我在餐館門口踱來踱去，一位警察甚至開始懷疑地盯著我，我只好進去買了杯咖啡。幸好我們上次坐的桌子還空著，她一定會想到這個位置找我。

她看到我並對我揮手，但她先在櫃台停下來買了杯咖啡，才走向我坐的桌子。她笑了起來，我知道那是因為我選了同一張桌子。一種愚蠢、浪漫的姿態。

「我知道時間已經很晚，」我道歉地說：「但我發誓我快瘋了，我一定得和妳談談。」

她靜靜地啜著咖啡，聆聽我解釋怎麼發現金皮騙錢、我自己的反應，以及我在實驗室獲得的矛盾建議。我說完後，她身子往後靠，然後搖搖頭。

「查理，你讓我驚訝。你在某些方面進步飛快，可是在需要做決定的時候，卻還像個孩子。我不能幫你做決定，查理。你要的答案不在書本裡，也不能靠別人來解決，除非你想一輩子當小孩。你必須在自我內部找到答案，感受到該做的正確事情。查理，你必須學習信任自己。」

起初，她的說教讓我厭煩，但突然間，我開始覺得她的話有道理。「妳是說，我必須自己決定？」

她點點頭。

「事實上，」我說：「現在想起來，我相信我已經做了部分決定！我認為尼姆與史特勞斯都錯了！」

她仔細地注視我，樣子有點興奮。「你身上正在經歷某種變化，查理，要是你能看到自己的表情就知道了。」

「妳說得完全正確，我是經歷了一些變化！原本籠罩在我頭頂的一團烏雲已經被妳一口氣吹散。就這麼一個簡單的觀念，信任自己。我以前竟然從來沒想過。」

「查理，你真是不可思議。」

我拉住她的手握著。「不，這都是妳的緣故。妳輕觸了我的眼睛，讓我看清了方向。」

她的臉紅了起來，同時把手抽回去。

「上次我們在這裡的時候，我說我喜歡妳，但我應該信任自己，說我愛妳的。」

「不，查理，還不行。」

「還不行？」我嚷著：「妳上次就是這麼說的，為什麼還不行？」

「噓……再等一會兒，查理。先完成你的學習，看看會把你帶到哪裡，你改變得太快了。」

「這兩者之間有什麼關聯呢？我對妳的感覺不會因為我變聰明而有改變，只會讓我愛妳更深。」

「但情感上你也在改變中，在特別的意義上，我是你在這方面真正意識到的第一個女人。直到現在為止，我都是你的老師，是你會尋求幫助與建議的人，你必然會覺得愛上我。你應該多認識其他女人，給自己更多時間。」

「妳的意思是說，小男孩一向都會愛上他們的老師，而情感上我只是個孩子。」

「你曲解了我的用詞。不，我不覺得你是個小孩。」

「那就是情感上的智障。」

「不。」

「那麼，為什麼？」

「查理，不要逼我。我不知道，你已經不是我的智慧所能企及，再過幾個月或甚至幾星期，你就會變成另一個人。隨著你的智慧更加成熟，我們可能會無法溝通。一旦你的情感也跟著成熟，你甚至不會想要我。我也必須為自己著想，查理。讓我們等著瞧，要有耐心。」

她在和我講道理，可是我不想聽。「那天晚上——」我幾乎嗆到了：「妳不知道我有多期待那次約會，我幾近瘋狂地想著應該有什麼樣的舉動、該說什麼話，我拚命想給妳最好的印象，就怕說錯話讓妳生氣。」

「你沒讓我生氣，我覺得很榮幸。」

「那，我什麼時候能再看到妳。」

「我沒有權利把你牽扯進來。」

「但是我已經脫不了身。」我高喊著，但見到大家都轉頭看我時，我把聲音壓低，身體則因太過激動而開始顫抖。「我也是個人，一個男人，我不能光靠書本、錄音帶和電子迷宮過活。妳說『多認識其他女人』，可是我能怎麼辦？我根本不認識其他女人。我身體裡有種東西在燃燒，而我只知道這讓我想到妳。我書讀到一半時，會在書頁中看到妳的臉龐，但不是活在過去的模糊記憶，而是歷歷在目的鮮明影像。我輕觸書頁，妳的臉龐消失了，我想把書撕掉，扔出去。」

「拜託，查理……」

「讓我再見妳一面。」

「明天在實驗室裡。」

「妳很清楚我指的是什麼，我要的是遠離實驗室、遠離大學，單獨見面。」

我看得出她很想答應。她對我的堅持感到訝異，我自己也很吃驚。我只知道不能停止對她施壓，而且我在懇求她時，喉嚨裡還有某種恐懼。我的手掌都濕了，究竟我是害怕她說不，或是怕她說好呢？如果她沒回答，並打破緊張局面，我想我大概會昏倒。

「好吧，查理。讓我們遠離實驗室和大學，但不是單獨見面。我認為我們不該單獨在一起。」

「地方隨妳選，」我喘了口氣，「只要能夠跟妳在一起，不必想到測驗……統計數字……問題……答案……」

她皺眉想了一下。「好吧，中央公園會舉辦免費的春季音樂會，下星期你可以帶我去聽其中一場音樂會。」我們走到她住處的門口時，她很快轉身在我臉上親了一下。「晚安，查理。我很高興你打電話給我，明天實驗室見。」她關上門，我站在建築外看著她住處的燈光，直到燈光熄滅為止。

如今再沒有任何疑問，我戀愛了。

5月11日

幾經思考和憂慮後，我體會到愛麗絲是對的，我必須信任自己的本能。我在麵包店中更仔細觀察金皮的舉動。今天我有三次看到他少算客人的錢，然後把客人留給他的部分價差放進口袋。他只有遇到某些固定的常客才會這麼做，我覺得這些人和他一樣有罪。如果沒有他們的同意，就不可能發生這種事。為什麼只讓金皮成為代罪羔羊呢？

所以，我決定了一個折衷的做法。這個抉擇或許不完美，卻是出於我自己的決定，而且在當前的情況下，似乎也是最好的解決方法。我打算把我知道的事告訴金皮，並警告他必須停止。

我在洗手間和他單獨相遇，我走向他時，他嚇了一跳。「我有件重要的事想跟你談談，」我說：「我需要你對一個遭遇困擾的朋友提出建議。他發現有位同事欺騙老闆，他不知道該怎麼辦。他不想去告發，以致讓這個傢伙惹上麻煩，但他也不想坐視老闆遭到欺騙，因為老闆對他們兩個都很好。」

金皮狠狠地瞪著我。「你這位朋友打算怎麼辦？」

「這就是他的困擾。他什麼都不想做，他覺得只要偷竊能夠就此停止，不去管它也無妨，他會很樂意忘掉這件事。」

「你的朋友應該不要去管別人的閒事，」金皮說：「他應該對這種事情視而不見，想清楚誰才是他的朋友。老闆終歸是老闆，員工必須互相團結。」

「我的朋友並不這麼想。」

「那不關他的事。」

「他覺得如果他已經知情，就必須擔負部分的責任。所以，他決定只要事情就此停止，他就不插手，否則他就得說出整件事情。我想知道你的意見，你覺得在這種情況下，偷竊會停止下來嗎？」

他需要花很大的力氣才能壓下憤怒。我看得出他很想揍我，但只能緊緊揑著拳頭。

「告訴你的朋友，這傢伙似乎已經別無選擇。」

「那就好，」我說：「我的朋友會很高興。」

金皮開始走開，但接著又停下來回頭看我。「你的朋友——是不是想分一杯羹？這是他這麼做的原因嗎？」

「不，他只是希望事情能就此停下來。」

他瞪著我說：「我可以告訴你，你會後悔插手別人的事。我一直在幫你說話，我真的該去檢查腦袋了。」說完，他才跛著腿走開。

也許，我應該告訴杜納事情的真相，讓他開除金皮——我不知道。但要用這方式解決，還得費番口舌。這件事就這樣告一段落了，但還有多少人是像金皮一樣，用那種方式利用別人呢？

5月15日

我的學習進展十分順利，大學圖書館現在變成我的第二個家。他們必須幫我弄個私人隔間，因為我只要一秒鐘就能吸收一整頁文字，而且我飛快地瀏覽書籍時，常有好奇的學生圍在我旁邊。

我現在最大的興趣是古代語言的語源學，有關變分學的最新著作以及印度歷史。令人訝異的是，許多看似分離的東西，竟然可以奇妙地連結在一起。現在我已上升到另一個高原期，許多不同學科的源流似乎彼此相近，彷彿都來自同一個來源。

奇怪的是，我在大學餐廳聽到學生爭辯歷史、政治或宗教問題時，一切似乎都變得相當幼稚。在這樣粗淺的水準上討論理念，再也不能帶給我任何樂趣。每個人都痛恨被告知他們沒有觸及到的問題複雜層面，彷彿他們不知道在表面的漣漪下隱藏著什麼東西。但在較高的水準上，情況也同樣糟糕，我已不再嘗試與畢克曼大學的教授討論這些問題。

柏特在學院的餐廳介紹我認識一位經濟學教授，他寫過探討影響利率的經濟因素的著名作品，而我也一直想和經濟學家討論最近閱讀時遭遇的問題。我對於和平時期以軍事封鎖作為武器的道德層面問題一直深感困惑，因為有許多參議員建議，我們應該開始採納一次與二次大戰曾經用過的航運管制與「黑名單」策略，以此對付現在和我們唱反調的一些小國。我想聽聽他對這問題的看法。

他靜靜地聽完後，出神地凝視前方，我以為他正在整理思緒以提出解答，但幾分鐘後，他清了一下喉嚨，然後搖搖頭。他有些抱歉地解釋，這個問題不屬於他專精的領域，他的主要興趣是利率，沒有對軍事經濟學下過太多工夫。他建議我應該去找韋塞教授，他曾經發表過論文，討論二次大戰期間的戰爭貿易協定，他或許能幫上我的忙。

我還來不及說些什麼，他已經抓著我的手道別。他很高興認識我，但他還得為一場演講蒐集些資料。說完人也走了。

當我試著與美國文學專家討論喬叟、向東方學家請教特洛比利安島人的生活，或是與專精青少年行為調查的社會學家探討自動化引起的失業問題時，也都得到相同的結果。他們總是找到藉口開溜，害怕暴露他們知識範圍的狹窄。

如今，他們在我眼中的地位已全然不同。我以前竟然以為教授都是智識上的巨人，這實在很愚蠢。他們只是凡人，而且害怕別人發現這個事實。而愛麗絲同樣也是普通人，不是什麼女神，明晚我要帶她去聽音樂會。

5月17日

天已經快亮了，但我還是睡不著。我必須弄清楚昨晚的音樂會上究竟發生了什麼事。

傍晚開始時，一切都很順利。中央公園的林蔭道很早就擠滿了人，愛麗絲和我在草坪上一對對男女間尋找空位。最後，我們在遠離道路、燈光照射不到的地方，找到一株無人占用的樹木，只有偶爾傳來的女性嬌笑與香菸微光，說明附近還有其他情侶存在。

「這裡可以了，」她說：「沒有理由一定要在樂團的正前方。」

「他們正在演奏什麼音樂？」我問。

「德布西的〈海〉，你喜歡嗎？」

我在她身邊坐下。「我不太懂這類音樂，我得想一想。」

「不要用想的，」她輕聲說：「要去感覺。任憑音樂像海水一樣席捲全身，但不要試著想去了解。」

她躺在草地上，臉則轉向音樂的方向。

我無法知道她對我有什麼期待。比起解答問題以及系統地獲得知識，這件事可曖昧多了。我不斷告訴自己，手心冒汗、胸口緊繃，或是渴望用雙手摟抱她，都只是生理上的反應，甚至想要找出引起我緊張、興奮的刺激與反應模式。然而，一切都是那麼模糊與不確定。我應該伸手去摟她嗎？她在等待我這麼做嗎？她會不會生氣？我知道自己的舉止還像個青少年，這也讓我很生自己的氣。

我快要不能呼吸地嗆著說：「妳何不讓自己更舒服些？妳可以靠在我的肩上。」她讓我伸手摟著她，但沒有看我。她似乎太過專注在音樂上，根本沒注意到我的動作。但她究竟是希望我摟著她，或只是勉強容忍我這麼做？我的手往下滑落到她腰際時，我感覺到她在顫抖，但仍舊注視著樂團的方向。她假裝專心聽音樂，這樣就不必對我的動作有所反應。她不想知道發生什麼事。只要她看著別的地方，就可以假裝我是在她不自覺或不曾同意的狀況下靠近她，並伸手摟抱她。她希望我在她的心思置於更崇高的事物時，對她的身體示愛。我的身體粗魯地靠向她，並把她的下巴轉向我。「妳為什麼不看著我？妳假裝我不存在嗎？」

「不，查理，」她低聲說：「我是假裝自己不存在。」

我碰觸她的肩膀時，她的身體變得僵硬，並開始顫抖，但我把她拉向我。然後，事情就發生了。起初是耳畔的嗡嗡空聲……像是電鋸的聲音……遠遠地。然後是發冷：手與腿刺癢，指頭麻木。突然間，我覺得有人在監視。

我的感知激烈轉換。我從一棵樹木後方的某個暗處，看到我們兩人躺在彼此的懷裡。

我抬起頭，看到一個十五、六歲的男孩蹲在附近。「嘿！」我大聲叫道。他站起來時，我看到他的褲襠開著，露出他的東西。

「怎麼回事？」她倒抽一口氣地問。

我一躍而起，男孩已消失在黑暗中。「妳有沒有看到他？」

「沒有，」她說，緊張地撫平裙子。「我沒看到任何人。」

「他就站在那裡看著我們，近到快可以碰到妳了。」

「查理，你要去哪裡？」

「他應該還沒走遠。」

「別管他了，查理，那沒關係。」

可是我很在乎。我跑進黑暗中，驚嚇到許多情侶，但還是找不到他的蹤跡。

我愈是找他，那種快要昏倒前的噁心感就愈強烈。我孤單地迷失在狂亂的心神中。然後，我逐漸控制自己，並找到路回愛麗絲坐的地方。

「你有找到他嗎？」

「沒有，可是他的確在那裡，我看到了。」

她帶著奇怪的表情看我。「你還好吧？」

「我要……等會兒……只是我耳朵還有那要命的嗡嗡聲。」

「也許我們該走了。」

在回她公寓的路上，我心裡想的都是蹲在黑暗中的男孩，在那麼一瞬間我還瞥見他看到的景象——我們兩人躺在彼此懷裡。

「你想進來坐一下嗎？我可以幫你煮杯咖啡。」

我很想，但某種東西在警告我不能進去。「最好不要，我今晚還有很多事要做。」

「查理，是我說錯了什麼話嗎？」

「當然不是，是那個偷窺的男孩讓我心神不寧。」

她就站在我身邊，等著我親她。我兩手抱著她，但同樣的事又發生了。我如果不趕緊離開，一定會昏倒。

「查理，你看起來像是病了。」

「妳有看到他嗎？愛麗絲，說真的……」

她搖搖頭，「沒有，那時候太暗了，但我相信……」

「我得走了，我會再打電話給妳。」她還來不及阻止，我就抽身離開。在情況失控前，我得趕緊離開那棟建築物。

現在想起來，我確定那是個幻覺。史特勞斯醫生覺得情感上我還處於青少年狀態，只要接近女人或想到性，就會引發焦慮、驚慌，甚至幻覺。他覺得智慧上的快速發展，可能讓我誤以為可以有正常人的情感生活。可是我必須承認，在這些兩性接觸狀況下引發的恐懼與障礙，說明我在情感上還只是個青少年——性行為上的遲緩。我猜想他的意思是說，我還沒有與愛麗絲這樣的女人建立關係的心理準備。還沒有。

5月20日

我被趕出麵包店了。我知道緊抓著過去不放很愚蠢，但這個白色磚牆已被爐熱燻黃的地方，對我有特殊意義……這裡曾經是我的家。

我究竟做了什麼事，讓他們這麼恨我？

我不能怪杜納。他必須為他的事業，還有其他員工著想。而且，他對我一直比真正的爸爸還要親。

他把我叫進他辦公室。他把帳單、報表從捲蓋式書桌旁的椅子上搬開，眼睛沒看我就說：「我一直想跟你談談，現在是個恰當的時機。」現在想起來滿蠢的，但當我坐在那裡看著他——矮矮、胖胖的，粗糙的淡棕色小鬍子好笑地垂落在上唇——那情況就好像舊的查理和新的查理一起坐在那張椅子上，驚恐地聽著老杜納準備交代的話。

「查理，你的賀曼叔叔是我的好朋友。我遵守對他的承諾，給你個工作做，不論日子過得好壞，你的口袋總會有一塊錢可以零花，有個地方可以躺下，不必被送到那個收容之家。」

「麵包店就是我的家……」

「我兒子為國捐軀後，我對你就像自己的孩子一樣。賀曼過世的時候你幾歲？十七歲？倒更像是六歲大的小孩。當時我對自己發誓……我說，亞瑟‧杜納，只要你的麵包店還在，還有生意可做，你就必須照顧查理。他會有個工作的地方、一張可以睡覺的床、一片餬口的麵包。他們準備把你送去那個華倫之家的時候，我告訴他們你會為我工作，我可以照顧你。你甚至沒有在那地方待過一晚，我幫你弄了個房間，也照顧你。你說，我是否遵守了我的莊嚴承諾？」

我點點頭，但我從他摺疊、再摺疊手上帳單的方式，可以看出他有些困擾。雖然我不是很想知道，但我還是知道……「我也盡了最大的力量做事，我工作很努力……」

「我知道，查理，這和你的工作無關。可是你發生了一些事，我不懂這究竟是怎麼回事。不僅是我，每個人都在談。最近幾星期來，我已經在這裡和他們談過十幾次。他們都很不快活，查理，我必須讓你離開。」

我試著打斷他，但他搖搖頭。

「昨晚他們還派代表來見我，查理，我得保住我的事業。」

他盯著不斷翻動紙頁的手，好像要從中找出一些根本不在裡面的東西。「我很抱歉，查理。」

「但是我要去哪裡呢？」

這是我進辦公室後，他首次抬頭瞄了我一下。「你和我一樣清楚，你不再需要這裡的工作。」

「杜納先生，我從來沒在其他地方工作過。」

「讓我們面對事實，你已不是十七年前初來乍到的查理，甚至也不是四個月前的查理。你從來不曾談起，這是你自己的事。也許發生了某種奇蹟，天曉得？但你已經變成一個非常聰明的年輕人，而操作拌麵機和送貨不是聰明的年輕人該做的事。」

他說的當然是事實，但我心裡有個念頭還想說服他改變主意。

「你必須讓我留下，杜納先生，再給我個機會。你說答應過賀曼叔叔，只要我需要，我就會有工作。好吧，我還需要工作，杜納先生。」

「你不需要的，查理。如果你真的需要，我會告訴他們，我才不理你們的代表和請願，我會堅持站在你這邊對抗他們。但現在的情況是，他們都怕你怕得要死，我也必須為自己的家人著想。」

「如果他們改變主意呢？讓我試試去說服他們。」我把情勢弄得比他預期得困難。我知道我該就此罷手，但就是控制不了自己。「我會讓他們了解。」我懇求道。

「好吧，」他嘆息著說：「你可以去試試，但你只會讓自己難堪。」

我走出辦公室時，法蘭克・雷利與喬・卡普剛好經過，我很快就知道他說得沒錯。單是看到我在他們身邊，就讓他們受不了，讓他們渾身不自在。

法蘭克剛好端起一盤麵包，我出聲時，他和喬都轉過身來。「嘿，查理，我在忙，等會吧……」

「不，」我堅持，「就是現在，你們兩個一直在逃避我，為什麼呢？」

法蘭克一向能言善道、擅長討好女人和撮合事情，他注視我一陣子後，放下盤子對我說：「為什麼？我可以告訴你原因。因為你突然間變成個大人物，一個無所不知的聰明傢伙！你現在是個正常的神童，一個蛋頭。隨時捧著書本，隨時都有答案。好吧，我可以告訴你，你自以為比這裡的其他人優秀嗎？那好，去別的地方混吧。」

「但我做了什麼事惹到你嗎？」

「他做了什麼？你聽到了嗎？我可以告訴你幹了什麼好事，高登先生。你帶著你的想法和建議冒出來，讓其他人看起來像群呆子。不過我可以告訴你，對我來說，仍然只是個白痴。我或許不懂你說的那些大話，或是書本上的名字，但我還是不比你遜，甚至還更優秀。」

「沒錯。」喬點點頭，並轉身向剛從後面走來的金皮強調他的論點。

「我沒要求你們做我的朋友，」我說：「或是跟我建立某種關係，我只想保住我的工作，杜納先生說這件事要由你們決定。」

金皮瞪著我，不屑地搖搖頭。「你真不要臉，」他咆哮著：「你去死吧！」說完就跛著腿，笨重地離開。

就像這樣，多數人都和喬、法蘭克與金皮有相同的感受。只要他們可以嘲笑我，在我面前顯得聰明，一切都沒問題，但現在我卻讓他們覺得自己比白痴還不如。我開始了解，我的驚人成長讓他們萎縮，也凸顯出他們的低能。我背叛了他們，他們也因此痛恨我。

只有芬妮•伯登不認為我必須離開，不論他們怎麼施壓或威脅，也只有她不肯在請願書上簽名。

但是她說：「這不表示我不覺得你身上發生了某些奇怪的變化，查理。你變得太多了！你一向是善良、可靠的人——平凡，或許不太聰明——但天曉得你是怎麼讓自己突然變得那麼聰明。就像每個人說的，這很不對勁。」

「但一個人想要變聰明、獲得知識、認識自己和世界，有什麼不對嗎？」

「如果你讀聖經的話，查理，你就會了解，人不可以比上帝要他知道的懂得更多，人不可以吃禁忌之樹的果實。查理，如果你做了任何不該做的事——例如，和魔鬼或某些東西打交道——也許現在擺脫還不算太遲。或許你還能回復到以前善良、單純的那個你。」

「走回頭路是不可能的，芬妮。我沒做錯任何事。我就像個天生的盲人獲得重見光明的機會，這絕對不是罪惡。很快地，世界各地就會有千百萬像我一樣的人。這是科學的功勞，芬妮。」

她的眼光向下看，凝視著正在裝飾的結婚蛋糕上的新郎和新娘，我看到她嘴唇幾乎不動地喃喃自語：「亞當與夏娃偷吃知識之樹的禁果時，那是邪惡的；他們看到彼此的裸露，學到慾望和羞恥時，那也是邪惡的。他們被逐出天堂，樂園的大門從此對他們關閉。如果不是這個緣故，我們就不會衰老、疾病和死亡。」

我再沒什麼話好說，不論對她或對其他人。他們沒有人肯注視我的眼睛，我依然能夠感受到敵意。以前，他們都嘲笑我，因為我的無知與無趣而看不起我；現在，他們卻因為我的知識與了解而痛恨我。為什麼？他們假上帝之名，到底要我怎麼樣？

智慧離間了我和所有我愛的人，也讓我從麵包店被趕出來。現在，我比以前更孤獨。我懷疑如果他們把阿爾吉儂放回大籠子，和其他老鼠放在一起會發生什麼事。牠們會群起對付牠嗎？

5月25日

所以，人就是這樣才會輕視自己，明知是錯的事，偏又忍不住去做。我情不自禁地來到愛麗絲的公寓。她非常驚訝，但還是讓我進去。

「你全身都淋濕了，水都從你臉上流下來了。」

「天空在下雨，對花朵是件好事。」

「進來吧，我給你條浴巾擦乾，你會得肺炎的。」

「我只能來找妳談，讓我留下吧。」

「我的爐子上有一壺新煮的咖啡，你先把自己擦乾，我們再來談。」

她去取咖啡時，我環顧四周。這是我第一次走進她的公寓，覺得很愉悅，但屋內卻有某種讓我不安的東西。

一切都很乾淨。幾個瓷偶在窗緣排成一線，全部面對同一方向。沙發上的靠枕不是隨意亂擺，而是以規律的間隔置於保護沙發布面的透明塑膠套上。兩張小茶几上有些雜誌，全部很有秩序地擺置，好讓雜誌名稱清晰可見。其中一張茶几上放的是《報導家》、《週六評論》、《紐約客》，另一張則擺著《小姐》、《美麗住家》與《讀者文摘》。

沙發對面的牆上，掛著一幅框架華麗的畢卡索「母與子」複製畫，而掛在沙發上方與之直接相對的畫，是位帥氣的文藝復興時代朝臣，臉戴面具、手握寶劍，保護著一位臉頰紅潤的驚恐少女。但整體看起來並不搭調，彷彿愛麗絲無法決定自己是誰，以及要住在哪一個世界。

「你好幾天沒去實驗室，」她從廚房對我說：「尼姆教授擔心你的情況。」

「我沒辦法面對他們，」我說：「我知道我沒有理由感覺羞恥，但不能每天工作，沒有看到麵包店、烤爐和其他人，給我一種空虛的感覺。昨晚與前晚，我都作了溺水的惡夢。」

她把盤子放在咖啡桌中央，餐巾疊成三角形，餅乾擺成圓形陳列。「你不必太當真，查理，這不是你的錯。」

「這樣告訴自己並不會覺得好過點，這些年來，他們就是我的家人，那種感覺就好像從自己家裡被趕出來一樣。」

「那也沒錯，」她說：「這已經象徵式地變成你兒時經驗的重演……被你的父母拒絕……送去……」

「噢，天哪！不用費心用個好聽、純淨的說法，最重要的是在參與這項實驗之前，我擁有朋友和關心我的人。但現在，我擔心……」

「你還是有朋友。」

「這不太一樣。」

「恐懼是正常的反應。」

「不只是這樣而已。我以前也恐懼過，我害怕因為沒有對諾瑪讓步而被綁起來；害怕走過霍威爾街，那裡有群頑童會嘲弄我，把我推來推去。我也害怕小學老師李碧太太，她會綁住我的手，讓我不去玩弄桌上的東西。但這些事情是真實的，我確實有害怕的理由。而從麵包店被趕出來的恐懼卻很茫然，是種我不了解的害怕。」

「盡量控制自己。」

「感受到這種恐慌的又不是妳。」

「可是，查理，這是可以理解的。你是被迫跳下救生艇的新泳者，因為失去腳下站立的安全木頭而驚慌。杜納先生一向對你很好，這些年來你一直獲得庇護。在這種情況下被趕出麵包店，更是你預料不到的極大震撼。」

「理智上的了解並沒有幫助，我根本無法獨自坐在房間裡。我不分晝夜，整天在街頭閒晃，不知道自己在找什麼……一直走到迷路……然後發覺自己回到麵包店外。昨晚，我從華盛頓廣場一直走到中央公園，然後就睡在公園裡。天曉得我到底在找什麼？」

我說得愈多，她似乎愈沮喪。「我能幫你什麼忙嗎？查理。」

「我不知道，我就像隻被鎖在既舒服又安全的獸欄外面的動物。」

她坐在我旁邊的沙發上。「他們把你逼得太緊，讓你感到迷惑。你想當個成年人，但你的身體裡還躲著一個孤獨驚恐的孩子。」她讓我的頭倚在她肩上，想要安慰我，但她輕撫著我的頭髮時，我知道她也像我需要她一樣需要我。

「查理，」她過了一會兒後低聲說：「不論你想要什麼……不必怕我。」

我想告訴她，我在等待恐慌的降臨。

有一次出去送貨時，查理幾乎昏倒。當時一位中年婦女剛好從浴室出來，她好玩地打開浴袍，把自己的身體暴露在查理面前。他看過沒穿衣服的女人嗎？他懂得怎麼做愛嗎？他的驚恐和他的哀鳴一定把她嚇壞了，她趕緊合攏浴袍，並給他二毛五分錢，要他忘掉看到的景象。她警告說，她只是在測試他，想知道他是不是個好孩子。

他告訴她，他一直很乖，都不去看女人，因為媽媽會打他，只要他的褲襠……

現在他可以清楚看到查理的母親抓著皮帶對他嘶吼，他的父親則努力攔住她。「夠了！蘿絲，妳會殺了他！放過他吧！」他母親掙扎著要向前鞭打他，他在地上翻滾、閃避，皮帶還差點抽中，從肩膀旁邊擦過。

「你看他！」蘿絲尖叫著，「他學不會讀書寫字，卻懂得怎麼色迷迷地看女生，我要把他心中的齷齪念頭打出來！」

「他控制不了自己的勃起，那是正常的反應，他什麼事也沒做。」

「他不能這樣打女生的主意。他妹妹的同學到家裡來，他就動起這樣的念頭。我要給他一點教訓，好讓他永遠不會忘記。你聽到沒？如果你膽敢碰女生，我就像把你像畜生一樣，一輩子關在籠子裡。你聽到沒？……」

我還能聽到她的嘶吼。但或許我已經被釋放出來，也許那種恐懼與噁心不再是會讓我沉溺的大海，而只是一攤在現在中倒映出過去的水池。我自由了嗎？

如果我能夠不多想，在這個念頭壓垮我之前，就及時找到愛麗絲，恐慌可能就不會出現。如果我能讓自己的心思化成一片空白該有多好。我呼吸困難地說：「妳……妳，抱住我！」在我弄清楚怎麼回事之前，她已經開始親吻我，並緊緊抱著我，比以前的任何人抱得更緊。但就在我應該抱得最緊的時候，嗡嗡的嘶鳴、發冷和噁心的感覺又開始了。我從她身上掙開來。

她試著安慰我，告訴我沒關係，沒必要責怪自己。但我羞愧得無法控制自己的苦惱，竟開始哭泣。我在她懷中哭到睡著，我夢到畫中的朝臣和臉頰紅潤的少女。但在我夢裡，手握寶劍的是那位少女。

進步報告——12

6月5日

尼姆教授很不高興，因為我有將近兩個星期沒有交進步報告。（而他生氣也是有道理的，因為威伯格基金會已開始從捐款中支付薪水給我，這樣我就不必去找工作。）距離芝加哥的國際心理學會議只有一星期的時間，他希望他的初步報告能夠儘可能地充實，而我和阿爾吉儂就是他報告中的主要證物。

我們之間的關係愈鬧愈僵。我恨他老是把我當作實驗室裡的樣品看待，他讓我覺得在實驗之前，我不算是個真正的人。

我告訴史特勞斯，我太過投入在思考、閱讀與自我挖掘，努力想去了解我是誰，手寫的程序太過緩慢，讓我不耐煩記下自己的想法。我聽從他的建議學習打字，現在已經每分鐘可以打七十五個字，這樣寫起東西快多了。

史特勞斯再次提醒我，講話與書寫都應該力求簡單與直接，好讓別人能夠了解。他要我注意，語言有時是一種障礙，不是通路。說起來很諷刺，我現在竟然是落在智識藩籬的另一邊。

我有時會和愛麗絲見面，但我們沒有討論發生的事情，我們的關係依舊是柏拉圖式的。我離開麵包店以來，只有三個晚上沒有作惡夢，很難想像那已是兩星期前的事。

在空盪盪的夜晚街頭，我被幽靈般的人影追逐。雖然我常跑去麵包店，大門卻都鎖著，裡面的人從來不轉頭看我。結婚蛋糕上的新郎與新娘隔著窗戶指著我嘲笑，空氣中佈滿笑聲，直讓我受不了，兩個邱比特並向我揮舞他們的箭。我大聲尖叫。我用力拍門，但沒有發出聲響。我看到查理從裡面瞪著我，這只是一種影像的反射嗎？然後，有東西抓住我的腿，把我從麵包店拖到幽暗的巷子裡，就在他們緩緩滲出東西到我全身時，我也驚醒過來。

還有幾次，麵包店的窗戶是開向過去，我在裡面看到其他事情與人物。我的回憶能力以驚人速度快速發展，我還不能完全加以控制，但有時我忙著處理某件事時，會突然有強烈的意識清明感覺。

我知道這是某種潛意識的警告訊號，但現在我不必等待記憶找上我，只要閉上眼，就能觸及這段記憶。總有一天，我將可以完全控制我的回憶能力，不僅用以探索整個過去的經驗，也可以觸及心靈中尚未開發的能力。

即使是現在想著這件事時，我也可以感受到鮮明的靜止感覺。我看到麵包店的窗戶……我伸出手觸摸……冰冷且震動著，然後玻璃變得溫暖……逐漸升溫……指頭也發燙起來。反射出我影像的窗戶愈來愈明亮，玻璃轉變成鏡子，我看到十四或十五歲的小查理・高登從屋裡的窗戶看著我，看到他那時完全不同的模樣，感覺也加倍怪異……

他一直在等妹妹放學回家，他看到她轉彎進入馬克斯街時，他揮手喊著她的名字，跑到門口迎接她。

諾瑪揮著一張紙。「我的歷史考試得到Ａ，我知道所有問題的答案，巴芬太太說這是全班答得最好的試卷。」

她是個漂亮的女孩，淺棕色頭髮仔細編成辮子，像皇冠般盤在頭上。她抬頭看她哥哥時，原來的笑容凝結成皺眉，她把他拋在後面，自己快速登上階梯跑進家裡。

他微笑著跟進去。

他的爸媽都在廚房裡，查理帶著諾瑪的好消息衝進來，在她還來不及開口前就搶先報告。

「她得到Ａ！她得到Ａ！」

「不！」諾瑪尖聲嚷著，「不是你，你不能說。這是我的分數，必須由我來說！」

「小姐，妳聽好，」麥特放下報紙嚴肅地對她說：「妳不能這樣對妳哥哥說話。」

「他沒資格說。」

「那沒關係。」麥特伸出指頭瞪著她警告：「他這樣說並不礙事，但妳不能用這種方式對他吼。」

她轉向媽媽尋求支持。「我得到A，全班最好的成績。現在我可以養隻狗了嗎？妳答應過的，妳說只要我考試能拿到好成績就可以。現在我拿到A了，我要一隻有白點的棕色小狗，我要叫牠拿破崙，因為這是我考試中答得最好的一題，拿破崙在滑鐵盧打了敗仗。」

蘿絲點點頭。「去門廊跟查理玩，他等妳放學回家已經足足等了一個多小時。」

「我不要跟他玩。」

「出去門廊。」麥特說。

諾瑪看看父親，又看看查理。「我不要，媽說如果我不想，就可以不要跟他玩。」

「小姐，妳聽著，」麥特從椅子上站起來走向她，「妳必須向妳哥哥道歉。」

「我才不要！」她刺耳地尖叫，然後衝到母親椅子後面。「他像個小嬰兒，不會玩大富翁、不會下棋，什麼都不會……只會把所有東西弄得一團亂，我再也不要跟他玩了！」

「那妳進房去！」

「我現在能養隻狗嗎？媽媽。」

麥特一拳敲上桌面。「小姐，只要妳繼續採取這種態度，這屋子裡就不准養狗。」

「我答應過她，只要她在學校表現好……」

「有白色斑點的棕狗。」諾瑪補充說。

麥特指著站在牆邊的查理。「妳忘了自己告訴過兒子，他不能養狗，因為我們空間不夠，也沒人能照顧狗。記得了嗎？他那時候要求養狗時，妳對他說的話不算數了嗎？」

「可是我可以自己照顧我的狗，」諾瑪堅持地說：「我會餵牠，幫牠洗澡，並帶牠出去散步……」

查理原本一直站在桌旁玩弄著一條織線末端的紅色大鈕釦，這時突然開口說話：「我可以幫她照顧狗狗！我會幫她餵狗、刷毛，不讓其他狗咬牠！」但在蘿絲開口回答前，諾瑪就開始尖叫：「不！這是我的狗，只屬於我的狗！」

麥特點著頭說：「妳聽到了嗎？」

蘿絲坐在她身邊，輕撫她的辮子安慰她。「親愛的，我們必須和別人分享東西，查理可以幫妳照顧狗。」

「不！完全屬於我的！……歷史考試得到A的是我，不是他！他從來不會像我一樣拿到好成績，他憑什麼幫我照顧狗？而且這樣一來，狗就會更像他而不是像我，最後會變成是他的狗而不是我的狗。不要！如果我不能擁有自己的狗，那我寧可不要！」

「那問題就解決了，」麥特重新拿起報紙坐回椅子上，「不養狗。」

突然間，諾瑪從沙發上跳起來，抓起幾分鐘前才興高采烈帶回家的歷史考卷，一口氣撕得粉碎，還把碎片扔向嚇了一大跳的查理面前。「我恨你！我恨你！」

「諾瑪，住手！」蘿絲抓住她，但被她掙開。

「我也討厭學校！我不要讀書了，我要像他一樣當個笨蛋。我會忘掉學到的所有東西，就和他一樣。」她衝出房間，一邊還尖叫著說：「已經開始發生了，我已經開始忘掉所有東西……我在忘記……我學過的東西都不記得了！」

驚慌的蘿絲趕緊追上去。麥特呆坐在那裡，盯著懷裡的報紙。查理則被歇斯底里般的尖叫嚇得縮在一張椅子上啜泣，他可以感覺到褲子已濕成一片，尿液沿著大腿緩緩滴流下來，他只能坐在那裡，等著母親回來賞他巴掌。

這幕景象逐漸退去，但從那次以後，諾瑪有空的時候都和她朋友在一起，或獨自在房間裡玩。她緊閉著房門，沒有她的允許，我不能進她房間。

我記得有一次，她在房間內和一個女孩玩，我偷聽到諾瑪嚷著說：「他不是我真的哥哥！他是我們抱來的男孩，因為我們覺得他很可憐。這是媽媽告訴我的，她說我現在可以告訴大家，他根本不是我真的哥哥。」

我真希望這段記憶可以化作一張相片，這樣我就可以把相片撕碎，當著她的面丟過去。我想要喚回消逝的時光，告訴她我無意讓她失去養狗的機會。她可以擁有完全屬於她的狗，我不會餵牠、幫牠刷毛或和牠玩，我也絕不會讓狗變得像我甚於像她。我只希望她和以前一樣，陪我玩遊戲。我從來不會想做任何可能傷害她的事。

6月6日

今天是我第一次和愛麗絲真正的吵架，都是我的錯，因為我想見她。往往在想起一段困惑的記憶或惡夢之後，和她談談，或只是和她在一起，就會讓我覺得好一點。但直接去中心接她，卻是個錯誤。

自從動過手術後，我就沒再回去智能障礙成人中心，想到重返那地方讓我十分興奮。中心位在二十三街與第五大道東的一間老校舍裡，過去五年來被畢克曼大學醫院拿來當作實驗教育中心，也就是智障者的特殊教室。通道上個有個帶尖刺的老式鐵門，上面掛著一塊閃亮的黃銅門牌，簡單地寫著「畢克曼進修部」。

她的課八點結束，但我想看看不久前自己還在為簡單的讀寫而掙扎、為算清楚一元的零錢而努力不懈的教室。

我走進建築，溜到教室門邊，在不被看見的情況下從窗口窺視。愛麗絲坐在她的桌前，靠近她的一張椅子上，坐著一位我不認識的瘦臉女生。她緊蹙著眉頭，露出一臉困惑，我很好奇愛麗絲正在為她解釋什麼東西。

坐著輪椅的麥克・多尼，位置靠近黑板；雷斯特・布朗和平常一樣，坐在第一排的第一個座位上，愛麗絲說他是這個團體中最聰明的。雷斯特輕易學會的東西，我通常都要掙扎很久，但他只有想要的時候才來，否則他就去幫人為地板打蠟賺錢。我猜想如果他在乎的話，如果他也像我一樣看重這件事，他們大概就會選他來做實驗。還有幾個新面孔，都是我不認識的人。

最後，我鼓足勇氣走了進去。

「是查理！」麥克旋轉著輪椅說。

我對他揮手。

貝妮絲是個眼神呆滯的漂亮金髮女孩，她抬起頭，嘴角掛著遲鈍的微笑說：「查理，你去哪裡了？你的衣服很好看。」

其他還記得我的人都對我揮手，我也對他們揮手。突然間，我從愛麗絲的表情可以看出她不太高興。

「現在快八點了，」她宣布說：「可以收拾東西了。」

每個人都有分配的工作，有的收拾粉筆、板擦、紙，有的整理書、筆記、顏料與掛圖。每個人都知道該做什麼，也以做這些事而自豪。他們都開始做分配的工作，只有貝妮絲沒有動，她凝視著我。

「查理為什麼不上學？」她問道，「你怎麼啦？查理，你會回來上課嗎？」

每個人都望著我，我則看著愛麗絲，等她替我回答，教室裡靜默了好一陣子。我要怎麼說才不會傷他們的自尊呢？

「我只是來看看而已。」一個叫作法蘭辛的女孩開始咯咯笑，愛麗絲一向很擔心她。她十八歲就已經生了三個孩子，後來她父母安排她做了子宮切除手術。她長得並不漂亮，絕對沒有貝妮絲迷人，但她很容易淪為很多男人相中的目標，他們只要為她買些漂亮的東西，或是請她看電影就能得逞。她住在州立華倫之家允許工作見習生居住的寄宿公寓，獲准每晚到中心上課。但她曾經兩次沒來上課，因為上學途中就被男人拐走，現在她必須有人陪伴才能出門。

她咯咯笑著說：「他現在說起話來像個大人物。」

「好啦，」愛麗絲突然打斷她的話，「下課，我們明天晚上六點再見。」

他們都離開，我可以從她把東西扔進櫃子的動作看出她很生氣。

「對不起，」我說：「我本來要在樓下等妳，但我突然對老同學的狀況好奇。這裡是我的母校。我原先只是要在窗外看看，但不知為什麼就走進來了。有什麼事困擾妳嗎？」

「沒事，沒有事情困擾我。」

「好啦，不要為這種小事生這麼大的氣，妳心裡在想什麼？」

她把手上拿的一本書用力摔在桌上。「好吧，如果你想知道的話？你變了，像換了個人似的。我說的不是你的智商，而是你對別人的態度，你不再是同一種人……」

「喔，拜託，不要把……」

「不要打斷我的話！」她聲音中傳達的真正憤怒嚇了我一跳。「我是說真的。以前的你有某種特質，我不知道怎麼說……那是一種親切、坦誠，讓大家喜歡你，樂意跟你在一起的和善態度。如今，你的智慧與知識卻讓你變得不一樣……」

我無法再聽下去。「妳期待我能怎麼樣？妳以為我還會像隻溫馴的小狗，搖著尾巴去舔踢我的腿嗎？這一切事情當然會改變我的想法和作風，我不需要再去接受人們一直塞給我的那些狗屎。」

「大家對你並不壞。」

「妳又知道什麼？他們當中最好的一個，也不外是自鳴得意地擺派頭，利用我去襯托他們在平庸之中的優越與安全感。在白痴身邊，每個人都會覺得自己很聰明。」

我說完後，知道她會加以曲解。

「我猜想，你也把我歸在那個類別。」

「別說氣話，妳很清楚我一直都……」

「當然，從某方面來看，你說得也沒錯，我在你身邊就顯得相當弱智。現在每次跟你見面後，我回到家裡常常沮喪地覺得自己凡事都又鈍又慢。我回顧自己說過的話，再想起一些我應該提到的機靈趣事，就很想踢自己一腳，很生氣為什麼沒有在你面前說出來。」

「這是每個人都有的經驗。」

「我發覺自己很想讓你留下深刻印象，這是我以前絕不會想做的事，但跟你在一起已經傷害我的自信心，我現在會質疑我的動機，對自己做的所有事都感到懷疑。」

我試著要讓她擺脫這個主題，但她總是一再繞回來。最後我說：「好吧，我不是來跟妳吵架的，妳願意讓我陪妳回家嗎？我需要找人談談。」

「我也是。但是這些日子以來，我根本沒辦法跟你談。我能做的只是邊聽邊點頭，假裝了解你在說的那些文化變體、新布爾函數與後現代符號邏輯。我覺得自己愈來愈笨，你離開我的公寓後，我必須看著鏡子對自己大喊：『不！妳沒有一天天變笨！是查理爆炸式的快速進步，讓妳看起來像在倒退！』查理，我就像這樣告訴自己，但每次我們見面，你告訴我一些新東西，然後很不耐煩地看著我的時候，我知道你是在嘲笑我。

「而且，當你解釋給我聽，我卻記不住時，你就以為那是因為我沒有興趣，不想費心去了解。但你不知道你離開後，我是怎麼折磨自己。你不知道我曾經掙扎著去讀那些書，又在畢克曼聽了多少課，但只要我談起某些事，我可以看到你很不耐煩，彷彿那些事都很幼稚。我希望你的智慧愈來愈高，願意協助你、和你分享……可是你現在卻把我關在外面。」

我仔細聽她敘述時，心裡開始恍然大悟。我一直太過專注在自己以及我經歷的變化，卻從未想到她經歷的轉變。

我們離開學校時，她靜靜地哭著，我發現自己竟然無言以對。搭公車回家的路上，我在心裡告訴自己，情勢已經整個顛倒過來。她對我感到害怕。橫在我們之間的冰塊已經融解，我心靈中的潮流迅速把我帶到大海，我們之間的鴻溝也愈拉愈大。

她拒絕和我在一起，不想再折磨自己是對的。我們不再有共通處，連單純的對話也變得緊繃。如今，我們之間只有尷尬的沉默，以及黑暗房間內未獲滿足的渴望。

「你很嚴肅。」她打破自己的情緒，抬頭對我說。

「在想我們的事。」

「你不必太當真，我不想惹你難過，你正在經歷重大考驗。」她試著擠出微笑。

「但妳確實讓我難過，只是我不知道該怎麼辦。」

從公車站走到她公寓的路上，她說：「我不打算陪你出席心理學會議。今天上午我已經打電話通知尼姆教授，你在那裡會有很多事情要忙。你會見到許多有趣的人，興奮地成為矚目焦點好一陣子，我不想在那裡礙事……」

「愛麗絲……」

「……現在不管你怎麼說，我都知道自己會有什麼樣的感受，所以，如果你不介意的話，我要去修補破碎的自我……謝謝。」

「可是妳未免有點小題大作，我確信妳只會……」

「你知道？你確定？」她在公寓大樓的階梯上轉身瞪我。「噢，你真是變得讓人受不了。你哪會知道我的感受？你未免太隨意看待別人的心思，你不可能了解我是怎麼想、我在想什麼，或是為什麼有這樣的感受。」

她開始往內走，然後又回頭看我，她以顫抖的聲音說：「你回來的時候，我還是會在這裡。我只是覺得難過，如此而已，我希望我們分開一段距離時，兩人都有機會好好想想。」

這是好幾個星期來，她第一次沒有邀我進去。我瞪著緊閉的大門，內心的怒氣直往上冒。我很想大鬧一場，用力敲門，或是破門而入。我要用我的怒火銷蝕整棟建築。

當我慢慢走開時，感覺內心像是有道文火在悶燒，然後慢慢冷卻，最後如釋重負。我在街上快步疾走，感受夏夜的徐徐涼風拂過臉頰。

我體會到自己對愛麗絲的感情，已在我的學習浪潮沖刷下逐漸倒退，從最初的崇拜消退成愛情、喜歡、感激以致某種責任感。我對她的混淆感情抑制了我的發展，也因為害怕被迫自己摸索，不想獨自漂流而緊緊地抓牢她。

但伴隨自由而來的，是種憂傷的感覺。我想和她戀愛，想克服我對感情與性愛的恐懼，想要結婚、生小孩，並安定下來。

如今，這已經不可能了。愛麗絲和我智商一百八十五時的距離，竟和我智商七十的時候一樣遙遠。而且，這回我們兩人都了解這道鴻溝的存在。

6月8日

究竟是什麼驅使我走出公寓，在城市的街道四處徘徊？我獨自在街頭晃蕩，但不是悠哉遊哉地在夏夜中漫步，而是神經緊繃地要趕去……哪裡？我在小巷裡往別人住家的門內張望，在半掩的窗外窺視，既想找人聊天，卻又害怕遇見人。走過一條又一條街道，經過無數曲徑巷弄，一頭栽進都市的霓虹獸欄裡。尋尋覓覓……但尋找什麼呢？

我在中央公園遇見一個女人，她坐在湖邊一張長凳上，雖然天氣很熱，卻仍緊扣著外套。她對我微笑，示意我坐她旁邊。我們望著中央公園南邊的天際線，點著燈的房間宛如蜂巢，與周遭的黑暗相映成趣，我真希望能把這些全部吞噬。

我告訴她，沒錯，我是紐約人。不，我從未去過維吉尼亞州的紐波特紐斯。她是那裡的人，她在那裡和一位船員結婚，她丈夫目前在海上，她已經兩年半沒看過他。

她拉扯著一條糾結的手帕，不時拿來拭去額上的汗珠。即使在湖面反射的幽暗光線中，我仍能看出她塗著很濃的妝，但黑色直髮散落在肩上，還是讓她看起來有些迷人，只不過她的臉有點浮腫，好像剛睡醒一樣。她想談她自己，而我願意聆聽。

她父親給了她良好的家庭、教育，以及一位富裕造船商能帶給唯一女兒的一切，但不包括寬恕。他從未原諒她和船員私奔。

她說話時拉著我的手，並把頭倚在我肩上。她輕聲說：「蓋瑞和我結婚那晚，我還是個驚恐的處女。而他則像瘋了一樣，先是甩我耳光、揍我，然後沒有一點愛撫，就粗暴地上了我。那是我們最後一次在一起，我再也不讓他碰我。」

她大概可以從我顫抖的手中感受到我的驚慌。這件事對我來說實在太過粗暴又太過親暱。她感覺到我的顫動後，手握得更緊，彷彿必須先說完故事才能放開。她很堅持，我只好靜靜坐著，就像一個人餵鳥時，坐在鳥兒前面，靜靜讓牠從掌中啄食一樣。

「不是我不愛男人，」她大膽向我坦白，「我有過其他男人，我不要他，但有過許多其他男人。多數男人對女人都很體貼溫柔，他們做愛時會慢慢來，會先愛撫和親吻。」她意有所指地看著我，並以張開的手掌在我的掌心來回摩挲。

這是我聽過、讀過也夢想過的事。我不知道她的名字，她也沒問我的名字。她只想要我帶她去某個地方，讓我們獨處。我懷疑愛麗絲對這種事會怎麼想。

我笨拙地撫摸她，我的吻更是彆扭，所以她抬頭看我。「怎麼回事？」她輕聲說：「你在想什麼？」

「想妳。」

「你有什麼我們能去的地方嗎？」

我謹慎地踏出每一步，但會在何處掉進突如其來的焦慮中呢？這時某種東西阻止我繼續試探前進的立足點。

「如果你沒有住的地方，五十三街的公寓旅社不會太貴，而且只要你先付錢，他們就不會拿行李問題來煩你。」

「我有個房間……」

她帶著全新的敬意看我。「嗯，那很好。」

還是沒有動靜。這本身就有點奇怪，在被恐慌的徵狀壓垮之前，我還可以前進多遠呢？當我們單獨在房間裡時？當她脫衣服時？或是當我們躺在一起時呢？

突然間，了解自己能否像其他男人一樣要求一個女人和我分享生活，變成很重要的事。光有智慧與知識是不夠的，我也需要擁有這個。現在我有種強烈的放鬆與解放感，覺得這是可能的。我在親吻她時感受到的那股興奮，已明顯傳達這種感覺，我確定和她在一起會很正常。她和愛麗絲不一樣，她是那種原本就存在的女人。

然後，她的聲音變得不是很肯定。「在我們離開前……還有件事……」她站了起來，向燈光照射下的我走近一步。她掀開外套，我看到她的身材和我們並肩坐在黑暗中時的樣子很不一樣。「才五個月而已，」她說：「沒什麼關係，你不會介意吧？」

她張開外套站在那裡的模樣，和走出浴缸、張開浴袍讓查理看她裸體的中年女士影像已經重疊起來。我呆呆地站著，像是褻瀆者在等待閃電敲擊。我把頭轉開，這是我沒料到的事，但在炎熱的夏夜中還緊緊裹著外套，早該讓我警惕一定有什麼不對勁。

「不是我先生的，」她向我保證，「我沒對你說謊，我已經好幾年沒見過他。是我八個月前認識的一個推銷員的，我後來跟他同居。我不打算再跟他見面，但我要留下小孩。我們只要小心點，動作別太激烈就行了。除此之外，你沒什麼好擔心的。」

她看到我的憤怒時，聲音跟著減弱。「這真是骯髒！」我高聲叫著：「妳應該感到羞恥！」她轉開身體，迅速穿好外套，以保護體內的孩子。

她做出這樣的保護姿態時，我也看到第二個重疊影像：我的母親，她那時已經懷著我妹妹，她逐漸不再擁抱我，愈來愈少用聲音與身體接觸來溫暖我，也很少再去對抗說我不正常的人。

我想我大概伸手抓了她的肩膀，我不是很確定，然後她開始尖叫，把我激烈地嚇回現實中，也警覺到危險的存在。我告訴她，我無意傷害她，我從來不會傷害任何人。「拜託，不要尖叫！」但她繼續叫，我聽到幽暗的道路上傳來跑步聲。這是外人很難了解的情況。我衝進黑暗中，曲折地穿越一條又一條道路，急忙尋找離開公園的出口。我不清楚公園的地形，突然間我撞上某個東西，把我往後推倒。那是一道金屬絲網做的圍籬，一條死路。然後我看到鞦韆與滑梯，於是我知道這是夜間上鎖的兒童遊樂場。我沿著圍籬小跑步繼續往前，又踢到糾結的樹根而跌倒。在遊樂場附近的湖彎處，我往回跑找到另一條路，走向一條人行步橋，繞了一圈後從底下穿過，但沒有出口。

「小姐，怎麼啦？發生什麼事了？」

「遇到瘋子嗎？」

「妳沒事吧？」

「他往哪個方向走？」

我繞回原來離開的地方。我溜到一道巨大的露岩與樹莓叢後方，整個人癱在地上。

「去叫警察，每次需要警察的時候，就一定看不到他們的影子。」

「發生什麼事了？」

「有個壞蛋想強暴她。」

「嘿，那裡有人在追他，他在那裡！」

「快來！在那雜種跑出公園之前逮住他！」

「小心點，他有刀和一把槍……」

顯然那些叫嚷聲已經把許多夜行者引出來，因為「他在那裡！」的叫聲在我身後回響，我從藏身的岩石後面，可以看到一位孤單的跑步者從明亮的路徑被追進黑暗中。幾秒後，又有另一個人從岩石前面經過，很快也隱沒在陰影中。我想像自己被這群熱心的暴民追逐、逮到，並痛打一番。我活該被打，我幾乎也真的想要如此。

我站起來，撥掉衣服上的樹葉與泥土，然後慢慢朝我來的方向走。我每一秒都期待有人從後面抓住我，把我在地上拖進黑暗中，但我很快就看到五十九街與第五大道的明亮燈光，我也走出公園。

如今在我安全的房間裡想起這件事，我仍為那些刺痛而顫抖。想起母親生下妹妹之前的模樣令我害怕，但更恐怖的是那種想讓他們抓住我，再把我痛打一頓的感覺。我為什麼希望受到懲罰呢？來自過去的陰影抓住我的腳，並把我拖倒。我張口想要尖叫，卻發不出聲音。我的雙手在發抖，覺得很冷，耳中有遙遠的嗡嗡嘶聲。

進步報告——13

6月10日

我們坐在一架同溫層噴射機裡，即將起飛往芝加哥。這份進步報告必須歸功於柏特的高明點子，他讓我對著電晶體錄音機口述，再由芝加哥一位速記公務員打字出來。尼姆喜歡這個主意，事實上，他還要我繼續使用錄音機直到最後一分鐘。他覺得如果他們在會議最後播放最新的錄音帶，會讓報告增色不少。

所以，我現在坐在飛往芝加哥的噴射機上，一個人在私密的空間中努力習慣自言自語，同時設法適應自己的聲音。我猜打字員應該會消掉所有的嗯、啊、這個、那個，讓打出來的東西看起來比較自然點（想到會有數百人讀我正在說的話，我就情不自禁開始覺得全身麻痺）。

我的心思一片空白。在這個節骨眼，我的感覺可能比任何東西都重要。

在天上飛的念頭讓我害怕。

根據我所能想到的，我在接受手術前，從未真正了解飛機是什麼。我從未把電視與電影中的飛機特寫頭，和我看到從頭上飛過的東西聯想起來。現在我們正要起飛，我滿腦子想的都是萬一飛機摔下來怎麼辦。我渾身發冷，我不想死。關於上帝的一些討論，這時也浮上心頭。

最近幾星期，我常想到死亡問題，但沒有真正想到上帝。我母親偶爾會帶我去教堂，可是我不記得這曾讓我聯想到上帝。她很常提到上帝，而我晚上必須對祂祈禱，可是不曾想過太多關於上帝的事。我只記得把祂當作一位留著鬍子、坐在寶座上的遠方叔叔（就像百貨公司裡坐在大椅子上的耶誕老人，他會抱你坐在他的大腿上，問你乖不乖，還有你想要他送你什麼？），她害怕上帝，但還是求祂施恩。我父親則從來不提上帝的事，似乎上帝是蘿絲這邊的親戚，他可不想和祂有什麼瓜葛。

「我們即將起飛，先生，我可以幫你繫好安全帶嗎？」

「我必須繫嗎？我不喜歡被綁住。」

「必須繫到飛上天空為止。」

「除非必要，我寧可不繫。我很怕被綁住，可能會讓我覺得噁心。」

「這是規定，先生，我來幫你。」

「不！我自己來。」

「不對……應該是把那個東西穿過這裡。」

「等一下，嗯……好了。」

太可笑了，根本沒什麼好怕的。座位安全帶不是很緊，不會痛。為什麼繫上該死的安全帶有這麼可怕呢？安全帶、起飛時的震動、焦慮和實際狀況比起來，實在不成比例……所以一定是其他東西……是什麼呢？……飛進並穿過陰暗的雲層……請繫上安全帶……綁好……身體前傾……汗濕的皮帶味道……震動與耳邊的轟隆聲。

從窗戶看出去，我看到查理，在雲層中。他的年齡很難判斷，大約五歲，諾瑪尚未……

「你們兩個準備好了嗎？」他父親走到門廊上，他的身軀厚重，特別表現在臉上與頸部的鬆垂肥肉，表情也有些疲憊。「我說，你們到底好了沒？」

「再一分鐘，」蘿絲說：「我去戴頂帽子，你看看他的襯衫有沒有扣好，還有鞋帶。」

「來吧，讓我們一勞永逸地解決這件事。」

「哪裡？」查理問：「查理……去……哪裡？」

他父親皺著眉頭看他，麥特・高登從來不知該如何回應兒子的問題。

蘿絲出現在臥房門口，調整著帽子上的半面紗。她是個宛若小鳥的女人，她的雙臂向上伸到頭上，手肘向外，看來就像翅膀。

「我們要去看醫生，他會幫你變聰明。」

面紗讓她看起來像是透過鐵絲網看著他。他一向害怕這樣盛裝外出，因為知道他必須去見其他人，而媽媽會變得心煩而且生氣。

他想要跑開，但沒有地方可去。

「妳為什麼非得這樣對他說呢？」麥特問。

「因為事實就是如此，葛里諾醫生會幫助他。」

麥特在地板上走來走去，就像一個人早已放棄希望，但仍願嘗試最後一次用理性解決這件事。「妳怎麼知道？妳對這個人了解多少？如果還有辦法可想，其他醫生早就告訴我們了。」

「別說這種話！」她尖叫道：「不要告訴我他們已經無法可想。」她拉著查理，把他的頭緊抱在胸前。「他會變正常，不論我們必須怎麼做，不管得付出什麼代價。」

「那不是錢可以解決的事。」

「我說的是查理，你兒子……你唯一的兒子。」她幾近歇斯底里地把他搖來搖去。「我不要聽那種話，他們不懂，所以說已經無法可想。葛里諾醫生已經向我解釋清楚，他說他們不願贊助他的發明，因為這會證明他們都是錯的。同樣的事也發生在其他科學家身上，像提出微生物學的巴斯德和傑寧斯一樣。他告訴我，妳的那些醫師都害怕進步。」在以這種方式反駁麥特之後，她覺得放鬆了些，並再次恢復自信。她放開查理後，他跑到角落靠牆站著，渾身害怕得發抖。

「看，」她說：「你又讓他難過起來了。」

「我？」

「你老是當著他的面開始找碴。」

「噢，耶穌基督啊！好吧，讓我們把這件要命的事一次做個了斷。」

去葛里諾醫生辦公室的路上，他們避免交談。在公車上一語不發，從公車站走三條街到市區辦公大樓的路上，也同樣靜默。在等了十五分鐘後，葛里諾醫生來到接待室向他們致意。他的頭頂已經快禿了，身體肥胖，看起來好像快把他的白袍給撐破。查理出神地看著他又粗又濃的白色眉毛，以及不時會抽搐一下的白色髭鬚。有時候，髭鬚會先抽動，兩邊眉毛才跟著揚起，但有時是眉毛先揚起，髭鬚才接著抽動。

葛里諾醫師帶他們走進一間寬敞的白色房間，裡面空盪盪的，還可以聞到剛上過油漆的味道。房間的一邊擺著兩張桌子，另一邊有台龐大的機器，上面有好幾排儀表和四條像牙醫鑽牙用的長臂。機器旁邊有張黑色皮質檢查台，上面有又寬又厚的網狀束帶。

「好，好，好，」葛里諾醫師揚起眉毛說：「這位一定是查理了。」他緊緊抓著孩子的肩膀，「我們會變成好朋友的。」

「你真的有辦法嗎？葛里諾醫生。」麥特說：「你治療過這種病嗎？我們不是很有錢。」

葛里諾醫生皺眉時，眉毛就像百葉窗一樣掉下來。「高登先生，我說過任何我能做的事了嗎？我難道不需要先檢查嗎？也許我能幫上忙，也許不能。但首先，必須先做些生理與心理測試，才能決定病理學上的致因。然後，我們會有充裕的時間談到預後的診斷。事實上，最近我非常忙，我同意接這個病例，純粹是因為我正對這類神經發育遲滯從事特別的研究。當然，如果你們有什麼顧慮的話，或許……」

他的聲音感傷地停止，然後轉開身子，蘿絲用手肘撞了一下麥特。「我先生完全不是那個意思，葛里諾醫生，他太多話了。」她又瞪了麥特一眼，示意他應該道歉。

麥特嘆了口氣。「如果你有任何辦法可以幫助查理，我們會照你的交代去做。我在推銷理髮店用品，但無論如何，我會樂意去……」

「只有一件事情是我必須堅持的，」葛里諾噘起嘴唇，好像正在下什麼決定似的，「一旦我們開始後，治療就必須持續下去。以這種病例來說，常常會在幾個月都未見改善後，療效突然浮現。但請注意，我不能向你保證成功，沒有什麼事是篤定的，但你必須給治療有轉機的機會，否則最好根本不要開始。」

他對著他們皺眉，好讓他的警告能被充分理解。他的白色眉毛就像白色燈罩，藍色眼睛在底下炯炯有神地凝視。「現在，麻煩你們移駕到外面，讓我檢查孩子。」

要留下查理和他單獨在一起，讓麥特有些猶疑，但葛里諾對他點點頭。「這是最好的方式，」他說，同時帶領他們到外面的候診室。「進行心理實體化測試時，如果只留病人和我單獨在一起，通常結果都會比較顯著，外在的干擾對網狀評分常會有不良影響。」

蘿絲得意地對她先生微笑，麥特只好乖乖跟著她走出去。

查理被單獨留下，葛里諾醫生拍拍他的頭，臉上掛著和藹的笑容。

「好了，孩子，到台上去。」

查理沒有反應，他就溫和地把他抱起來，放到裝有皮墊的檢查台上，再以厚重的網狀束帶穩固地繫好。檢查台有濃濃的汗臭與皮革味道。

「媽媽！」

「她在外面，別擔心，查理，這一點也不痛。」

「我要媽媽！」這樣被綁住讓查理感到困惑，他弄不清楚他們想對他怎麼樣。但他還遇過一些醫生，他們在爸媽出去後，對他可就一點也不溫柔。

葛里諾試著讓他冷靜下來。「放輕鬆，沒什麼好怕的。你看到這部大機器沒？你知道我要做什麼嗎？」

查理有些畏縮，然後他想到母親的話。「讓我變聰明。」

「沒錯，至少你還知道來這裡的目的。現在你閉上眼睛，放輕鬆，我要打開這些開關了。機器會像飛機一樣，發出很大的聲音，但你不會覺得痛。然後，我們會看看能不能讓你變得比現在聰明一點點。」

葛里諾啟動開關，龐大的機器開始嗡嗡響，紅色與藍色燈光忽明忽滅閃爍著。查理嚇壞了，他不斷收縮顫抖著，在緊緊綁住他的束帶下掙扎。

他開始叫喊，但葛里諾立刻把一塊布塞進他嘴巴。「好啦，好啦，查理，不要這樣，你是很乖的小男孩，我告訴過你，這不會痛的。」

他還想尖叫，但只能發出沉悶的窒塞聲音，讓他想要嘔吐。他覺得大腿附近濕了一片，還有些黏黏的。那些味道也告訴他，媽媽又會因為他弄髒褲子打他屁股，並罰他站牆角。但他控制不了，任何時候只要覺得被困住，他就會驚慌、失控，並弄髒褲子。窒息……噁心……想吐……然後所有東西都發黑……

不知道中間經過多久時間，但查理再睜開眼睛時，嘴裡塞的布已經取出，束帶也已解開。葛里諾醫生假裝沒有聞到異味。「你看，一點都不痛，對吧。」

「不……不會。」

「那你幹嘛抖成那樣？我只不過用那台機器讓你變聰明一點而已。現在你已經比剛才聰明一點，你有什麼感覺？」

查理忘了他的恐懼，眼睛睜得大大地看著機器。「我有變聰明嗎？」

「當然，你退後一步看看，你覺得如何？」

「覺得濕濕的，我尿褲子了。」

「嗯，沒錯……下次不可以這樣，好嗎？既然你已經知道不會痛，下次就不會怕了。現在，我要你去告訴媽媽你覺得有變聰明，她就會每星期帶你來做兩次大腦修復的短波治療，這樣你就會愈變愈聰明。」

查理露出微笑。「我會倒退走路。」

「你真的會？我看看，」葛里諾醫生闔起他的文件夾，裝出很興奮的樣子，「走給我看。」

查理慢慢地，費了很大力氣倒退走了幾步，還撞到檢查台跌倒。葛里諾笑著點頭說：「這就是我說的進步。你等著好了，在我們完成治療之前，你就會是你們那個街區最聰明的小孩。」

查理因為獲得讚美與注意，高興得臉都紅了。因為不是經常有人對他微笑，或稱讚他哪件事做得對。即使對於機器以及被綁在台上的恐懼，現在也開始消退。

「整個街區嗎？」這個念頭讓他樂昏了頭，興奮得幾乎喘不過氣。「甚至比海米還聰明嗎？」葛里諾又笑了起來，並點頭說：「比海米還聰明。」

查理帶著新的驚奇與敬意看著機器，這部機器會讓他變得比海米還聰明，海米和他家只隔兩戶人家，他懂得讀和寫，而且參加童子軍。「這是你的機器嗎？」「還不是，它屬於銀行，但很快就會是我的，然後我就能讓很多和你一樣的孩子變聰明。」他拍拍查理的頭說：「你比一些正常的孩子乖，那些孩子的媽媽帶他們來這裡，希望我提高他們的智商，讓他們變成天才。」

「如果你讓他們睜大眼睛，他們會變成笨蛋嗎？」他把手拿到眼睛前面，看看機器是否張大了他的眼睛。「你有把我變成驢子嗎？」葛里諾捏捏查理的肩膀，臉上掛著和善的笑容。「查理，不用擔心，只有不乖的小驢子才會變成笨蛋，你會維持原來的樣子，仍然是個好孩子。」然後，他想了一下又說：「當然，比你現在還要聰明一點。」

他打開門鎖，帶查理去找爸媽。「他在這裡，表現不錯，是個好孩子。我想我們會變成好朋友，對吧？查理。」查理點點頭。他希望葛里諾醫生能夠喜歡他，但他看到媽媽的表情時，又開始驚慌。「查理，你幹了什麼好事？」

「只是出了點狀況，高登太太。這是第一次，所以他有些害怕，但不要責怪或處罰他，我不希望他把來這裡和懲罰聯想在一起。」

但蘿絲・高登卻因為尷尬而開始生氣。「這實在丟臉，我真的不知道怎麼辦，葛里諾醫生。即使在家裡，他也會忘掉……有時甚至當著客人的面。他這樣做的時候，我真是羞得無地自容。」

母親臉上的厭惡表情讓他發抖。在剛才的短暫時刻，他已經忘記自己有多壞，如何讓爸媽受苦受難。不知道為什麼，但每次媽媽說他讓她受苦時，他就會害怕，而當她對他高聲叫喊，他就會轉過臉面對牆壁，自己輕聲呻吟起來。

「不要讓他難過，高登太太，也不用擔心。每星期週二和週四的相同時間帶他來。」

「但這真的對他有用嗎？」麥特問：「十元是不小的數……」

「麥特！」她拉了一下他的袖子，「這種事值得在這時候談嗎？這是你自己的骨肉，說不定靠著上帝的幫忙，葛里諾醫生能讓他變得和其他孩子一樣，你卻只知道談錢！」

麥特本來還想為自己說話，但想了一下，就掏出皮夾。

「拜託……」葛里諾嘆了口氣，好像看到錢會感到尷尬似的，「前面櫃台的助理會處理財務上的事，謝謝。」他對蘿絲微微躬身，和麥特握手，並拍拍查理的背。「好孩子，很好。」然後便帶著微笑消失在通往內部辦公室的房門後面。

他們一路吵著回家。麥特不斷抱怨理髮用品的生意持續萎縮，他們的儲蓄也快要用罄，蘿絲則大聲嗆回去，強調讓查理正常比任何事都重要。

查理被他們的爭吵嚇得開始嗚咽，他們聲音中蘊涵的憤怒讓他十分痛苦。一回到家，他就獨自離開，跑到廚房門後的角落，用前額頂著牆站著，一面顫抖，一面呻吟。

他們沒有理他，他們已經忘掉應該幫他清洗並更換衣褲。

「我一點都不歇斯底里，我只是厭倦每次為你兒子做點事，就得聽你抱怨個沒完。你毫不在乎，你根本不在乎。」

「這不是事實！我只是體認到我們已無法可想。當妳有這樣一個孩子的時候，這是個十字架，妳必須扛起來，並且愛他。我可以接受，但我不能忍受妳的愚蠢做法。妳把我們的積蓄幾乎都浪費在庸醫和騙子身上，我大可拿這些錢開創自己的美好事業。沒錯，別用那種眼光看我。妳為了這件無法可想的事而扔到陰溝裡的錢，已經夠我開家自己的理髮店，不用每天痛苦地工作十小時推銷東西。我會有自己的地方，還有別人為我工作。」

「別再叫了，你看看他，他嚇壞了。」

「去妳的！現在我知道誰才是真正的蠢蛋，是我！因為我竟然受得了妳！」他怒氣沖沖地衝出去，還把門用力甩上。

「先生，對不起打擾您，我們幾分鐘內就要降落了。您必須再次繫好安全帶……噢，您已經繫上了，先生。從紐約來的一路上您一直繫著，將近兩個小時……」

「我都忘了這回事。就這樣繫著直到降落吧，看來對我沒什麼影響。」

我想變聰明的不尋常動機最初曾讓大家驚訝不已，現在我知道這是從何而來。這是夜以繼日縈繞著蘿絲・高登的念頭。查理是個笨蛋是她揮之不去的恐懼、罪惡與羞辱，她夢想著要設法解決。究竟這是麥特或是她的錯？是不斷苦惱她的急迫問題。直到諾瑪的出生證明她也能生出正常的孩子，我只是個異數後，她才不再想改變我。但我從來不曾停止渴盼變成她期待的聰明孩子，好讓她能夠愛我。

有趣的是這位葛里諾。照理說我應該痛恨他對我做的那些事，還有他利用蘿絲和麥特的行為，可是我無法恨他。在那第一天之後，他一直對我很好，總是拍拍我的肩膀、微笑，說些我難得聽聞的鼓勵話語。

即使在那時候，他也把我當人看待。

這聽起來可能有些忘恩負義，但我痛恨這裡的原因之一，就是他們把我當作天竺鼠的態度。尼姆經常提及是他讓我變成現在的樣子，或是有一天會有其他和我一樣的人想要變成真正的人類。

我要怎麼讓他了解我並不是他創造的？

他和其他人犯下同樣的錯誤，他們嘲笑弱智者，因為他們不了解對方也是人類。他不能體會，我來這裡之前就已經是個人。

我正在學習控制自己的憎厭，不要凡事不耐煩，要懂得等待。我猜我正在成長，每一天我都多了解自己一點，原先只是小漣漪的記憶，現在卻像滔天巨浪對我沖刷而來……

6月11日

從我們抵達芝加哥的查莫斯飯店起就是一團混亂。我們訂的房間出了差錯，要隔天晚上才會空出來，在此之前我們必須待在附近的獨立飯店。尼姆非常生氣，認為這是對他個人的侮辱，他和飯店行政系統的每一個人吵架，從侍者一直吵到經理。飯店的每個職員都在找上司想辦法，我們只能在大廳等待。

在混亂中，行李不斷送進來，堆得整個大廳都是，行李員推著車子忙進忙出；許多一年未見的出席會議成員，在此相認並打招呼；尼姆努力想攔住一些國際心理協會的工作人員交涉，而我們站在那裡，愈來愈覺得尷尬。

實。

最後，顯然已無法可想後，他才接受我們必須在獨立飯店度過芝加哥的第一晚這個事實。

結果我們發現，多數年輕的心理學家都住在獨立飯店，第一個晚上的大宴會也在這裡舉行。許多住在這裡的人聽過我們的實驗，多數人也知道我是誰。不論我們走到哪裡，都有人上前徵詢我對各種事情的看法，從新稅的影響到芬蘭最近的考古發現都有人問。這件事很有挑戰性，但我儲存的大量知識讓我可以從容談論幾乎所有問題。只是過了一陣子後，我看得出尼姆很不高興我成為大家的注意力焦點。

所以，當法茅斯學院一位年輕漂亮的醫生要我解釋我發展遲緩的起因時，我就告訴她，這個問題應該由尼姆教授來回答。

這是他一直在等待，可以表現權威的大好機會，也是我們相識以來，他第一次把手放在我的肩上。「我們還無法精確地了解查理孩童時期罹患的苯酮酸尿症類型起因，這是一種不尋常的生化或基因狀況，可能是電離輻射、自然輻射，或甚至病毒攻擊胎兒的結果。但不論起因為何，都導致基因的缺陷，產生一種我們稱之為『特異酵素』的物質，也創造缺損的生化反應。當然，新產生的氨基酸會與正常的酵素競爭，並導致腦部的傷害。」

女孩皺著眉頭。她沒料到會聽到一場演講，但尼姆好不容易搶到發言權，便繼續藉題發揮。「我稱之為酵素的競爭性抑制。我可以打個比方來解釋它的運作方式，你可以把缺陷基因產生的酵素，設想成一把錯誤的鑰匙插在中樞神經系統的化學鎖上，結果卻轉不開。因為它卡在那裡，真正的鑰匙，也就是正確的酵素，甚至無法插進去開鎖，堵住了。結果呢？就是腦部組織蛋白質不可逆的損壞。」

另一位加入旁聽的心理學家插嘴問道：「但既然不可逆，為什麼高登先生的發展已不再遲滯？」

「啊！」尼姆叫了一聲，「我只說組織的損壞是不可逆的，並沒有說程序不可逆。很多研究人員都能藉注入化學物質與有缺陷的酵素結合，來改變搗亂鑰匙的分子形狀，同時逆轉程序。這也是我們技術的主要根據。但首先，我們移除腦部受損的部分，再將已用化學方式強化的的腦組織植入，並以超出正常的速度製造腦蛋白質……」

「稍等一下，尼姆教授，」我在他談得正興高采烈時打斷他，「那你如何看待拉哈雅馬帝在這個領域的研究呢？」

他茫然地看著我。「誰？」

「拉哈雅馬帝。他的論文攻擊塔尼達的酵素融合理論，針對改變干擾酵素的化學結構以暢通代謝途徑的概念提出批判。」

他的眉頭深鎖。「那篇文章翻譯在哪本刊物上？」

「還沒翻譯出來，我幾天前在印度的精神病理學學報上讀到的。」

他看看他的聽眾，想把這個問題擱在一旁。「好吧，我想我們沒什麼好擔心的，我們的結果會為自己作證。」

「可是塔尼達在倡議利用融合來封鎖特異酵素的理論後，現在他又指出……」

「好了，查理，一個人率先提出某項理論後，並不保證他會成為後續實驗發展的最終權威。我想在場的每一位都會同意，美國與英國的研究成果已遠遠超越印度和日本，我們仍然擁有全世界最佳的實驗室與設備。」

「但這並未解答拉哈雅馬帝的批判論點，他說……」

「這裡不是討論這件事的適當時間與地點，我相信在明天的會議上，所有的這些論點都會獲得充分處理。」他隨即轉身和某個人談起一位大學時代的老友，對我完全置之不理，讓我啞口無言地呆在那裡。

我設法把史特勞斯拉到一邊，開始質問他。「好吧，你一直都說我對他太敏感了，你告訴我，我做了什麼事惹得他那麼不高興？」

「你讓他覺得你比他優秀，這是他不能接受的事。」

「我是很認真的，看在老天分上，把事實告訴我。」

「查理，你不能一直以為大家都在嘲笑你。尼姆無法討論那些文章，是因為他沒讀過，他沒有能力讀那些語文。」

「他不懂印地文❸和日文？不會吧。」

「查理，不是每個人都有你那樣的語文天賦。」

「那他怎麼能夠反駁拉哈雅馬帝對這項方法的批判？而且塔尼達也對這種控制的效力提

出挑戰，他一定知道這些……」

「不……」史特勞斯沉思了一下，然後說：「那些論文一定是最近才刊出，還來不及翻譯出來。」

「你的意思是說你也沒有讀過？」

他聳聳肩。「我的語文能力甚至比他還差。但我確定在最後報告交出去之前，他們會搜尋所有學報，以補充額外資料。」

我不知道該說什麼。聽到他承認他們兩人對自己領域內若干地區的研究毫無所悉，實在是夠駭人的。「你懂得哪些語言？」我問他。

「法文、德文、西班牙文、義大利文和勉強堪用的瑞典文。」

「沒有俄文、中文、葡萄牙文？」

他提醒我，作為一個執業的精神病學家兼神經外科醫師，他並沒有太多時間讀外語，他唯一能讀的古典語文只有拉丁文和希臘文，同時不懂任何古東方語文。

我看得出他想結束這個問題的討論，但我不願就此鬆手，我必須知道他究竟懂得多少東西。

我知道了。

❸Hindi，印度本土語言，是印度官方語之一。

物理學：止於量子場論。地質學：不懂任何地形學、地層學或甚至岩石學。不曾涉獵個體或總體經濟理論。對基礎變分微積分以外的數學領域所知不多，完全不懂巴拿赫代數或黎曼流形。這只是我在這個週末即將發現的眾多真相的第一個端倪。

我無法在宴會上逗留太久，我偷偷溜出去散步，好好思考這件事。他們兩個都是騙子，他們假裝是天才，宣稱能為黑暗帶來光明，但其實只是盲目工作的普通人。為什麼每個人都說謊呢？我認識的人中，沒有一個名實相副。我拐彎的時候，瞥見柏特跟在後面。

「怎麼回事？」他走上前時，我對他說：「你在跟蹤我嗎？」

他聳聳肩，有點不自在地笑著。「你是頭號展示品，會場的明星，可不能讓你被芝加哥的汽車牛仔給撞倒，或是在國家大道上遭到洗劫。」

「我不喜歡被監護。」

他兩手插在口袋走在我旁邊，但避開我注視的眼光。

「放輕鬆，查理，老傢伙有點緊張，這場會議對他關係重大，這攸關他的聲譽。」

「我不知道你和他關係這麼密切。」我故意挖苦他，因為我想起柏特一直都在抱怨教授的莽撞與心胸狹窄。

「我和他關係並不密切，」他不以為然地看著我，「但他把整個生命都放進去了。他不是佛洛伊德或容格，也不是帕弗洛夫或華特森❹，但他做了些重要的事，我尊敬他的投入與奉獻，尤其他只是個想要做些偉人事業的凡人，而那些偉人都忙著製造炸彈。」

「我倒想聽聽你當著他的面說他是凡人。」

「他如何看待自己並不重要，他無疑是很自我本位，但又如何？一個人要敢於嘗試做這種事，就需要那樣的自負。他這種人我看多了，很了解在他們的傲慢與專斷之中，其實混合了很大成分的恐懼與不安。」

「還有虛偽與膚淺。」我補充說：「我現在已經看清他們的真面目，虛偽。我本來就懷疑尼姆有這問題，他似乎隨時都在害怕某些東西，但史特勞斯卻讓我大感意外。」

柏特停下腳步，吁出長長的一口氣。我們走進一家小餐館喝咖啡，我沒看到他的臉，但他的聲音顯示出惱怒。

「你覺得我錯了？」

「我只是覺得你實在進步得太快，」他說：「你現在擁有絕佳的心智，幾乎深不可測的智慧，你目前吸收的知識，已經比絕大多數人在漫長生命中所能累積的更多。但你的發展很不平衡，你知道很多事，也看清很多事，但你沒有發展出了解的能力，換句話說，如果我可以使用這種字眼的話，就是容忍。你說他們虛偽，但他們何曾宣稱自己完美，或者是超人？他們只是凡人，你才是天才。」

❹Pavlov and Watson。帕弗洛夫是俄國心理學家，古典制約學習理論的發明人。其最著名的實驗便是利用搖鈴與餵食的聯繫，讓受試驗的狗日後只要聽到鈴聲便自動流出口水。此處的華特森應是指生物學家Jame D. Watson，他與另一位生物學家Francis Crick因共同解出DNA的雙螺旋結構而獲諾貝爾生理醫學獎。

他有點尷尬地停了下來，突然意識到自己在對我說教。

「繼續說下去。」

「你見過尼姆的太太嗎？」

「沒有。」

「如果你想知道他為什麼一直那麼煩躁，即使實驗室與演講都進行順利，他還是那麼緊張，你就得認識貝莎·尼姆。你可知道他的教授席位是她幫他弄來的？你可知道她利用父親的影響力，為他爭取到威伯格基金會的補助款？而且，催促他在會議中倉卒發表成果的也是她。除非你有位那樣的太太在駕馭你，否則你根本無從了解他這個人。」

我未發一語，而且我知道他想回飯店。我們回去的一路上都沒有交談。

我是個天才嗎？我不認為，至少還不是。就如柏特嘲諷教育術語中的委婉用詞時所說的，我很罕見。這是個民主的措詞，可以避免對天賦很高或不足的人貼上要命的標籤，這通常指的就是優異或弱智的人。而且，只要罕見一詞開始對某個人有特別意義時，他們就會更換用詞。這樣的做法似乎是說：只有在一個措詞對任何人都沒有任何意義時才去用它。罕見適用於整個範圍的兩個極端，所以我這一生一直都是很罕見的人。

學習是件很奇怪的事，走得愈遠，愈知道自己連知識存在何處都不清楚。不久之前，我還愚蠢地以為我可以學會一切事情，掌握世上所有知識。如今，我只希望我能知道知識的存在，了解其中的滄海一粟。

我有這樣的時間嗎？

柏特對我有點不高興。他覺得我沒耐心，其他人一定也有相同的感覺。他們試圖抓住我，想把我留在我的地方，但我的地方在哪裡？現在的我是誰，是什麼？我是我生命的全部，或只是過去這幾個月的總和？噢，當我想和他們討論這件事的時候，他們是何等不耐煩。他們不喜歡承認自己的無知。這是很矛盾的事，像尼姆這樣的凡人，竟妄想要奉獻心力讓別人成為天才。他期待能被視為新學習法則的發現者，心理學的愛因斯坦。然而，他卻存有老師的恐懼，害怕被學生超越，雖是大師，卻又擔心門徒不信任他的工作（但我在任何實質意義上，卻都不像柏特一樣是尼姆的學生或門徒）。

我猜想，尼姆害怕暴露自己只是踩高蹺混在巨人行列中的普通人，這是可以理解的。在這時候失敗會毀了他，他已經太老了，沒辦法重新開始。

發現關於自己尊敬與看重之人的真相，雖然令人震驚，但我猜想柏特說得沒錯，我不能對他們太沒耐心，實驗能夠實現必須歸功於他們的構想與傑出工作。既然現在我已經超越他們，我必須提防流露出看不起他們的自然傾向。

我必須體會，他們一再勸我說話與寫作應力求簡明，好讓別人讀報告時能了解我，他們所說的別人其實也包括他們自己。然而，當我知道掌握自己命運的，並不是原先以為的知識巨人，而是些不知道所有答案的凡人，仍是相當嚇人的事。

6月13日

我在極大的情緒壓力下口述這份報告。我已完全退出，一個人坐在飛回紐約的班機上，我到那裡後要做什麼，仍然毫無頭緒。

我必須承認，目睹眾多科學家與學者聚在一起交換意見的國際會議，起初的確讓我心生敬畏。當時我想，這裡才是真正帶來希望的地方。這裡的會議和大學的刻板討論一定大不相同，因為在座者都是心理學研究與教育界的最高階層代表，是寫作書籍與發表演說的科學家，也是人們經常引述的權威。如果尼姆與史特勞斯是在他們能力不及的領域中工作的凡人，我確信其他人的情況一定不一樣。

會議時間來臨時，尼姆帶領我們穿越裝飾著巴洛克式厚重家具以及寬闊大理石階梯的龐大接待廳，經過和我們握手、點頭與微笑的層層疊疊人群，今天早上才抵達芝加哥的兩位畢克曼大學教授也加入我們的行列。懷特與柯林傑教授走在尼姆與史特勞斯右後方一、兩步，柏特與我在最後面。

旁觀者讓出一條路讓我們走進大會議廳，尼姆向記者與攝影師揮揮手，他們都特地到現場採訪這件驚人消息，聆聽在短短三個月又多一點的時間改造一位弱智成人的成果報告。

尼姆顯然已預先發布公關新聞稿。

會議上發表的心理學論文中，有些相當令人佩服。一個阿拉斯加的研究團隊顯示，刺激腦部的不同部位，可以導致學習能力的顯著發展；另一組紐西蘭團隊則找出大腦中控制感知與保持刺激的部位。

不過，也有其他種類的論文。例如，P.T.柴樂曼的研究告訴你，迷宮的轉彎是直角而不是弧形時，白老鼠學習走迷宮所花的時間有什麼差異；渥費爾的論文則研究智慧水準對印度獼猴反應時間的影響。這類的報告很讓我生氣，因為所有的金錢、時間與精力都浪費在枝微末節的詳細分析。所以，柏特稱讚尼姆與史特勞斯全心投入在一些重要且不確定的事物上，而不是找些安全但不重要的東西研究，他說得沒有錯。

但如果尼姆能把我當成人類看待就好了。

主席宣布由畢克曼大學發表報告後，我們就坐到台上的長桌後面，阿爾吉儂放在柏特與我之間的籠子裡。我們是當晚的重頭戲，我們坐定後，主席就開始介紹。我幾乎半期待他會以這樣的開場白宣布：先先先生與女女女士們，請往這邊走，來看這場附帶的好戲！科學界從未有過的精采表演！一隻老鼠和一個白痴轉變成的天才就在你們眼前！

我承認，自己是帶著渾身火藥味來到會場。

然而，主席只是很簡單地說：「下一場報告其實已無須多所介紹，大家一定都已聽說畢克曼大學進行的驚人試驗，這項計畫是威伯格基金會捐款贊助，由心理學系主任尼姆教授領導，並與畢克曼神經精神醫學中心的史特勞斯醫師合作推動。毫無疑問，這是大家都懷著極大興趣期待的報告，我現在就把會議交給尼姆教授與史特勞斯醫生。」

尼姆優雅地點點頭，感謝主席的介紹與稱讚，還得意地向史特勞斯眨眨眼。

畢克曼大學第一位上場報告的是柯林傑教授。

我已經被激怒了，我也看到阿爾吉儂在菸味、嘈雜聲與不熟悉的環境刺激下，焦躁地在籠子裡直繞圈子。我有非常強烈的衝動，想打開籠子放牠出來。這是個荒謬的念頭，比較像是種渴望，而不是真的想法，所以我試著不去理會。但當我聽到柯林傑的陳腔濫調論文，討論「左側目標盒在T形迷宮的效應，與右側目標盒在T形迷宮中的效應比較」時，我發現自己已不知不覺玩弄著阿爾吉儂籠子上的開啟裝置。

再過一會兒（就在史特勞斯與尼姆發表他們至高無上的成就之前），柏特將先朗讀一篇論文，描述他管理為阿爾吉儂設計的智慧與學習測驗過程和結果。然後就會有一次展示，考驗阿爾吉儂解決問題以獲得食物的能力（這也是我一直痛恨的事）。

倒不是我對柏特有什麼不滿，他一直坦誠對我，比大多數人更直接，但當他描述白老鼠如何獲得智慧時，就像其他人一樣浮誇虛假，彷彿他正試著承接老師的衣缽。我在那時克制自己，沒有輕舉妄動，主要是考慮到柏特和我的友誼。因為把阿爾吉儂從籠子裡放出來，勢必讓會場陷入混亂，而這畢竟是柏特在學術升遷競技場上的初次登台。

我把手指放在籠門的釋放閘上，阿爾吉儂睜著粉紅色眼睛看著我的手時，我確定牠一定知道我心裡在想什麼。就在這時，柏特已提起籠子去做他的展示。他解釋這個切換鎖的複雜性，以及每次開鎖時必須解決的問題（薄薄的塑膠插銷以不同模式變換位置，老鼠必須以相同的次序壓下一系列控制桿來操控）。隨著阿爾吉儂智慧的提高，牠解決問題的速度也跟著加快……這是很明顯的事。但這時候，柏特揭露了一件我不知道的事。

阿爾吉儂的智慧達到顛峰時，牠的表現也開始變化無常。根據柏特的報告，有時阿爾吉儂雖然很餓，卻拒絕工作；還有些時候，即使已經解答了問題，但牠非但沒有接受食物作為獎賞，還會猛烈地自己衝撞籠子。

觀眾席中有人問柏特說，他是否在暗示，這種錯亂的行為是智慧提高後所直接導致。柏特避開這個問題，他說：「據我所知，並沒有足夠證據可以得出這樣的結論，其他可能依然存在。有可能智慧的提高與這個層次上的異常行為，都是原始的手術所造成，不是兩者相互作用的結果。此外，也可能錯亂的行為是阿爾吉儂所獨有。我們沒有在其他老鼠身上發現類似的錯亂，但其他老鼠也沒有達到這麼高的智慧水準，或像阿爾吉儂能將智慧維持那麼久。」

我立刻了解，他們刻意對我隱瞞了這項資訊。我懷疑其中的原因，並感到氣憤，但比起他們播放影片帶給我的憤怒，這還算不了什麼。

我從來不知道我早期在實驗室的表現與測驗都經過錄影。影片中的我坐在柏特旁邊，張著嘴、一臉困惑地拿著電筆走迷宮。每次我被電一下，眼睛就瞪得大大的，露出可笑的表情，但過了一會兒又恢復愚蠢的微笑。每次發生這種狀況時，觀眾都爆出哄堂大笑。同樣的情況在不斷的測試中重複，觀眾也覺得一次比一次更好笑。

我告訴自己，他們不是來看鬧劇的，是追求知識的科學家，他們只是忍不住對滑稽的畫面發笑。然而，當柏特配合氣氛對影片做些有趣的說明時，我自己也充滿想要惡作劇的衝動。如果能看到阿爾吉儂從籠子逃出來，而所有人慌亂地趴在地上，到處抓一隻碎步逃竄的天才小白鼠，那一定更好玩。

可是我控制自己，等到史特勞斯上台時，那股衝動已經過去了。

史特勞斯主要是處理神經外科的理論與技術，他詳細描述辨識荷爾蒙控制中心的先驅研究，如何讓他在移除大腦皮層分泌荷爾蒙抑制物的部分時，也能夠分離與刺激這些中心。他解釋酵素阻斷理論，並描述我在接受手術前後的身體狀況。他傳閱一些照片（我不知道他們曾為我拍照），並做了些說明，我從人們的點頭與微笑中，可以看出在場多數人都同意他說的「遲鈍、空洞的面部表情」，已經轉變成「機靈、聰穎的外貌」。他也詳細討論心理治療中的一些相關部分，特別是我對於在長椅上自由聯想的態度轉變。

我以身為科學發表會的一部分來到會場，本就預料到自己會被推出展示，但大家談到我時，卻都把我當作像是某種為科學發表而新創造出的東西。整個會場沒有人把我當作獨立的個人看待。他們經常把「查理與阿爾吉儂」或「阿爾吉儂和查理」並陳，更清楚地說明他們把我和阿爾吉儂當作一對實驗動物，在實驗室之外根本不存在。但除了憤怒外，我一直無法把那種覺得不對勁的念頭從心裡排除。

最後，輪到尼姆發言，由他以計畫領導人的身分做總結，以傑出實驗的策畫者姿態成為矚目焦點。這是他期待已久的日子。

他在台上很有架式，他發言時，我發現自己頻頻點頭，對他說的那些真正事實表示贊同。他仔細地描述測試、實驗、手術過程與我後來的心智發展，並不時引述我的進步報告，讓他的發言更加生動。感謝上帝，還好我把關於愛麗絲和我之間的詳細內容，多數保存在我的私人檔案裡。

然後，當他總結到某個節骨眼時說：「我們在畢克曼大學進行這項計畫的團隊，很欣慰地知道我們消除了自然界的一個錯誤，然後經由我們的新技術，創造出更優異的個人。查理找上我們之前，他游離在社會之外，在龐大的都市裡沒有關心他的朋友或他人，也沒有過正常生活必須具備的心智狀態。他沒有過去，與現在沒有接觸，前途也毫無希望。在這項實驗之前，查理・高登可說並未真正存在……」

我不知道為什麼自己如此厭惡他們把我當作他們私人寶庫中剛製造出來的東西，但我十分確定，從我們抵達芝加哥起，這念頭就一直在我胸中迴盪。我很想站起來讓大家看清他有多愚蠢，並對他高喊：我是人類，一個有父母、記憶和過往歷史的人，在你們把我推進手術室前，我就已經存在。

但就在我盛怒的深處，一件史特勞斯發言時就已萌生、並在尼姆闡述資料時再次讓我困擾的疑惑，此時也凝聚成強烈的領悟。他們犯了一項錯誤，毫無疑問！等待期的統計學評估是證明改變能夠持久的必要程序，他們的評估以心智發展和學習領域的早期階段試驗作為依據，而且根據的是普通遲鈍或智慧正常的動物等待期。但很明顯的是，當動物的智慧被提高兩、三倍時，等待期當然也需要跟著延長。

尼姆的結論尚未成熟。無論是我或阿爾吉儂的案例，都需要更長時間觀察改變能否持久不衰。這些教授犯了重大錯誤，卻無人發現。我想跳出來告訴他們，卻動彈不得。因為我也和阿爾吉儂一樣，已經陷在他們為我建造的圍欄中。

現在即將進入發問階段，在獲得晚餐前，我得先在這場尊貴的聚會上表演。不，我必須離開這裡。

「……在某種意義上，他是現代心理學實驗的產物。原來弱智的軀殼對社會是種負擔，大家必須為他不負責的行為擔憂，但現在取而代之的是位莊重、敏感的人，隨時願意為社會貢獻心力的成員。我希望大家能聽聽查理・高登說幾句話。」

該死的混蛋！他根本不知道自己在說些什麼。這時，我被本能衝動凌駕，失神地看著自己的手在不受意志控制下拉開阿爾吉儂籠子的插銷。打開籠子時，阿爾吉儂抬頭看我，先是停頓一下，然後就衝出籠子，快速奔過長桌。

起先，牠在錦緞桌布前迷失了方向，因為那就像一片模糊的白色壓在白色之上。然後，桌前一位女士發出尖叫，並倏地跳起來，椅子往後推撞。她旁邊的水罐跟著翻倒，柏特則叫道：「阿爾吉儂跑出來了！」阿爾吉儂從桌上跳下來，先跳到踏腳台，再跳到地板上。

「抓住牠！抓住牠！」尼姆尖叫著，而在場聽眾也七手八腳四處找尋目標。許多女性（大概是不做實驗的人？）試著站到不太穩定的摺疊椅上，但其他人在設法幫忙包圍阿爾吉儂時，卻又把她們給撞了下來。

「關住後門！」柏特大叫，他發現阿爾吉儂已經聰明到知道往那個方向衝。

「快跑，」我聽到自己叫著，「往側門！」

「牠跑去側門了！」有人呼應著。

「抓住牠！抓住牠！」尼姆發出懇求。

群眾衝到會議廳外的通道，阿爾吉儂在鋪著紫褐色地毯的走廊上奔跑，領著其他人在後面興奮地追逐。牠從路易十四樣式的桌子下，繞過棕櫚盆栽，登上階梯，轉個彎後，又衝下階梯，進入主廳，並引來更多人加入追逐。看到一大群人在大廳上跑進跑出，追著一隻比很多人都聰明的白老鼠，是我長久來看過最好笑的事。

「快追，還笑！」尼姆生氣地嗆聲，還差點撞到我身上，「如果我們找不到牠，整個實驗就會陷入麻煩。」

我假裝在廢紙簍後面找阿爾吉儂。「你知道嗎？」我說：「你們犯了個錯誤，但也許過了今天之後，這就不重要了。」

幾秒鐘後，五、六位女士尖叫著跑出洗手間，死命抓著圍住雙腿的裙子。「牠在裡面！」有人大叫。但搜尋的群眾來到牆上寫著「女士」的牌子前面，片刻間都停了下來。我是第一個跨越那道無形障礙，走進那神聖之門的人。

阿爾吉儂停在一個洗手盆上，注視著自己在鏡子裡映出的影像。「來吧，」我說：「我們一起離開這裡。」

牠讓我抓起牠，放進外套口袋。「乖乖待在裡面，直到我說可以為止。」其他人通過彈簧門衝進來時，表情都有點難為情，好像害怕聽到會有裸體女生尖叫。他們在化妝室內搜尋時，我自行走了出去，我還聽到柏特的聲音說：「通風機那裡有個洞，也許牠跑到那上面了。」

「看看那個洞通往哪裡。」史特勞斯說。

「你上二樓去，」尼姆對史特勞斯作勢說：「我去地下室找。」

然後，大夥衝出女用洗手間，兵分兩路尋找。我跟在史特勞斯這隊人馬後面上二樓，他們要去看通風口通到哪裡。史特勞斯、懷特和另外五、六個人向右轉到B通道時，我左轉走進C通道，搭電梯到我的房間。

我關上門後，拍拍口袋。一個粉紅色的鼻子和白色茸毛探出口袋左右張望。「我先打包行李，」我說：「然後我們就飛走，只有你跟我，一對人造天才攜手逃亡。」

我讓行李員把行李袋和錄音機搬上計程車，我結清旅館的帳後，走出旋轉門，眾人尋找的對象就窩在我的外套口袋中。我利用回程機票飛回紐約。

我不回我的住處，我打算先在市區旅館住一、兩晚。我們要利用那裡作為行動基地，在中城某地找個附家具的公寓，我希望能靠近時報廣場。

雖然有些愚蠢，但把這些事講出來後，我覺得舒暢多了。我並不真的知道為什麼自己這麼沮喪，也不清楚為什麼要搭飛機回紐約，座位下的鞋盒裡還裝著阿爾吉儂。我不能驚慌。這項錯誤未必很嚴重，事情可能只是沒有尼姆說的那麼篤定而已。但我現在要走向何方呢？

首先，我必須去見我父母，要儘可能地快。

我的時間也許沒有想像中那麼多……

進步報告——14

6月15日

我們逃走的消息昨天上了報，讓一些小報熱熱鬧鬧炒作了一番。《每日新聞報》第二版刊出一張我的舊照，還附上一隻白老鼠的素描，標題寫著：白痴——天才與鼠齊抓狂。報導引述尼姆和史特勞斯的話說，我一直承受很大的壓力，但毫無疑問我一定很快就會回去。他們懸賞五百元尋找阿爾吉儂，卻不知道其實我們在一起。

我翻到第五版的後續報導時，驚訝地看到一張我母親和妹妹的照片。這些記者顯然做了很詳細的調查。

妹妹不知白痴——天才下落

（每日新聞特別報導）

紐約布魯克林區六月十四日電——諾瑪・高登小姐與母親蘿絲・高登一同住在紐約市布

魯克林區馬克斯街四一三六號，她否認知道哥哥的下落。她說：「我們已經超過十七年沒見過他，或聽過他的消息。」

高登小姐說，今年三月，畢克曼大學心理學系主任來找她，徵求她允許以查理來做實驗之前，她一直以為哥哥已經過世。

「我母親告訴我，他被送去華倫之家（州立華倫收容中心與訓練學校），」高登小姐說：「幾年後就在那裡去世，我不知道他還活著。」

高登小姐請求，若有人知道她哥哥的下落，務必請他與她們聯絡。

他們的父親麥修・高登未與妻子和女兒同住，目前在布朗克斯區開了家理髮店。

我瞪著新聞報導好一陣子，然後回頭再看一次照片。我要怎麼形容她們呢？

我不能說自己還記得蘿絲的容貌，雖然這張最近的照片拍得很清楚，但我還是透過兒時的朦朧記憶來看她。我知道她，卻又好像不認識她。如果在街上相遇，我一定認不出她來，但現在知道她就是我母親後，我可以依稀辨識出一些細節，沒錯！

她的臉頰瘦削、憔悴到輪廓都凸顯出來。尖尖的鼻子和下巴。我幾乎可以聽到她的嘮叨和鳥鳴般的吱喳尖叫。頭髮向上盤成一個圓髻，很嚴肅。黑色眼珠銳利地瞪著我。我既想要她把我抱進懷裡，說我是個好孩子，又想趕緊跑開，避免被賞一巴掌。她的照片讓我顫抖。

諾瑪的臉型一樣瘦削，但輪廓沒那麼尖銳，算是滿漂亮的，但和我母親很像。她的頭髮垂落肩膀，讓她的線條變得柔和。她們兩人坐在客廳沙發上。

蘿絲的臉將我的驚惶記憶重新帶回。對我來說，她是兩個人，但我從來不知會見到哪一個。別人可能只要看她的手勢、蹙眉或是眉毛挑起，就能了然於心；像我妹妹就很會辨認風暴警訊，每次母親脾氣要發作前，她就會先離開暴風圈，我卻總是不自覺地被捲進去。我會在這時來尋求她的安慰，而她就把憤怒宣洩在我身上。

但其他時候她很溫柔，會像熱水浴一樣緊擁著我，用手撫摸我的頭髮與額頭，說些銘刻在我童年記憶中的話語：

他是個好孩子。

他就像其他孩子一樣。

我在逐漸消散的照片中看到過去，我和父親彎腰望著一個嬰兒籃。他牽著我的手說：「這就是她。你不可以碰她，因為她很小，但等她長大一點，你就有個妹妹陪你玩。」

我看到母親躺在旁邊的一張大床上，蒼白虛弱，兩手無力地癱在蘭花圖案的床罩上，她焦慮地抬頭說：「看好他，麥特……」

這時她對我的態度還沒改變，但現在我了解，那是因為她還無法確定諾瑪是否會跟我一樣。必須要到後來，等她確定她的禱告已經應驗，諾瑪明顯擁有正常的智慧後，她的語調才開始變得不同。不只語調不同，她的觸摸、眼神甚至整個人的存在都完全改變。似乎她的磁極已經逆轉，原本會吸引的，現在變成排斥。我能看出，如果諾瑪現在是我們花園中盛開的花朵，我就是株雜草，必須躲在角落與暗處不被看見，才能夠繼續存活。

在報紙上看到她的面孔，我突然開始痛恨她，如果她能忽視醫生、老師與其他人的話就好了，這些人都急於說服她相信我是個笨蛋，以致在我需要更多愛的時候，她卻掉頭愈行愈遠。

現在去見她又有什麼用呢？她能告訴我關於我的什麼事嗎？然而，我很好奇，她會有什麼樣的反應呢？

我該去見她，並追溯了解我的過去嗎？或是把她忘了？過去值得探索嗎？我為何那麼想當面告訴她：「媽，妳看看我。我不再遲鈍，我已經正常，甚至比正常還要好，我是個天才。」

但即使有心把她趕出我的心頭，記憶卻一點一滴從過去滲透到此時此地。另一段記憶浮現，這時我已長大許多。

一場爭吵。

查理躺在床上，毯子拉高捲在身上。房間裡一片漆黑，黑暗中只有門縫滲進一絲淡黃色光芒，連結著兩個世界。他能聽到聲音，雖然不清楚，但感覺得出來，因為那刺耳的聲音是在談論和他有關的事情。只要聽到那些聲音，他就會聯想到他們蹙眉談論他的神情，而且一天天愈來愈頻繁。

隨著那絲光線滲入的柔和聲音升高成爭吵語調時，他幾乎已經睡著了……母親帶著威脅口吻的尖銳聲音，說明她是習於暴怒的任性之人。「必須把他送走，我不要他和他妹妹在同一個屋子裡，打電話給波特曼醫生，告訴他，我們要把查理送去州立華倫之家。」

我父親的聲音堅定平穩。「可是妳很清楚，查理不會傷害她，在她這樣的年紀根本沒有關係。」

「我們怎麼知道？小孩在家裡和……像他一樣的人一起長大，說不定會有不良影響。」

「波特曼醫生說……」

「波特曼說！又是波特曼說！我才不管他怎麼說！你得想想有這樣的哥哥對她會有什麼影響。我這幾年都錯了，我一直以為他能像其他小孩一樣成長，現在我承認錯了，最好把他送走。」

「現在妳有了女兒，妳就決定再也不要他……」

「你以為這很容易嗎？你為什麼非讓我難過不可？這些年來，每個人都告訴我應該把他送走。好吧，他們說對了，把他送走。也許在華倫之家和他同類的人在一起，他可以過得更好。我再也不懂什麼是對什麼是錯，我只知道如今我不會再為了他而犧牲我女兒。」

查理雖然不懂他們在說什麼，他害怕地躲在毯子下，眼睛睜得大大的，想望穿周遭的黑暗。

以我現在看到他的樣子，他並不是真的害怕，只是退縮，就像餵食的人有突兀的動作時，小鳥或松鼠會本能地不自覺倒退。門縫的那道光芒再次照亮我的視野。看到查理蜷縮在毯子下，我很想過去安慰他，讓他知道他沒做錯任何事，想要他的母親改變，重拾生下妹妹之前的態度，不是他能控制的事。查理躺在床上時聽不懂他們說的話，但現在卻讓我深感刺痛。如果我能回到過去的記憶中，我會讓她知道，她把我傷得多深。

現在還不是見她的時候，我必須有時間做好心理準備。

所幸，我一抵達紐約，就預先把存款從銀行提領出來。總共八百八十六元，這沒辦法支撐太久，但能讓我有時間做必要的安排。

我住進四十一街的康登旅館，離時報廣場只有一條街。紐約！我讀過那麼多關於這城市的事情！高譚市❺……大熔爐……哈德遜河上的巴格達，光輝絢爛的城市。不可思議的是，我一輩子都在離時報廣場只有幾個地鐵站的地方居住和工作，卻只去過廣場一次……是和愛麗絲一起去的。

很難克制自己不打電話給她，好幾次我已經開始撥號，又都停了下來。我得避開她。

❺美國漫畫《蝙蝠俠》的故事主要發生地，是以紐約為藍本的虛構城市。

我有很多混亂的想法必須記錄下來。我告訴自己，只要繼續口述我的進步報告，就不會錯失任何東西，記錄仍是完整的。就讓他們在黑暗中待一陣子，我已在黑暗中摸索三十多年。但我累了，昨天在飛機上沒有睡覺，現在再也睜不開眼睛。我明天會再拾起這個論點。

6月16日

打電話給愛麗絲，但在她接聽前就趕緊掛掉。今天我找到一間附家具的公寓，月租九十五元，已超出我的預算，但位於四十三街與第十大道附近，只要十分鐘就能到圖書館，繼續我的閱讀和研究。公寓在四樓，有四個房間，裡面還有台租來的鋼琴。房東太太說，再過幾天出租公司就會來把鋼琴搬走，也許在搬走前我就能學會彈奏。

阿爾吉儂是個很好的伴侶，用餐時牠會來到自己在小摺疊桌上的位置。牠喜歡椒鹽脆餅，今天我們看電視上的球賽時，牠還嚐了一口啤酒。我想牠是洋基隊的支持者。我要把多數家具搬出第二間臥室，拿來當作阿爾吉儂的房間。我打算利用在下城可以便宜弄到的塑膠廢料，幫阿爾吉儂造個三度空間的迷宮。我想讓牠學習一些複雜的迷宮變化，以確定牠能維持良好狀況。但我也想看看，能否找到食物以外的學習動機，一定有些其他報酬能誘導牠去解決問題。

孤獨讓我有機會好好閱讀與思考，既然過往的記憶如今再次湧現，剛好可以讓我重新發現自己的過去，找出我究竟是誰，或做了什麼事。如果情況真的會轉壞，至少我已經做了這件事。

6月19日

認識了住在走廊對面的鄰居費伊・李爾曼。我雙手抱滿雜貨回到家時，發現把自己給鎖在房間外面。我記得經由前面的防火梯，能從臥室窗戶直接通到走廊對面那戶公寓。她的收音機開得又吵又刺耳，我起先只輕輕敲門，接著就用力地敲。

「進來！門沒關！」我推開門，但立刻停住，因為在畫架前面作畫的，是位苗條的金髮女孩，她身上只穿著粉紅色胸罩和內褲。

「對不起！」我倒抽一口氣，又把門關上。我從外面大聲說：「我是住在走廊對面的鄰居，我把自己鎖在外面了，想借用妳的防火梯爬進我的房間窗戶。」

門接著盪開來，她扠腰站在我面前，兩手各拿一枝畫筆，依舊只穿著內衣褲。

「你沒聽到我說進來嗎？」她揮手叫我進入公寓，並推開一個堆滿垃圾的紙箱。「直接跨過那堆廢物就行了。」

我想她一定忘了，或是沒注意到，她沒穿衣服，害我不知眼睛該往哪裡看。我避開視線看著牆壁，望著天花板，或是其他所有地方，就是不敢看她。屋子裡一團亂，有十幾張摺疊式小餐桌，每張上面都散放著扭曲的顏料管，大多數已經乾硬，就像皺縮的蛇，但也有些依舊鮮活，還會滲出帶狀色彩。顏料管、筆刷、瓶罐、破布，還有零碎的畫框與畫布，丟得到處都是。屋內混著濃濃的油彩、亞麻籽油與松脂的味道，過了片刻，還會透出些走味啤酒的氣味。三張蓬鬆的椅子與一張骯髒的綠色長沙發上，隨手丟置的衣服堆得很高，地板上到處是鞋子、襪子與內衣褲，似乎她很習慣邊走動邊脫衣服，然後走到哪裡就丟到哪裡。所有東西上面都蓋著厚厚一層灰。

「所以，你就是高登先生，」她仔細看著我說：「自從你搬來後，我就拚命想找機會瞄一下你，請坐。」她抱起一張椅子上的衣服，丟在已經堆滿東西的沙發上。「所以你終於決定要拜訪一下鄰居。喝點東西嗎？」

「妳是個畫家？」我有點無厘頭地問，因為實在找不到話說。想到她隨時都會記起自己沒穿衣服，然後尖叫著衝進臥室，我就坐立難安。我盡量移動目光，東看看西看看，就是不敢看她。

「啤酒或麥酒？除了燒菜用的雪莉酒外，此刻再沒有其他東西啦。你不會想喝燒菜用的雪莉酒吧？」

「我得走了，」我控制住自己，把目光固定在她下巴左側的美人痣，我說：「我把自己鎖在房間外面，我要跨過連結我們窗戶的防火梯。」

「隨時歡迎，」她說：「那些專利鎖實在有夠討厭。我搬來這裡的第一個星期，就把自己鎖在外面三次，有一回還一絲不掛地在走廊上耗了半個小時。我走出來拿牛奶，門卻在我背後砰地關起來。我把那該死的鎖給撬開，從那時候起，我的門就沒有鎖了。」

我大概皺了一下眉頭，因為她笑了起來。「哎，你也看到那該死的鎖有什麼作用了。它會把你鎖在外頭，卻不能提供太大的保護，對吧？雖然每戶都鎖得好好的，但過去一年來，這座該死的建築就被小偷光顧過十五次。可是這裡從來沒有小偷闖進來過，即使門隨時開著，小偷進來要找到值錢的東西，恐怕還得傷透腦筋咧。」

當她再次堅持我該和她喝罐啤酒，我接受了。她進廚房拿啤酒時，我再次看看房間四周。我原先沒注意到，我後方的牆已被清空，所有家具都推到房間一側或中央，讓遠端的牆（灰泥被剝下，以露出牆壁的磚塊）變成一道畫廊。牆上直到天花板都掛滿畫，有些則疊放在地板上。有許多自畫像，其中兩幅還是裸體的。我進來時她在畫架上畫的那幅，是她的半身自畫像。畫中的長髮垂落肩膀（她現在的髮型不同，金色髮辮高高盤在頭上，像皇冠一樣），有些鬆散的髮束纏繞在乳房間。她把乳房畫得很堅挺，乳頭很不真實地有如紅色棒棒糖。我聽到她帶著啤酒回來的聲音時，身體趕緊從畫架旁轉開，我絆到一些書，假裝很有興味地看著牆上一小幅秋日田野風景畫。

看她套上一件破爛的家居袍出來，讓我鬆了口氣，即使衣服在所有不適當的地方都有破洞，我總算可以正面看著她了。她不算真的很漂亮，但藍色眼睛和小巧玲瓏的短平鼻子，帶給她如貓般的特質，和她堅實、靈敏的動作形成對比。她年約三十五歲，身材苗條勻稱。她把啤酒放在硬木地板上，然後在沙發前的地板上，蜷曲地坐在啤酒旁邊，示意我也同樣坐下。

「我覺得地板比椅子舒服，你同意嗎？」她直接拿起罐子啜飲。

我說我沒想過這問題，她笑了起來，說我有張誠實的臉。她心情不錯地談到自己。她說，她刻意避開格林威治村，因為如果住在那裡，她一定會整天耗在酒吧與咖啡館，根本不會作畫。「窩在這裡比較好，可以遠離那些冒牌貨和半吊子。我在這裡可以做想做的事，不會有人嘲笑。你不會嘲諷人吧？」

我聳聳肩，盡量不去注意褲子與手上如沙礫般的灰塵。「我猜想每個人都會嘲諷一些事，妳不就在嘲笑那些冒牌貨和半吊子嗎？」

過了一會兒，我說我最好回自己的住處去。她把一堆書從窗邊推開，我攀上報紙堆與裝著空啤酒瓶的紙袋。她嘆口氣說：「我哪天應該去把這些東西賣掉。」

我爬上窗台，然後登上防火梯，打開我的窗戶，再回來搬我的雜貨，但還來不及說謝謝和再見，她已緊跟在我後面爬上防火梯。「讓我看看你住的地方，我從來沒去過那裡。你搬進來之前，住在裡面那對瘦小的老華格納姊妹，甚至連見面都不跟我打招呼。」她跟著我爬進窗戶，然後坐在窗緣。

「進來吧，」我把雜貨放在桌上後說：「我沒有啤酒，但可以為妳煮杯咖啡。」但她從我旁邊望過去，眼睛睜得大大的，一副難以置信的表情。

「天哪！我從來沒看過這麼乾淨的地方。誰想得到一個大男人獨居的地方竟然能保持得這麼有條理！」

「我不是一直都這樣，」我有點不好意思地說：「只是因為我剛搬進來，而且搬來時就已經那麼乾淨，我有種強迫性衝動，覺得必須加以維持。現在，只要有什麼東西不在定位上，我就會覺得不舒服。」

她從窗台上下來，開始探索我的住處。「嘿，」她突然說：「你喜歡跳舞嗎？你知道……」她伸出雙臂，哼著某種拉丁節拍，並做了個複雜的舞步。「如果你說你會跳舞，我鐵定樂爆！」

「只會狐步，而且不是太好。」我說

她聳聳肩。「我是個舞迷，但所有我認識而且喜歡的人當中，幾乎沒有一個舞跳得好的。我必須三不五時打扮得漂漂亮亮，到市區的星塵舞廳去跳舞。多數在那裡混的都有點詭異，但他們就是會跳舞。」

她看看四周後嘆了口氣。「我可以告訴你，我為什麼不喜歡一個地方這麼要命地整齊。身為藝術家……我在乎的是線條。所有會形成像方框，或者棺材的直線，不論在牆上、地板上或在角落裡，都會讓我神經緊張。唯一能讓我擺脫這些框框的方法，是喝點東西。這樣一來，這些線條就會開始起伏，變成波浪狀，我也會覺得整個世界變得比較美好。如果所有東西都是直線，像這樣井井有條，我一定會生病。哇！如果我住在這裡，我一定得整天醉茫茫的才行。」

突然，她轉身面對我。「嘿，你能先借我五塊錢到二十號再還你嗎？我的贍養費支票那天才會寄到，我通常不缺錢，但上星期我有點麻煩。」

我還來不及回答，她已經開始尖叫，並走向角落的鋼琴。「我以前常彈鋼琴，我有幾次聽到你在玩鋼琴，當時就想這傢伙真有兩下子。也因為如此，在見到你之前，我就想認識你。天知道我已經多久沒碰過鋼琴了。」我進廚房煮咖啡時，她已經在鋼琴上玩了起來。

「隨時歡迎妳來練習。」我說著，不知道為什麼突然對自己的地方那麼大方，但她似乎有某種特別之處，讓人無法不對她全然慷慨。「我還沒準備讓大門洞開，但窗戶不會上鎖，如果我不在家，妳可以自己從防火梯爬進來。妳的咖啡要加奶精和糖嗎？」

她沒有回答，我回頭看臥室，但她不在那裡。我正要走向窗戶時，她的聲音從阿爾吉儂的房間傳出。

「嘿，這是什麼？」她正在仔細端詳我建造的三度空間塑膠迷宮。她研究了一陣子，然後發出另一聲長長的尖叫。「現代雕塑！全部都是方框和直線！」

「這是一種特殊的迷宮，」我解釋說：「是為阿爾吉儂建造的複雜學習器材。」

她興奮地圍著迷宮繞圈子。「現代藝術博物館的人一定會瘋掉的。」

「這不是雕塑。」我繼續強調。我打開阿爾吉儂的籠門與迷宮相連之處，讓牠走到迷宮的開端。

「我的天哪！」她輕聲說：「具有生活元素的雕塑，查理，這是自從普普藝術以來最偉大的東西。」

我想要解釋，但她一直強調這個生活元素會創造雕塑歷史。我一直到在她狂野的眼神中讀到笑意後，才搞清楚她是在嘲弄我。「這是可以自我存續的藝術，」她繼續說：「給藝術愛好者的創造經驗。你應該弄來另一隻老鼠，等牠們有了孩子，你就可以隨時留下一隻來複製生活元素。你的藝術作品已經達到不朽境界，所有追求時尚的人都會爭相購買複製品作為話題來源。你準備給它取什麼名字？」

「好啦，」我嘆口氣，「我投降……」

「不，」她樂得哼了一聲，然後敲敲阿爾吉儂一路找到終點站的塑膠圓頂。「我投降是已經用濫的老套說詞，就叫它：**生活只是一盒迷宮**，你覺得如何？」

「妳瘋了！」我說。

「當然！」她轉過身子，並對我行屈膝禮。「我還在想，你什麼時候才會發現。」

這時候，咖啡已經煮開了。

咖啡喝到一半時，她驚呼一聲，說她得溜了，因為半小時前跟人約在一個藝廊見面。

「妳需要些錢。」我說。

她伸進我打開一半的皮夾，抽出一張五元鈔票。「下星期支票到的時候還你，」她說：「萬分感謝。」她把鈔票摺好收起來，對阿爾吉儂吹了個飛吻。我還來不及說話，她已一溜煙爬出窗戶，登上防火梯，轉眼不見人影。我呆呆站在那裡看著她消失。

真是迷人的傢伙，全身充滿活力與生氣。她的聲音、她的眼神……她的一切幾乎都是誘惑。而她就住在窗外，只隔著一道防火梯的距離。

6月20日

或許我該等一陣子再去看麥特，或者根本別去見他。我不知道，事情的發展跟我預期的全然不同。知道麥特在布朗克斯區某處開了家理髮店後，要找到他就簡單多了。我記得他為紐約一家理髮器材公司賣過東西，於是我找到大都會理髮器材公司，再從他們的理髮店名單上知道，布朗克斯的溫沃斯街上有家高登理髮店。

麥特常說要開家自己的理髮店，談到他有多痛恨推銷！以及他常為這件事和蘿絲吵架！蘿絲會對他嘶吼，說推銷員好歹是個有尊嚴的職業，但她絕不要有個當理髮師的丈夫。而且，噢，更不會讓瑪格麗特·菲尼笑她是「理髮師的太太」。何況，露易絲·麥納的先生是警報保險公司的理賠審核員，這下她鼻子更非翹到天上不可了！

在他擔任推銷員那幾年，麥特每天都過得很痛苦（特別是看過電影版的「推銷員之死」後），他常夢想要當自己的老闆。在那時候，當他以需要省錢為由，親自在地下室為我剪頭髮時，心裡一定就在想這件事。他會得意地誇自己剪得多好，比我在天平街的廉價理髮廳剪得好多了。離開蘿絲後，他也一併放棄推銷，這點讓我很佩服他。

想到可以見他，我就很興奮。關於他的記憶是溫暖的，麥特一直願意接受實際的我。諾瑪出生前，所有非關金錢或讓鄰居看得起的爭吵都和我有關……他認為應該讓我自由發展，不該強迫我必須跟其他小孩一樣。而在諾瑪出生後，他仍然主張我有權過自己的生活，即使我和其他小孩不同。他一直為我辯護。我迫不及待想看看他臉上的表情。他是可以和我分享這件事的人。溫沃斯街是布朗克斯區比較沒落的地段，街上的店家窗戶多數貼著「招租」的告示，還有些則在這天關門公休。但從公車站走向街區的半路上，有個理髮店的招牌，反射出來自窗戶的旋轉彩柱燈光。

店裡空盪盪的，只有理髮師獨自坐在靠窗的椅子上讀雜誌。他抬頭看我時，我也認出麥特……矮矮壯壯，臉頰紅潤，老了許多，頭髮幾近全禿，只有兩側有些灰髮……但仍看得出是他。他看我來到門口，就把雜誌丟在一旁。

「不用等，下一個就是你。」

我有些猶豫，但他誤會了我的意思。「通常這個時段不營業，先生。但我跟個常客有約，他沒出現。我正要關門，你運氣不錯，我剛坐下來歇歇腿。這裡的理髮和修面都是布朗克斯區最好的。」

我任由他拖進店裡，然後忙著張羅東西，拿出剪刀、梳子與一條乾淨的頸巾。

「你看得出來，一切都很衛生，這附近的其他理髮店我就不敢這麼說了。要理髮和修臉？」

我放輕鬆坐在椅子上。不可思議的是，我對他記得這麼清楚，他卻認不出我是誰。我必須提醒自己，他已經超過十五年沒見過我，何況我的面貌在最近幾個月變得更多。他為我圍上頸巾後，在鏡子裡端詳我，我看到他稍稍蹙眉，露出依稀認識的表情。

「全套服務，」我對著工會訂的價目表點點頭說：「理髮、修臉、洗頭和日曬……」

「我要去看個很久不曾見面的人，」我告訴他，「我要呈現最好的一面。」

讓他再次為我理髮，有種令人驚恐的感覺。過了一會兒，他在皮帶上來回磨剃刀的唰唰聲竟讓我畏縮起來。我在他輕壓下偏著頭，感覺刀鋒小心翼翼從頸上刮過。我閉上眼睛等待，彷彿再次躺在手術台上。

我的頸部肌肉麻了一下，毫無預警地抽動。刀鋒在我喉結上方劃了一道。

「哎！」他叫出聲，「耶穌基督……放輕鬆，你動了一下。哎，真抱歉。」

他趕緊去水槽弄了條濕毛巾來。

我在鏡子裡看到鮮紅的血液冒出，一道血絲直滲往喉嚨下方。他既激動又過意不去，仍在血絲沾到頸巾前及時攔住。以一個矮胖的人來說，他的手腳算得上十分靈巧，看著他在忙，讓我對自己的隱瞞過意不去。我想告訴他我是誰，等待他伸出雙手緊抱我的肩膀，這樣我們就可以一起暢談過去的日子。但我等著，讓他以止血粉撒在傷口上。

他靜靜完成修臉工作後，把日曬燈搬來架在椅子上，再以一條浸過金縷梅酊劑的清涼白色棉墊蓋在我的眼睛上。在那鮮紅的眼瞼下，在那內在的幽暗中，我看到他最後一次帶我離家那晚的情景……

查理在另一個房間睡覺，但被母親的尖叫聲吵醒。他早已學會在吵架聲中繼續睡覺，因為這是家裡每天都會發生的事。但今晚那歇斯底里的尖叫，顯示情況特別不對勁。他縮在枕頭上傾聽。

「我沒辦法！他一定得離開！我們必須為她著想。我不希望看到她每天在學校被同學嘲笑，然後哭哭啼啼地回來。我們不能因為查理而剝奪她過正常生活的機會。」

「妳要我怎麼辦？把他趕到街上？」

「把他送走，把他送去州立華倫之家。」

「這件事我們明天早上再商量。」

「不行，你只會商量，再商量，什麼事也不做。我不要他在家裡再待一天，現在就送走，今晚。」

「別傻了，蘿絲。現在太晚了……妳嚷得這麼大聲，大家都會聽到。」

「我才不在乎，他今晚就得走，我再也受不了看到他。」

「妳真是不可理喻，蘿絲。妳在幹嘛？」

「我警告你，把他帶走！」

「刀子放下。」

「我不會讓她的生活被毀掉。」

「妳瘋啦，把刀子拿開！」

「他死掉算了，他永遠沒辦法法過正常人的生活，他最好……」

「妳瘋啦，看在上帝分上，控制一下自己！」

「那你就得把他帶走，現在……就是今晚。」

「好啦，今天晚上我帶他去賀曼那裡，也許明天再想辦法送他去州立華倫之家。」

然後聲音沉寂下來，我在黑暗中能感覺到一陣寒顫在屋裡擴散。接著，我聽到麥特說話，他的聲音沒有她那麼恐慌。「我知道妳在他身上承受的一切經歷，我不會責怪妳的恐懼。但妳必須控制自己，我會帶他去找賀曼，這樣妳滿意了嗎？」

「我要求的只有這樣，你女兒也有權過她的人生。」

麥特來到查理的房間，幫兒子穿好衣服，小孩雖然不知道發生什麼事，但他覺得害怕。他們要出門時，她把眼光移開。也許她想說服自己，他已走出她的生活……他再也不存在。查理出門時，看到廚房桌上放著她剁雞用的長切肉刀，隱約覺得她會傷害他。她想把一些東西從他身上拿走，然後送給諾瑪。

他回頭看她時，她已拿起一片抹布在清洗廚房水槽……

剪髮、修臉、日曬處理與其他工作都完成後，我無力地坐在椅子上，感覺輕鬆、光滑而潔淨。麥特把頸巾收走，並奉上第二面鏡子，讓我看看後腦勺的樣子。他為我拿好鏡子，我在前面的鏡子裡看到自己望進後面的鏡子，鏡子在那瞬間傾斜成某個角度，產生有無限通道的深遠幻覺，而我在每個通道中望著自己……望著我自己……望著我自己……望著……

但哪一個才是我？我是誰呢？

我不想告訴他。讓他知道有什麼好處呢？我應該就這樣離開，不要讓他知道我是誰。然後又想起，我一直想讓他知道，他必須承認我還活著，我還是個人。我要讓他明天為顧客理髮與修臉時，可以向他們誇耀我的事情。這樣會讓一切變得真實。如果他知道我是他兒子，我便是個真正的人。

「你已經剪掉我的頭髮，也許你現在能夠認出我了。」

我站起來，等待他認出我的跡象。

他皺著眉頭說：「這是幹嘛？惡作劇嗎？」

我向他保證這不是惡作劇，如果他仔細看過再好好想想，就會認出我是誰。他聳聳肩，轉身把梳子與剪刀放回去。「我沒時間玩這種遊戲，我得關店了，總共三塊半。」

如果他不記得我呢？如果這一切只是個荒謬的幻想呢？他伸出手等著拿錢，可是我沒去拿皮夾。他必須記得我，他必須認出我來。

可是他沒有，當然沒有。當我覺得口中有股酸澀味道，掌心跟著冒汗時，我知道自己馬上就會病倒，可是我不想讓這件事在他面前發生。

「嘿，你還好吧？」

「是的……只要……稍等一下……」我跌坐在一張鉻鐵的椅子上，身體向前彎著喘氣，等著血液重新流回頭部。我的胃裡翻滾。噢，天哪，不要讓我現在昏倒，不要讓我在他面前顯得可笑。

「水……拜託……請給我水……」我不是真的想喝水，只是想把他支開。過了這麼多年後，我不想讓他看到我這副模樣。他端著一杯水回來時，我已經覺得好多了。

「水在這裡，喝了吧。休息一下，你就沒事的。」我喝水時，他注視著我，我看得出他正在和半遺忘的記憶掙扎。「我真的在哪裡見過你嗎？」

「沒有……我好了，我馬上離開。」

我要怎麼告訴他呢？我能說什麼呢？嘿，看好，我是查理，你們不要的那個兒子？我沒有怪你，可是我來了，我已經是正常人，比以前更好，你可以測驗看看，問我些問題。我會說二十種仍在流通或已經死亡的語言，我是個數學怪才，正在寫一首能讓大家在我死後很久還記得我的鋼琴協奏曲。

我要怎麼告訴他呢？

這太荒謬了，我坐在他店裡，等著他拍拍我的頭說「好孩子」。我需要他的認同，就像以前我學會自己繫鞋帶和扣上毛衣鈕釦時，他臉上露出的滿意光彩。我來這裡就為了希望在他臉上看到那種表情，但我知道他不會有了。

「你要我打電話叫醫生嗎？」

我不是他兒子，那是另一個查理。智慧與知識已經改變我，他會恨我，就像麵包店裡的其他人一樣，因為我的成長讓他顯得渺小，我不要他這麼想。

「我沒事了，」我說：「很抱歉給你添麻煩。」我起身試試自己的腳。「一定是吃了不對的東西，現在你可以關門了。」

我走向門口時，他用尖銳的聲音叫住我。「喂，等一下！」他用懷疑的眼神注視我。「你想玩什麼把戲？」

「我不懂你的意思。」

他伸出一隻手，拇指和食指摩搓著。「你欠我三塊半。」

我道歉並付錢給他，但我看得出他並不相信我是無心的。我給了他五元，要他留著剩下的零錢，然後頭也不回地匆匆離開理髮店。

6月21日

我在阿爾吉儂的立體迷宮中加進提高複雜性的時間序列，阿爾吉儂輕輕鬆鬆就學會了。牠不需要食物或飲水來激發學習，牠似乎是為了解決問題而學習，顯然成就感就已經是種回報。

不過，就像柏特在會議上指出的，牠的行為不太穩定。有時在跑完後，甚至在途中，牠就會生氣，用自己的身體去撞迷宮的牆，或蜷曲躺在那裡拒絕工作。是挫折感嗎？或是有更深的涵義？

下午五點三十分——那個瘋狂的費伊下午經由防火梯來到這裡，她帶著一隻母白鼠過來，體型大約只有阿爾吉儂一半大，說是要陪伴阿爾吉儂度過孤寂的夏夜。她很快就打消我的所有反對意見，說服我相信有個伴侶對阿爾吉儂只會有好處。我告訴自己，那隻小「米妮」身體健康，品德也不錯，所以就同意了。我很好奇地想知道，牠面對女性時會有什麼樣的反應。但我們才剛把米妮放進阿爾吉儂的籠子，費伊就抓著我的手，把我拖到房間外面。

「你的浪漫情懷哪裡去了？」她堅決地說，然後打開收音機，帶著威脅意味地走向我。「我要教你最新的舞步。」

有費伊這樣的女孩，你怎麼可能感到無聊？

無論如何，我很高興阿爾吉儂不再孤單。

6月23日

昨天深夜，走廊傳來笑聲，然後有人敲我的門。是費伊和一個男人。

「嗨，查理，」她看到我時咯咯笑著，「雷洛，這位是查理，他是我走廊對面的鄰居，一位了不起的藝術家，他會做帶有生活元素的雕塑。」

雷洛在她跌撞到牆上前及時抓住她。他緊張地看著我，喃喃說了些寒暄的場面話。

「我在星塵舞廳認識雷洛，」她解釋道：「他的舞跳得一級棒。」她開始走向自己的房間，然後又把他拉回來。「嘿，」她咯咯笑著，「我們何不請查理過來喝一杯，就像開派對一樣？」

雷洛不認為這是個好主意。

我找了個藉口抽身。關上門後，我聽到他們一路笑鬧著走回她的住處。雖然我試著讀書，那些影像卻不斷闖進我的想像中：一張大床……清涼的白色床單，他們倆躺在上面相擁著。

我想打電話給愛麗絲，但沒付諸行動。何苦折磨自己呢？我甚至無法想像她的臉。我可以任意想像出費伊的模樣，穿不穿衣服都可以，我能想像她明亮的藍色眼睛，金色髮辮像皇冠一樣盤在頭上。費伊的容貌是明晰的，愛麗絲卻籠罩在迷霧之中。

大約一小時後，費伊的公寓傳來吵鬧聲，接著是她的尖叫，還有摔東西的聲音。但當我從床上起來，想去看看她是否需要幫忙時，也聽到甩門聲，雷洛出去時一邊咒罵著。幾分鐘後，我聽到有人敲我臥房的窗戶。窗戶開著，費伊溜進來坐在窗台上，身上穿著黑色絲質晨袍，露出她漂亮的腿。

「嗨，」她輕聲說：「有菸嗎？」

我遞一根菸給她，她從窗台滑下來到沙發上。「哎！」她嘆息一聲，「我通常都能照顧自己，但有些人就是特別飢渴，你得和他們保持距離。」

「哦，」我說：「你把他帶回來就是為了要他保持距離。」

她注意到我的語調，抬起頭尖銳地看著我。「你不同意？」

「我有資格不同意嗎？但如果妳在外面舞廳釣到一個傢伙，妳就得料到他會對妳有什麼要求，他有權對妳要求。」

她搖搖頭。「我去星塵舞廳，是因為喜歡跳舞，我不認為讓一個傢伙送我回家，我就得跟他上床。你不會以為我跟他上床了吧，你是這麼想的嗎？」

我想像他們倆抱在一起的畫面，像肥皂泡沫一樣破掉了。

「如果你是那個傢伙，」她說：「情況就會不一樣。」

「這是什麼意思？」

「就是字面聽起來的意思。如果你對我提出要求，我會跟你上床。」

我努力保持鎮定。「謝啦，」我說：「我會記得這句話，要我幫妳煮杯咖啡嗎？」

「查理，我搞不懂你。多數人要不喜歡我，要不就討厭我，我馬上就知道。但你似乎很怕我，你是同性戀嗎？」

「天哪，不是！」

「我的意思是，如果你是的話，不用對我隱瞞，因為我們就可以當純粹的好朋友，但我要知道。」

「我不是同性戀。今晚妳和那傢伙進妳房間時，我很希望自己就是那個人。」

她靠上前，在晨袍的頸部開襟處露出她的胸部。她伸出雙手抱我，等待我採取行動。我知道她在期待什麼，也告訴自己沒有拒絕的理由。我感覺這回不會有恐慌的麻煩……和她不會有這個問題。畢竟，採取主動的不是我。而且，她跟我以前認識的女人都不一樣。或許在這個情感層次上，她是適合我的女人。

我伸出手抱住她。

「這樣就不同了，」她輕柔地說：「我還以為你根本不在乎我。」

「我在乎的。」我輕聲說，一面吻著她的喉部。可是當我這麼做時，我看到我們兩個，彷彿我是站在門口的第三者。我看到一個男人和一個女人互相擁抱，但從遠處看到自己那麼做，卻讓我無動於衷。沒錯，我並不恐慌，但也不覺得興奮……沒有慾望。

「在你這裡或我那邊？」她問。

「等一下。」

「怎麼回事？」

「也許最好不要，我今晚覺得不太對勁。」

她訝異地看著我。「還有其他事情嗎？……任何你要我做的事？……我不介意……」

「不，不是這回事，」我尖銳地說：「我只是覺得今晚不太對勁。」我很好奇她要如何讓一個男人興奮，但現在不是展開實驗的時刻。我的問題的解答還在別的地方。

我不知道要說什麼，只希望她能離開，但我不想開口叫她走。她端詳我好一陣子，然後終於說：「嘿，你介意我今晚待在這裡嗎？」

「為什麼？」

她聳聳肩。「我喜歡你，我不曉得，雷洛說不定還會回來，理由很多。如果你不要的話……」

她這招又讓我措手不及，我大可以找到十幾個理由攆她走，但我屈服了。

「你有琴酒嗎？」

「沒有，我不太喝酒。」

「我還有一點，我回去拿來。」我還來不及阻止，她就已從窗口消失，幾分鐘後帶著還有三分之二瓶的酒和檸檬回來。她從我的廚房拿來兩個杯子，各倒了些琴酒進去。「拿去，」她說：「這會讓你好過些，也可以抖掉那些直線上的僵硬粉漿。你的苦惱就是這樣來的，所有東西都太乾淨、太直，把你框在裡面動彈不得，就像那雕塑裡頭的阿爾吉儂一樣。」

我本來不想喝，但我心情實在不好，所以就想有何不可。情況不可能更糟了，說不定喝了酒後，真能讓那種看到自己，卻不知道自己在做什麼的感覺變鈍。

她把我灌醉了。

我只記得第一杯，然後我躺到床上，她也拿著酒瓶躺在我旁邊。我只知道這些，再來就是今天下午帶著宿醉醒來。

她還在睡，臉對著牆壁，枕頭在脖子下擠成一團。而在床頭櫃上，塞滿菸蒂的菸灰缸旁放著空酒瓶，但我在昏睡前記得的最後一件事，是看著自己喝下第二杯。

她伸展一下手腳，然後轉身滾向我這邊……光著身體。我稍稍往後挪，結果掉到床下，我抓了條毯子包住自己的身體。

「嗨，」她打著呵欠說：「你可知道我很想找個日子做件事？」

「什麼？」

「畫你的裸體，就像米開朗基羅的『大衛』像一樣，畫起來一定很漂亮。你還好吧？」

我點點頭。「除了頭痛之外，我昨天……呃……是不是喝太多了？」

她笑了起來，然後用手肘撐起身子。「你喝得爛醉，而且，天哪，你的舉止可真古怪……我不是說你像個同性戀之類的，但就是奇怪。」

「什麼……」我忙著在把毯子圍在身上，以便起來走動……「妳指的是什麼？我做了什麼？」

「我見過酒醉後變得快樂、憂傷、愛睏或性感的人，可是從來沒看過像你舉止那麼古怪的人，還好你不常喝酒。噢，天哪，真希望我有台攝影機，一定可以把你拍成很棒的短片。」

「好吧，看在耶穌基督分上，我到底做了什麼？」

「完全出乎意料。沒有做愛，或與性相關的任何事。但你真是了不起，偉大的表演！怪異得不得了，你在舞台上一是個偉大的演員，你鐵定能讓觀眾看得目瞪口呆。你整個人變得糊塗又愚蠢，就像個大人突然變得跟小孩子一樣舉止幼稚。你說要去學校學讀書寫字，好變得像其他人一樣聰明，反正都是這些瘋話。你變成另外一個人，就像方法演技派的表演一樣，你不斷說不能跟我玩，因為你媽媽會把你的花生米拿走，然後把你關進籠子裡。」

「花生米？」

「對！真是絕倒！」她邊笑邊搔頭。「你還一直說，我不能拿你的花生米，實在太詭異了。而且，你說話的方式就像街上那些呆瓜，他們只要看一下女人就會興奮。你完全變成另一個人。剛開始我以為你在開玩笑，但現在我猜你一定有類似強迫症的問題。所有這些乾淨、秩序以及凡事憂慮，一定都有關係。」

我本以為這些話會讓自己大為沮喪，但居然沒有。喝醉酒多少等於撤除我意識上的障礙，讓被壓抑在內心的舊查理暫時獲得活躍的機會。事實上，我也一直懷疑，他並沒有真的離開。在我們的心靈中，沒有什麼東西會真的離開。手術雖然藉由一層教育與文化將他遮蓋起來，但情感上他一直在那裡……觀看與等待。

他在等待什麼呢？

「你現在還好吧？」

我告訴她，我沒問題。

她抓住我裹在身上的毯子，把我拖回床上。我還來不及阻止，她就已抱著我開始親吻。

「昨晚我嚇壞了，查理，我以為你瘋了。我聽說過性無能的人會突然發狂，變成危險的瘋子。」

「那妳還敢留下來？」

她聳聳肩。「你看起來就像個嚇壞的小孩，我確定你不會傷害我，但我倒怕你會傷害自己。所以，我想最好還是留下來。反正，我覺得很抱歉，我把這個放在身邊，以防……」她拿出一本藏在床舖與牆壁間的厚重精裝書。

「我猜想妳大概派不上用場。」

她搖搖頭。「天哪，你小時候一定很愛吃花生米。」

她下了床，開始穿上衣服，我躺在床上看著她。她在我面前走動，絲毫不覺難為情或受拘束。她的乳房就像自畫像中那麼豐滿。我渴望將她擁入懷中，但我知道那是沒有用的。雖然動過手術，查理仍舊在我身體裡面。

而且，查理害怕失去他的花生米。

6月24日

今天我做了場奇怪的反理智狂歡。如果我敢的話，我大有可能喝醉，但有過與費伊的經驗後，我知道這太危險了。所以，我改去時報廣場，沉浸在一家家電影院裡，從西部片一直看到恐怖片，就像過去一樣。每次坐下來看部電影，就會覺得遭到罪惡感譴責，然後中途離席，但接著又逛進另一家電影院。我告訴自己，我只是想在虛構的銀幕世界中，探尋我的新生活中欠缺的東西。

然後，就在凱諾娛樂中心外面，我突然直覺意識到，我要的不是電影，而是觀眾。我希望有人在黑暗中圍繞著我。

在這裡，人與人之間的牆比較薄，如果我靜靜聆聽，還可以聽到別人的對話。格林威治村也像這樣。但不只是接近而已，因為在擁擠的電梯或尖峰時間的地鐵裡，我並沒有這種感覺。可是在炎熱的夏夜，當所有人都出來散步，或坐在劇院看戲，你可以聽到沙沙作響的聲音，在那片刻間我和某人擦身而過，感受到有如樹枝與樹幹，以及深植的樹根之間的關聯。在這種時刻，我的肉體會變薄、變緊，包括一股難以承受的飢渴，驅使我在深夜的暗巷死弄中尋覓。

通常當我走太多路而累垮時，我會回到住處倒頭就睡。但今晚，我沒有回公寓，而是去吃晚餐。那裡有個新來的洗碗工，一個年約十六歲的男孩，我在他的動作、眼神和身上看到自己熟悉的身影。他在我後方清理桌子時，把一些餐盤掉到地上。

餐盤在地上摔成碎片，許多白色碎片跑到餐桌底下。他拿著空的托盤呆站在那裡，困惑而驚恐。有些顧客對著他吹口哨和發出怪聲（叫喊著「嘿，賺的錢都跑掉了！」……「恭喜！」……以及「哎呀，他才在這裡工作不久……」，這些似乎是每次有人在餐廳打破餐盤時都會聽到的話），讓他迷茫不知所措。

老闆出來探看客人騷動的原因時，男孩已經縮成一團，兩手高舉著，似乎要擋開毒打。

「好啦！好啦！你這笨蛋，」老闆大叫著，「別光站在那兒！去拿掃帚把東西清乾淨。掃帚……掃帚！你這白痴！掃帚在廚房，把碎片掃乾淨。」

男孩發現不會被懲罰後，驚恐的表情消失了，他帶著掃帚回來時，臉上已掛著微笑，還一邊哼唱著。幾個愛喧鬧的顧客繼續拿他尋開心，對他說些無聊話。

「喂，孩子，這裡，你後面還有一片……」

「來吧，再摔一次……」

「他沒那麼笨，打破碟子比洗碟子容易多了……」

男孩茫然的眼神掃過被逗樂的旁觀者，慢慢地也回應他們的微笑，猶疑地對自己並不了解的玩笑露齒而笑。

我看到他那遲鈍空洞的微笑時，打從心裡感到厭煩……男孩明亮的大眼雖然猶疑，卻熱切地想要取悅他人，我了解自己在他身上認出什麼，他們正因他的遲鈍而嘲笑他。

起先，我也和其他人一樣被逗樂。

突然間，我對自己以及所有對他假笑的人感到憤怒。我很想拿起餐盤扔向他們，砸爛他們的笑臉。但我跳起來高聲叫著：「閉嘴！饒了他吧！他無法了解，他會這樣不是他的錯……看在上帝分上，請對他放尊重點！他終究也是個人！」

整個餐廳安靜下來。我咒罵自己的失控，平白發了頓脾氣。我克制著不去看那男孩，食物連碰都沒碰，就匆忙結帳離開。我為我們兩人感到羞愧。

最奇怪的是，有著誠實與體貼情感的人，不會去占個天生沒有手、腳或沒有眼睛的人便宜，卻會認為欺負一個弱智的人不算什麼。令我生氣的是，我想起不久前，自己就像這男孩一樣，一直愚蠢地扮演小丑的角色。

我幾乎忘了這件事。

不過不久前，我才知道別人都在嘲笑我。現在我知道自己已在不知不覺間加入他們，嘲笑起自己。這點才最讓我難過。

我經常重讀早期的進步報告，在那裡看到一個無知、童稚與弱智的心靈，從黑暗房間的鑰匙孔窺探外面的燦爛世界。在我的夢中與記憶裡，我見過查理猶疑但快樂地對旁人說的話微笑回應。即使在我還遲鈍的時候，我也知道自己不如別人。別人擁有我所欠缺的、被剝奪的東西。在我盲目的心靈中，我相信這多少和讀寫能力有關，我確信只要擁有這些技藝，我也能擁有智慧。

即使是弱智的人也會想和別人一樣。

小孩或許不知道怎麼餵自己，或是該吃什麼，但他知道餓。

我今天學到一些東西，就是必須停止像小孩一樣不斷為自己憂慮，不是擔心過去就是掛慮未來。讓我為別人貢獻一己的心力。我必須運用我的知識和能力，在增進人類智慧的領域上耕耘。誰能比我具備更好的條件呢？有誰曾在兩個世界都活過呢？

明天我要和威伯格基金會的董事會接觸，請求他們允許我在這個專案上做些獨立研究。如果他們同意，我或許就能協助他們。我有些構想。

這項技術如果能獲得改善，便還有很大的發揮空間。如果我能被變成天才，那全美國五百多萬弱智族群呢？還有全世界數不清的心智發展遲緩者，以及尚未出生、但注定會變成弱智的那些人呢？這項技術如果運用在正常人身上，豈不可以達到更加匪夷所思的境界，如果再用在天才身上呢？

可以開啟的門戶太多了，我已迫不及待想把我的知識與能力運用在這個問題上。我必須讓他們了解，做這件事對我很重要。我確定基金會將會同意我的要求。

可是我不能再孤單一人，我必須告訴愛麗絲這件事。

6月25日

今天我打電話給愛麗絲。我很緊張，說起話來一定有點語無倫次，能聽到她的聲音真好，她似乎也很高興接到我的電話。她同意見我，我搭計程車到上城，對緩慢的車速很不耐煩。

我還沒敲門，她就自己把門打開，並伸出雙手擁抱我。「查理，我們好擔心你。我有許多可怕的幻象，想像你死在窄巷，或是帶著失憶症在貧民區流浪。你為什麼不讓我們知道你沒事呢？你大可以這麼做的。」

「別怪我，我必須獨處一陣子，去找出一些事情的答案。」

「到廚房來，我煮了些咖啡。你一直都在做什麼呢？」

「白天的時候，我在思考、閱讀和寫作；晚上則四處晃蕩，尋找自我。我發現查理一直都在監視我。」

「不要這樣說，」她打了個寒顫，「有人監視你這件事並不真實，是你自己想像出來的。」

「我身不由己，我覺得我不是真實的自己，我篡奪了他的位置，把他鎖在外面，就像他們把我從麵包店趕出來一樣。我的意思是，查理‧高登存在於過去，而過去才是真實的。你必須先拆掉舊房子，才可能在同一個地方蓋出新的建築，但舊查理是無法摧毀的，他一直存在。起初，我一直在找他：我去看他的……我的……父親。我只想證明查理是個活生生存在於過去的人，這樣我才能為自己的存在提出辯解。尼姆說他創造了我，讓我深深覺得遭到侮辱。但我發現查理不僅活在過去，也活在當下。在我身體裡面，也在我四周，他一直穿梭在我們之間。我猜想是我的智慧形成障礙，那股傲慢、愚蠢的自尊，自覺我們之間已沒有共同之處，因為我已超越你們。是妳讓我有了這樣的念頭，但事實並非如此。問題在於查理是個害怕女生的小男孩，因為他母親從小就灌輸他這個觀念。妳還不懂嗎？這幾個月來，我的智慧雖然不斷增長，卻仍舊保持著查理幼稚的情感框架。每次我親近妳，或想和妳做愛，就會發生短路的問題。」

我非常激動，聲音持續向她轟擊，直到她開始發抖。她的臉羞紅起來，她輕柔地說：「查理，我能為你做什麼呢？我能幫上忙嗎？」

「離開實驗室這幾個星期，我想我變了很多，」我說：「起先我不知道該怎麼做，但今晚在城市裡四處遊蕩時，我想通了。想要獨自解決問題是很愚蠢的，但我在這團夢境與記憶的迷霧中糾纏愈深，我也愈了解情感的問題無法像智慧的問題一樣解決。這是我昨晚對自己的一點體會。我告訴自己，我像迷失的靈魂一樣遊蕩著，然後了解我確實迷失了。

「我在情感上多少已經偏離每一個人、每一件事。當我遊蕩在黑暗的街頭，我在那裡能找到的最後末路上，其實是在尋覓一種方式，想在保持智識自由的同時，讓自己的情感也再次歸屬於人群。我必須成長，對我來說，這是最重要的事……」

我不停地說，把所有浮上心頭的疑慮和恐懼一一傾吐出來。她像被催眠般靜坐在那裡，她是我的共鳴板。我感覺溫暖、發熱，直到彷彿身體燃燒起來。我在自己喜歡的人面前燒盡惡習，這讓一切變得不一樣。

但這對她卻是難以承受的沉重，原先的顫抖如今已化為淚水。長沙發上方的畫像吸引了我的目光……那位臉頰紅潤蜷縮的女孩……我很好奇愛麗絲這時心裡在想什麼。我知道她願意委身於我，我也對她存有慾望，但查理呢？

如果我和費伊做愛，查理可能不會干預，他大概只會站在門口旁觀。但我只要一接近愛麗絲，他就會開始恐慌。他為什麼害怕我愛上愛麗絲呢？

她坐在沙發上看著我，等著看我會有什麼動作。而我能怎麼樣呢？我想將她擁入懷中……

當我開始想這件事，警訊就出現了。

「你沒事吧？查理，你看起來好蒼白。」

我在她身旁的沙發上坐下。「只是有點頭暈，很快就會沒事。」可是我很清楚，只要查理覺得我有和她做愛的危險，情況就會變得更糟。

然後我想到一個主意。這個想法起初讓我覺得噁心，但突然間我了解，要克服恐慌的唯一方法，只能靠智取。如果查理因為某種理由害怕愛麗絲，卻不在意費伊，那我何不把燈關掉，假裝我在跟費伊做愛，他絕對無法察覺其中的區別。

但這麼做是不對的，也令人作嘔，但如果這招奏效，我的情感就不會再任由查理扼殺。我事後仍會知道自己愛的是愛麗絲，這是唯一的方法。

「我現在好多了，讓我們在黑暗中坐一會兒。」我轉身關掉電燈，等著定下心神。這麼做並不容易，我必須說服自己，想像自己看到費伊，並催眠自己相信身邊的女孩就是她。即使查理和我分離開來，在我體外觀看，他也沒辦法看清楚，因為房間一片漆黑。

我等著他產生疑心的跡象……恐慌的警兆。但什麼都沒有，我保持警覺與平靜，伸出手臂摟著她。

「查理，我……」

「不要說話！」我粗暴地阻止她，她在我身邊畏縮了一下。「拜託，」我要她放心，「什麼話都別說，讓我在黑暗中靜靜抱著妳就好。」我把她拉近身旁，然後緊閉眼睛，在黑暗中召喚費伊的影像……想像她金色的長髮和白皙的肌膚。我身旁的費伊，模樣就像上次看到的一般。我親吻費伊的頭髮、喉嚨，最後我停在費伊的雙唇上。我感覺費伊的手撫摩著我的背部與肩部肌肉，體內一陣緊繃，這是以前和女人相處時不曾有過的情況。我起先只是緩緩愛撫著她，但很快就變得不耐煩，興奮之情也不斷升高。

我的頸部寒毛開始震顫地立起。房間裡有別人在黑暗中窺探，想要看個究竟。我狂烈地在心中對自己默唸她的名字：費伊！費伊！費伊！我急切、清晰地想像她的面容，努力不讓任何東西擠進我們之間。然而，就在她抓得我愈來愈緊時，我卻大叫一聲，並把她推開。

「查理！」我看不到愛麗絲的臉，但她的喘氣聲明顯反映出她的震驚。

「噢！愛麗絲，我做不到，妳不會懂的。」

我從沙發上跳起來，並把燈打開。我幾乎預期看到查理站在那裡，但當然沒有。只有我們倆單獨在一起，這一切只存在我的想像中。愛麗絲躺在那裡，上衣敞開，鈕釦已被我解開，她的臉頰泛著潮紅，眼睛難以置信地大大睜著。「我愛妳……」我哽咽著吐出這幾個字，「可是我做不到。我不能解釋，但如果我不停止，我會痛恨自己一輩子。別要求我解釋，否則妳也會恨我的。這件事跟查理有關，不知道為什麼，他不讓我跟妳做愛。」

她把頭轉開，扣上上衣鈕釦。「今晚不太一樣，」她說：「你沒有噁心或恐慌，或類似的反應。你想要我。」

「是的，我要妳，但我不是真的在跟妳做愛，在某種意義上，我是利用妳，但我不能解釋。我自己也不了解，就當我還沒準備妥當好了。我沒辦法編造、欺騙或裝出若無其事的樣子，這不是事實，這只是另一個死胡同。」

我起身準備離開。

「查理，別再逃走。」

「我不會再逃，我有工作要做。告訴他們，只要我能控制自己，幾天內就會回到實驗室。」

我急忙離開她的公寓。到了樓下，站在建築前方，徬徨地不知該往哪個方向走。不管選哪條路，我都會感覺一陣驚顫，也意味著另一個錯誤。每一條路都被封阻。天哪！不管我做什麼，朝哪個方向走，所有門戶都對我關閉。

我沒有地方可去，沒有街道、房間，也沒有女人。

最後，我跌跌撞撞進了地鐵站，搭車到第四十九街。車上人不太多，但有一金髮女郎，她的長髮讓我想起費伊。在走向穿越市區的公車時，我經過一家酒舖，我想都沒想，就進去買了瓶琴酒。等公車時，我打開袋中的酒瓶，就像以前見過的遊民一樣，深深地喝了一大口。從喉嚨一路燒灼下去，但感覺很好。我又喝了一口，這次只是小啜，等公車到時，我已沉浸在一種強烈激盪的感覺中。我沒有再喝，我可不想這時候就喝掛。

回到住處，我去敲費伊的房門，沒有回應。我打開門探頭進去。她還沒回來，但所有燈都開著。她是什麼都不在乎的人，我何不向她學學？

我回自己的房間等待。我脫掉衣服，沖完澡，穿上浴袍，祈禱她今晚不要帶人回來。

大約凌晨兩點半時，我聽見她爬樓梯上來的聲音。我帶著酒瓶爬出防火梯，她的前門打開時，我也已溜到她的窗口。我無意蹲在那裡窺探，我準備敲她的窗戶。可是當我舉起手要讓她知道我的存在時，看到她踢掉鞋子，快樂地轉著圈。她走到鏡子前，開始一件又一件緩緩脫下身上的衣物，就像一場私人的脫衣舞表演。我再喝一口，可是不能讓她發現我在偷窺。

我連燈也沒開，逕自穿過自己的房間。起初我想邀她到我房間，但這裡太過乾淨整齊，有太多抹不掉的直線條，而且我知道在這裡行不通。所以，我來到走廊上敲她的門，起先輕敲，然後再用力些。

「門開著！」她高聲叫道。

她穿著內衣褲躺在地板上，兩手向外伸展，雙腿舉高抵著沙發，她側著頭由下往上看著站在身後的我。「查理，親愛的！你為什麼用頭站著？」

「沒關係，」我說，一面從紙袋中拿出酒瓶。「線條和框框太直了，我猜妳會想跟我一起抹掉一些。」

「酒是做這件事最有效的東西，」她說：「如果你把注意力集中在胃窩中開始感受到的溫熱點，所有線條就會逐漸消失。」

「這就是正在發生的事。」

「太好了！」她一躍而起。「我也是，我今晚跟太多討厭鬼跳舞，我們把他們全部沖掉！」她挑了個杯子，我為她倒酒。

她喝酒的時候，我伸手摟住她，撫弄著她裸背的肌膚。

「嘿，孩子！哇！你有什麼問題？」

「就是我，我在等妳回家。」

她倒退一步。「噢，且慢，查理，孩子。這些事我們已經玩過一次，你知道這沒用的。你知道，我對你很有興趣，我只要知道還有一點機會，我就會立刻拖著你上床。但我可不想興致被挑起來後，卻又白忙一場。這樣不公平，查理。」

「今晚會不一樣，我發誓。」她還來不及抗議，我就將她抱進懷裡，不斷親吻、愛撫著她，把積蓄在體內，隨時會將我撕裂的興奮一股腦傾倒在她身上。我試著解開她的胸罩，但拉得太用力，竟把鉤子扯掉了。

「天哪，查理，我的胸罩……」

「別管胸罩了……」我透不過氣地說，一面幫她解開。「我會幫妳買個新的，下回再補償妳，我要跟妳通宵做愛。」

她從我懷裡掙開。「查理，我從來沒聽過你這樣說話。還有，別用那種眼神看我，好像要把我整個人吞了一樣。」她從椅子上抓起一件上衣擋在胸前，「現在你真的讓我覺得自己沒穿衣服了。」

「我要跟妳做愛，今晚我辦得到。我知道……我感覺得到。別把我趕走，費伊。」

「吶，」她柔聲說：「再喝一口。」

我喝過後，也為她再倒一杯。她喝酒時，我就親吻著她的肩膀和頸子。我的興奮傳染給她，她的呼吸也開始急促起來。

「天哪，查理，如果你惹我上了火又讓我失望，我可不知道該怎麼辦。你知道，我也是凡人呀。」

我把她推倒在身邊的沙發上，躺在一堆她的衣服和內衣上。

「別在沙發上，查理，」她掙扎著站起來，「我們到床上去。」

「就在這裡！」我堅持，並把上衣從她身上拿開。

她垂下目光看我，然後把杯子放在地板上，褪下內衣。她站在我面前，赤裸裸地。「我去把燈關掉。」她輕柔地說。

「不，」我再次將她拉到沙發上躺下，「我要好好看著妳。」

她深深地吻我，緊緊將我抱在懷裡。「這回別讓我失望，查理，你最好不要。」

她的身體緩緩移向我，而我知道這回不會有任何干擾。我知道要做什麼，也知道怎麼做。她喘著氣嘆息，輕喚我的名字。

曾經有那麼片刻，我感受到他在窺探的冰冷感覺。我在沙發扶手上方，瞥見他的臉藏在黑暗中，從窗戶另一邊凝視著我……幾分鐘前，我自己也蹲在那裡。隨著知覺的轉換，我再次來到防火梯上，看著裡面一對男女在沙發上做愛。

然後，憑著一股激烈的意志運作，我回到沙發上跟她在一起，清楚地感受她的身體和自己的急迫與力量。我看到他的臉貼在窗上，飢渴地窺視著。而我告訴自己，儘管看吧，你這可憐的雜種，我再也不甩你了。

他在窺視時，眼睛睜得大大的。

6月29日

回實驗室之前，我要先完成逃離會議之後開始的幾項工作。我打電話給新高等研究所的藍斯多夫，討論把對生核光電效應用在生物物理學實驗的可能。起初他把我當成怪胎，但我指出他在新研究學報發表的一篇文章裡的瑕疵後，他把我留在電話上談了將近一小時。他要我去研究所和他的團隊討論我的構想，我完成實驗室的工作後，或許可以和他一起研究，如果還有時間的話。當然，這是個大問題。我不知道自己還有多少時間，一個月？一年？或是我剩餘的生命？這得看我能針對實驗的生理心理副作用找出什麼結果才能決定。

6月30日

現在我有了費伊，不再遊蕩街頭。我給她一把房門的鑰匙，她笑我還需要鎖門，我則笑她屋裡的一團混亂。她警告我別想改變她，她先生五年前跟她離婚，就是因為她從來不會費心撿起東西，也懶得打理房子。

對於她覺得似乎不重要的多數事情，她都秉持這種態度。她無法為此多費心思，也不在乎。前幾天，我在一張椅子背後的角落看到一疊違規停車罰單，總共約有四、五十張之多。她拿著一罐啤酒走進來時，我問她為什麼收集這些罰單。

「那些啊！」她笑著說：「我前夫寄來該死的支票後，我一定得趕快去繳款。你不知道我對那些罰單有多火大，我必須把它們藏到椅子後面，否則每次看到我都會有罪惡感。但我一個女人能怎麼辦呢？不管我去哪裡，到處都插著牌子……不能在此停車！不要在那停車！……我總不能每次下車都得費事去讀牌子上寫些什麼吧。」

所以，我答應不會妄想改變她。和她在一起是很刺激的。她有著高度幽默感，特別是擁有自由獨立的精神。唯一可能變得累人的，是她對跳舞的狂熱。這個星期以來，我們每晚都出去玩到凌晨兩、三點才回來，我根本沒有太多剩餘精力做事。

這不是愛情……但她對我很重要。我發現每次她不在家，我都會仔細傾聽她走過走廊的腳步聲。

查理已經停止監視我。

7月5日

我把我的第一首鋼琴協奏曲獻給費伊。想到有人把東西獻給自己，她非常興奮，但我不認為她真的喜歡這首曲子。這只會讓你了解，不可能在一個女人身上找到想要的一切。這也為一夫多妻制找到支持的立論。

比較重要的是，費伊是個聰明善良的女人。我今天才知道，她為什麼這個月會這麼快缺錢。她認識我的前一個星期，在星塵舞廳認識一個女孩，兩人成為朋友。女孩告訴費伊，她在城裡沒有親人，身無分文，也沒地方可住，費伊便邀她搬來和她同住。兩天後，女孩在費伊的梳妝台抽屜發現留在那裡的兩百三十二元，便帶著錢一起消失。費伊沒向警局報案，事實上，她連女孩姓什麼都不知道。

「報警又有什麼用？」她倒想知道，「這個可憐的小賤人一定非常缺錢，才會做出這種事，我可不想為了幾百塊錢毀了她一生。我雖然不是很有錢，但也不想剝了她的皮……如果你懂我意思的話。」

我知道她的意思。

我從未認識像費伊這樣開放並信賴別人的人，她是我此刻最需要的人，因為我一直渴盼有單純的人際接觸。

7月8日

在逛夜店與早晨的宿醉之間，我沒有多少時間可以工作。我只有靠阿斯匹靈和費伊為我調製的一些東西，才能完成我對烏爾都語動詞型態的語言分析，並把論文寄給《國際語言公報》發表。這篇文章足夠讓語言學家帶著錄音機重返印度，因為他們方法學的重要上層結構已經遭到破壞。

我不得不佩服結構語言學家，他們能根據文字溝通的退化，為自己開拓出一個語言學的知識領域。這是人們奉獻生命，不斷鑽研愈來愈細微事物的另一例證……只根據一些無意義的嘟囔聲做出的精細語言分析，就能寫下一本本厚書來填滿圖書館。這沒什麼不對，但不能當作摧毀語言安定性的藉口。

愛麗絲今天打電話來確認我什麼時候能回實驗室工作。我告訴她，我要先完成已經開始的工作，而且希望能獲得威伯格基金會的允許，進行自己的特別研究。不過她是對的，我必須把時間因素考慮進去。

費伊仍然隨時都想跳舞。昨晚，我們從在「白馬俱樂部」喝酒跳舞開始，然後轉往「班尼的藏身處」，接著又去「粉紅拖鞋」……再下去我就不記得是哪些地方了，但我們一直跳到我隨時可能倒下為止。我對烈酒的忍受度一定已經大為提高，因為查理一直到我整個人醉茫茫之後才出現。我只記得他在「阿拉卡桑俱樂部」的舞台上秀了段愚蠢的踢踏舞。他獲得熱烈掌聲，但最後經理還是把我們趕了出去。費伊說，每個人都覺得我是個了不起的喜劇演員，大家都喜歡我表演白痴。

當時究竟發生了什麼事？我只知道自己扭傷了背，我以為那是跳舞太多的結果，但費伊說是我從那張該死的沙發上跌了下來。

阿爾吉儂的行為再次變得怪異，米妮似乎很怕牠。

7月9日

今天發生一件可怕的事。阿爾吉儂咬了費伊。我警告過她不要跟牠玩，但她一直很喜歡餵牠吃東西。通常她來到牠的房間時，牠會興奮地跑向她。但今天情況不同，牠躲在遠處，縮得像一團白色泡芙。當她把手伸進籠門時，牠向後退縮到角落。她試著逗牠，還把迷宮的障礙移開，我還來不及告訴她別惹牠，她就已犯下錯誤，伸手想去抓牠。結果阿爾吉儂咬了她的拇指。牠瞪著我們倆，然後碎步跑進迷宮。

我們在另一頭的獎賞箱找到米妮，她的胸口有個傷口，不斷流血，但還活著。我伸手去抓她出來時，阿爾吉儂也跑進獎賞箱咬我。牠用牙齒咬住我的衣袖不放，直到我把牠甩開為止。

一會兒之後，牠平靜下來。然後，我觀察了牠一個多小時。牠似乎無精打采，而且有些困惑，雖然仍在沒有獎賞的情況下學習新的解題，但表現得相當不尋常。牠不再謹慎、堅定地向迷宮的通道移動，動作變得急切失控。有幾次還轉彎過快，衝到柵欄上。牠的行動中有種怪異的急迫感。

我不想逕自下判斷，這可能有很多原因。但現在我必須把牠送回實驗室。無論基金會是否會特別撥款讓我做研究，明天上午我都要打電話給尼姆。

進步報告——15

7月12日

尼姆、史特勞斯、柏特以及這項專案計畫的另外幾個人，都在心理學辦公室等我。他們盡量讓我覺得自在，但我可以看出柏特焦慮地想拿到阿爾吉儂，我把牠交出去。沒有人多說話，但我知道尼姆不會原諒我竟然跨過他直接和基金會接觸。但這麼做是必要的。我回畢克曼大學前，必須先確定他們會允許我針對這項計畫做些獨立研究。如果我做的每件事都必須向尼姆報告，會浪費太多時間。

他已被告知基金會的決定，對我的接待也相當冷淡與形式化。他和我握手，但臉上沒有笑容。「查理，」他說：「我們都很高興你能回來，並且和我們一起工作。傑森打過電話，告訴我基金會讓你為這個實驗計畫工作。你可以運用這裡的工作人員和實驗室，電腦中心也已向我們保證，你的研究工作將有優先權……當然，如果有用得著我的地方……」

他已竭盡所能地友善，但我從他臉上的表情看得出他的懷疑。畢竟，我在實驗心理學方面有什麼經驗呢？我對他花了這麼多年發展出的技術又懂多少呢？但正如我所說，他看起來很友善，也願意先不下評斷。他暫時也沒什麼好說的，如果我對阿爾吉儂的行為無法提出說明，他的所有努力都將形同廢物，但如果我能解決問題，就能帶走整個研究團隊。

我到實驗室找柏特，他正利用一個多元問題迷宮觀察阿爾吉儂的狀況。他搖著頭嘆息。

「牠忘了不少東西。大多數的複雜反應似乎都已被抹除，牠解答的問題層級比我的預期要低很多。」

「怎麼說？」

「以前牠都能找到其中的簡單模式，例如，在暗門迷宮裡，每隔一扇門和每隔三扇門中，只有紅色的門和綠色的門才是真的門……但現在牠已經跑過三次，卻還在用試誤法。」

「有沒有可能是因為牠離開實驗室太久的關係？」

「有這個可能，我們先讓牠熟悉這裡的環境，明天再看牠情況如何？」

我以前來過實驗室很多次，但現在我得學會利用這裡的所有設施，我必須在幾天內弄懂別人幾年內才搞得清楚的程序。柏特和我花了四小時走遍實驗室的每個部門，我們全部走過一次，我注意到有一道門我們沒有進去。

「裡面有什麼？」

「冷凍庫與焚化爐。」他推開沉重的門，並把燈打開。「我們在焚化爐內銷毀樣本前，會先加以冷凍，如果我們能控制分解，就能減少異味的產生。」他轉身想要離開，但我在那裡站了一陣子。

「不要這樣對阿爾吉儂，」我說：「如果……萬一……我的意思是我不希望牠被丟到那裡。你把牠給我，我會親自處理。」他沒有笑出來，只是點點頭。尼姆已經告訴他，從現在起，一切都必須按我的要求去做。

時間是一大障礙。如果我想為自己找出答案，就必須立刻開始工作。我已從柏特那裡拿到書籍清單，也從史特勞斯與尼姆那裡取得筆記。離開時，我有個奇怪的想法。

「告訴我，」我問柏特，「我剛看了一眼你們銷毀實驗動物的焚化爐，但你們對我有過什麼計畫嗎？」

我的問題嚇了他一跳，「你指的是什麼？」

「我相信從一開始你們就有各種應付緊急狀況的措施，所以你們對我有過什麼樣的計畫？」

他靜默不語，但我堅持要他回答：「我有權知道和實驗有關的一切事物，這也包括我的未來在內。」

「沒有不讓你知道的理由。」他停下來，點燃本來就已點著的香菸。「當然，你了解從一開始，我們就抱著最高的希望，相信功效會是永久性的，但我們還是……我們確實有……」

「我相信。」我說。

「當然，把你納入實驗中，是個嚴肅的責任。我不知道你還記得多少，或是你對這個計畫開始時的所有事情拼湊出多少，但我們曾經試著讓你清楚了解，手術的效果有很大的可能只是暫時性的。」

「那個時候，我曾在進步報告中記下這件事，」我同意他的說法，「即使當時我不懂你的意思。但這不重要，因為現在我已經了解了。」

「所以，我們決定在你身上冒險，」他繼續說：「因為我們覺得會對你造成嚴重傷害的機率很小，而且我們確信能為你帶來益處的機會很高。」

「你不必為這件事辯護。」

「但你知道我們必須從你的直系家屬獲得許可，你自己沒有能力同意這件事。」

「這些我都知道。你們去跟我妹妹諾瑪談，我在新聞上讀到，根據我在記憶中對她的了解，我可以想像即使要把我送去處死，她也會同意的。」

他挑起眉毛，但沒多說什麼。「我們告訴她，如果實驗失敗，我們不能把你送回麵包店，或是你原來住的地方。」

「為什麼不能？」

「首先，你可能不再是原來的你。手術與荷爾蒙注射對你的影響可能不會立刻顯現，而且手術後的經驗可能留下痕跡。意思是，可能帶來情感上的干擾，讓心智遲鈍的情況更加複雜，你可能不再是同一個人……」

「這真是太好了，似乎只有一個十字架還不夠扛似的。」

「此外，我們無法確定你是否會回復與原來相同的心智水準。你可能會退化，降到更原始的水準。」

他要讓我知道最惡劣的情況，好消除自己心頭的負擔。「但我也可能會知道這一切，」我說：「並有能力為自己的事做決定。你們對我有什麼計畫呢？」

他聳聳肩。「基金會安排把你送到州立華倫之家和訓練學校。」

「天哪！」

「我們和你妹妹商議的計畫之一，是基金會將負擔你在華倫之家的所有費用，你每個月也會有定額所得，作為你餘生的個人花費。」

「為什麼送去那裡呢？我一直都能在外面自己過活，即使賀曼叔叔去世後，他們承諾要把我送去那裡，杜納還是立刻把我弄出來，讓我在外面工作生活。為什麼我必須回到那裡？」

「如果你能在外面自主過活，就無須待在華倫之家，只要情況不嚴重，你就能在外面生活，但我們必須設想萬一情況下的安排。」

他說得沒錯，我沒什麼好抱怨的，他們設想得非常周到。華倫之家是合理的歸宿……是可以把我的餘生都處理掉的大冷凍庫。

「至少不是把我送進焚化爐。」我說。

「什麼？」

「沒什麼，只是開個玩笑。」然後我想到一件事。「你老實告訴我，我能去拜訪華倫之家嗎？我想以訪客身分去參觀。」

「可以的，我想他們一直都有訪客……定期的參觀行程，類似媒體公關做法。但你為什麼想去呢？」

「因為我想去看看。我必須在還能掌控並做些設想的時候，知道未來可能發生的情況。你看看能否安排一下，愈快愈好。」

我看得出我想參觀華倫之家的念頭讓他有些不安，彷彿我在預訂自己的棺材，並在死前先進去試用。但我不能怪他，因為他不了解要發掘真正的自我……找到我完整存在的意義，除了要掌握過去，也得知道未來的可能發展，不僅要知道自己來自何方，也得知道會去哪裡。雖然我們知道，在迷宮盡頭等著我們的是死亡（這並不是我一直都能了解的事……不久之前，我身上這位少年還以為死亡只會發生在別人身上），我現在認為，我在迷宮中選擇的道路造就了現在的我。我不只是一件事物，也是種存在方式，眾多方式中的一種，了解自己選擇的道路，以及那些我沒踏上的道路，都能夠協助我了解自己的轉變。

那個晚上以及隨後幾天，我沉浸在各種心理學讀物中：包括臨床、性格、測量心理學、生理心理學、行為主義者、形態、分析、功能、動態、有機體，以及所有古代、現代小說，以及各個學派與思想體系的著作。令人沮喪的是，許多心理學家賴以建立他們對人類智慧、記憶與學習信仰的觀念，都只是一廂情願的想法。

費伊想來參觀實驗室，但我叫她不要來。我現在最不需要的就是讓愛麗絲與費伊見面，我已經有夠多事情要擔心，大可不必再加上這樣。

進步報告——16

7月14日

這不是去參觀華倫之家的好日子，天空灰撲撲的，還下著毛毛雨，或許也因為如此，才會讓我想到這件事時，心情就低沉起來。但也可能是我在欺騙自己，讓我真正感到不安的，是想到自己有一天可能被送去那裡。我借了柏特的車子。愛麗絲想陪我一起去，但我必須獨自前往。我沒告訴費伊我去哪裡。

開車到長島華倫社區的農場需要一個半小時，我毫不費力就找到這個地方。蜿蜒的莊園對外開啟的唯一入口，是兩根水泥柱中間的一條狹窄岔路，以及一塊擦得明亮的黃銅門牌，寫著：「州立華倫之家與訓練學校」。

路旁的告示牌寫著：「時速十五哩」，所以我緩緩開過幾棟建築，尋找行政辦公室。

一部牽引車橫過草地，迎面朝我開來，車上除了駕駛外，還有兩人吊在車子後方。我伸頭向他們喊著：「能告訴我溫斯洛先生的辦公室在哪裡嗎？」

司機停下牽引車，指著左邊與更前面的方向。「直走到總醫院，然後左轉，停在你的右側。」

我不由自主注意到位在牽引車後方，緊抓著扶手凝視的年輕人。他沒刮鬍子，臉上帶著某種空洞微笑的痕跡。他戴著一頂水手帽，雖然沒有陽光照耀，仍孩子氣地拉下帽簷來遮住眼睛。我匆匆掃視他的目光，他的眼睛很大，帶著詢問的神情，但我不得不把目光移開。牽引車重新啟動後，我可以從後視鏡中看到他正好奇地朝我凝望。我感到難過……因為他讓我想起查理。

我很訝異首席心理學家竟然這麼年輕，是位又高又瘦的男子，臉上掛著疲憊的目光，但沉穩的藍色眼睛在年輕的神情中顯露出一股力量。

他開自己的車載我在園內四處參觀，為我指出娛樂廳、醫院、學校、行政辦公室的位置，還有一些他稱為小屋的雙層樓磚房建築，那裡是病人住的地方。

「我沒有在四周看到圍牆。」我說。

「沒有，只有入口處的大門，以及用來攔住好奇外人的樹籬。」

「但你們如何阻止……他們……走失……遊蕩到莊園外面？」

他微笑地聳聳肩。「事實上，我們阻止不了。有些人確實會遊蕩出去，但多數都會再回來。」

「你們不去追他們回來？」

他注視著我，似乎在猜測這問題背後的涵義。「不，如果他們遇到麻煩，我們很快就會從鎮上的居民得到消息，否則警察也會帶他們回來。」

「如果沒有呢？」

「如果我們沒有從外人，或從他們那裡聽到消息，我們就假設他們已在外面適應得不錯。你必須了解，高登先生，這裡不是監獄。州政府要求我們盡一切合理的努力找回病人，但我們沒有配備可以隨時密切監督四千人。有辦法離開的都是那些低智能者，但我們接受的低智能者已愈來愈少。我們現在收留的很多是腦部受損，需要經常照護的病患，低智能者比較能自由行動，在外面遊蕩個一週左右，當他們發現沒有留在外面的理由後，多數便會自己回來。這世界並不要他們，他們很快就會知道。」

我們下車，走向其中一棟小屋。屋內的牆壁貼著白色磁磚，整棟建築都有消毒水的味道。一樓大廳對著一間娛樂室，大約有七十五個男孩坐在裡面，等候午餐鈴聲響起。我立刻注意到角落的椅子上坐著一個大男孩，他的懷裡摟著一個十四、五歲的男孩，輕輕哄著他睡覺。我們進來時，大家都轉頭看我們，幾個膽子比較大的還走向前瞪著我看。

「別理他們，」他看到我的表情後說：「他們不會傷害你。」

負責這層的是位骨架大、面貌姣好的女人，她捲著衣袖，漿硬的白色裙子上還套著條牛仔布圍裙。她迎向我們走來，掛在皮帶上的一串鑰匙隨著她的走動叮噹作響。她轉過身時，我才注意到她的左臉有一大塊暗紅色胎記。

「沒料到你今天會帶人參觀，雷伊，」她說：「你通常都星期四才帶訪客來。」

「賽瑪，這位是來自畢克曼大學的高登先生。他只是來看看，了解一下我們這裡的工作情況。我知道這對妳沒什麼差別，每天都一樣。」

「是呀，」她充滿活力地笑開來，「可是我們在星期三的時候翻床墊，星期四來味道會好聞一點。」

我注意到她一直站在我左邊，以便藏住臉上的紅斑。她帶我參觀宿舍、洗衣間、儲藏室，以及正在準備處理廚房送來食物的餐廳。她說話時帶著微笑，她的表情和高高堆在頭上的髮髻，讓她看起很像羅特列克畫中的舞者，但她從未正面看我。我猜想，如果我住在這裡、受她監管，會是什麼樣的情況。

「他們在這棟建築物裡表現都很好，」她說：「但你也了解，總共有三百個孩子，一層樓七十五人，可是我們只有五個人在照顧他們。要掌控他們很不容易，但這裡的情況還是比骯髒小屋好很多。那裡的工作人員通常做不久。如果病人是小嬰兒，大家可能不會那麼在意，但如果是仍然不能照顧自己的成年人，就會一團髒亂。」

「看起來妳是個非常善良的好人，」我說：「這些孩子有妳當舍監可說非常幸運。」

她開心地笑起來，露出潔白的牙齒，但仍看著前方。「我不比其他人更好或更差，我很喜歡這些孩子。這工作不容易，但只要想到他們有多需要你，就會覺得辛苦獲得回報。」她的微笑消失了一陣子。「正常小孩長得太快，很快就不再需要你……走上自己的路……忘記一向是誰在愛他們、照顧他們。但這些孩子需要你全心付出，一輩子都需要你。」她又笑了起來，對自己的嚴肅感到尷尬。「這裡的工作很辛苦，但很值得。」

我們回到樓下，溫斯洛在這裡等著。用餐的鐘聲響起，孩子們排隊進入餐廳。我注意到剛剛在懷裡哄另一個小孩睡覺的大男孩，現在拉著他的手坐到餐桌前。

「很不簡單。」我朝那方向點點頭。

溫斯洛也跟著點頭。「大男孩叫傑瑞，另一個是達斯提。這種情況在這裡滿常見的，當沒有人撥得出時間照顧他們時，有時候他們也懂得在彼此間尋求人性的接觸和感情。」

在前往學校的路上，我們經過另一棟小屋，我聽到一聲尖叫，然後是一陣哀號，隨後又有兩、三個聲音接續呼應。窗上都裝有鐵杆。

溫斯洛那個上午第一次顯得有些不自在。「那是特殊安全小屋，」他解釋說：「有情緒困擾的智障者住的地方。他們一有機會就會傷害自己或別人，我們把他們安置在K屋，這裡隨時都上鎖。」

「情緒困擾的病患也安置在這裡？不是應該住到精神醫院嗎？」

「噢，當然，」他說：「但這種事很難控制。有些人是住到這裡一陣子後，才惡化成為情緒困擾的患者。有些人則是被法院送到這裡，雖然我們沒有接納他們的空間，但也別無選擇。真正的問題是，所有地方都已無空間可收容任何病患。你知道我們自己的候補名單有多長嗎？一千四百人。年底時，我們可能空出的名額大約只有二十五或三十人。」

「那一千四百人現在都在哪裡？」

「在家裡、在外面，等候這裡或其他機構空出的名額。你看得出來，我們這兒的空間不像一般醫院那麼擁擠，我們的病患通常會在這裡待上一輩子。」

我們來到新的學校建築，這是棟玻璃混凝土平房結構，有大型落地窗。我試著想像以病人身分走在走廊上的感覺，看到自己和一群成人與孩子排隊等著進教室。也許我也會幫忙推著坐在輪椅上的孩子進來，牽著別人的手引導他們，或是在懷裡哄著小男孩入睡。

在一間木工作業教室裡，有群年紀較大的孩子在老師監督下製作板凳，他們圍在我們四周，好奇地盯著我看。老師放下鋸子朝我們走來。

「這位是來自畢克曼大學的高登先生，」溫斯洛說：「他想看看我們的一些病人，他考慮買下這個地方。」

老師笑了起來。「好呀，如果他買……買下來，就得……得連我們一起接收，而且他必……必須為我們弄……弄來更多作業要用的木……木材。」

他帶我在工場四處看看時，我發現這些孩子都很安靜。他們在為剛完成的板凳打磨或上清漆，但沒有互相交談。

老師似乎注意到我沒說出來的疑問，他說：「這些是我的沉默孩子，他們是聾啞生。」

「我們有一百零六位這樣的學生，」溫斯洛解釋道：「這是聯邦政府贊助的特別研究計畫。」

多麼不可思議！比起其他人，他們的缺損這麼多，智能障礙、又聾、又啞，卻仍熱切地打磨他們的板凳。

一個原本在用鉗子固定一片木板的孩子，放下手上的工作，他敲敲溫斯洛的手臂，指著放在角落的陳列架上晾乾的一些成品。孩子先指著第二個架子上的一個燈座，然後指指自己。這是個搖搖晃晃的糟糕作品，木材填料的綴飾露了出來，漆塗得又厚又不均勻。溫斯洛與老師都熱烈稱讚他的作品，男孩很驕傲地微笑，然後看著我，等待我的讚美。

「對，」我點點頭，說些誇張的讚語，「非常棒……非常好。」我會這樣說，是因為他需要，但我覺得心虛。男孩對我微笑，他轉身要離開時，先過來碰碰我的手臂，算是對我說再見。我因此開始哽咽，在走到外面的通道之前，幾乎無法控制自己的情緒。

學校的校長是個矮小肥胖，慈母般的女士，她讓我在寫得很整潔的圖表前坐下，向我簡報病人的不同種類，分配到每個類別的教職員人數，以及他們研究的主題。

「當然，」她解釋道：「很多智商較高的學生都不再送來這裡，那些智商在六十或七十以上的孩子，他們會獲得照顧，愈來愈多是送到市區學校的特殊班，或是社區裡特別創設的機構。多數送到我們這裡來的，都有能力住在外面，安置在寄養家庭或寄宿房屋裡，在農場上做些簡單工作，或是在工廠、洗衣場……擔任勞力工作。」

「或是麵包店裡。」我補充說。

她皺了一下眉。「是的，我猜他們也能在那裡工作。現在我們也把我們的孩子分類（我都叫他們孩子，不管他們多大年紀，他們在這裡都是孩子），分成乾淨或骯髒兩類。如果能按照他們的水準加以分類，能讓管理小屋的工作變得容易一點。有些骯髒的孩子腦部已嚴重受損，他們被安置在嬰兒床上，終生都必須這樣接受照顧……」

「或是等到科學找出方法協助他們走出來。」

「噢，」她微笑著，謹慎地向我解釋，「恐怕這些人已無法可想。」

「沒有人是無藥可救的。」

她仔細地看著我，神情變得有些不確定。「是的，是的，沒錯，我們應該保持希望。」

我讓她變得緊張。想到如果有天他們把我送進來，成為她的孩子的情景，我忍不住對著自己微笑。我會是乾淨或骯髒的孩子呢？

回到溫斯洛的辦公室後，我們喝著咖啡談論他的工作。「這是個不錯的地方，」他說：「我們的工作同仁中沒有精神病醫師，只有一位外部顧問每兩星期會來一次，但情況還是照樣運作。心理科的每個同仁都很投注在各自的工作中，我當然也可以聘請一位精神病醫師，但他的薪水夠讓我雇兩位心理學家……他們並不害怕為這些人奉獻自己的一部分。」

「你說的奉獻自己的一部分指的是什麼？」

他仔細端詳我一會兒，然後在疲倦中迸出一股憤怒。「有很多人願意捐獻金錢或物資，但很少人願意奉獻他們的時間與感情，我指的就是這個。」他的聲音變得尖銳，指著房間另一頭的一個空奶瓶。

「你看到那個奶瓶嗎？」

我告訴他，我剛進到他的辦公室時，還在納悶這是做什麼用的。

「你說說看，你認識的人當中，有多少人願意把一個成人抱在懷裡，用奶瓶餵他喝東西？而且病人還隨時可能在他身上拉屎、排尿，弄得全身髒兮兮。你看起來覺得很訝異，你無法了解的，你能嗎？從你那高高在上的研究象牙塔裡？我們的病人被關閉在每個人的經驗之外，你對於這種體驗又知道些什麼呢？」

我忍不住露出一絲微笑，而他顯然誤會了我的意思，因為他立刻起身，突然結束我們的談話。如果我回到這裡，並留下來，而他也知道整個故事，我確定他會了解的，他是那種能夠了解的人。

開車離開華倫之家，我不知道該想些什麼。寒冷、灰撲撲的感覺籠罩在我四周……一種認命的無奈感。人們絕口不談復健、治療，或是把病人重新送回世界，沒有人談到希望。那種感覺就像活生生的死亡……或是更糟，根本不曾充分活著與了解。靈魂從一開始就在枯萎，並注定要對著每一天的時間與空間凝望。

我想起臉上有紅色胎記的舍監媽媽、說話結巴的工場老師、慈愛的校長，還有一臉疲憊的年輕心理學家，很想知道他們來這裡工作，並為這些沉默的心靈奉獻自我的心路歷程。他們就像那位在懷裡抱著小男孩的大孩子一樣，每個人都在奉獻自己的一部分給那些有缺憾的人，並從中找到自我的實現。

還有，那些他們沒有讓我看的又如何呢？

我也許很快就會再來華倫之家，以便和其他人共度餘生……等著吧。

7月15日

我一直在延緩拜訪母親的行程。我既要去看她，卻又不太想去。在我確定未來會有什麼樣的遭遇之前，我要先擱下這件事，先讓我看看工作的進展，以及會有什麼樣的發現再說。

阿爾吉儂已不肯再跑迷宮，一般的動機已經減低。今天我又過來看牠，這次史特勞斯也在那裡。他和尼姆看著柏特強制餵牠吃東西時，臉上的表情都顯得很不安。看到這團白色的小東西被柏特固定在作業台上，用滴管強制灌食進牠的喉嚨，感覺非常奇怪。

如果牠繼續這樣抗拒，他們只好開始用注射方式餵食。今天下午看到阿爾吉儂在那些小東帶下掙扎扭動，我覺得自己的手和腳彷彿也被綁住，我想嘔吐，並有窒息的感覺，我必須趕緊到實驗室外呼吸新鮮空氣。我一定得停止把牠和自己聯想在一起。

我去穆瑞酒吧喝了幾杯，然後打電話給費伊，我們四處逛了一下。費伊氣我不再和她出去跳舞，昨晚她對我發脾氣，並丟下我不管。她對我的工作毫無所知，也沒有絲毫興趣，當我試著向她解釋時，她也毫不掩飾她的厭煩。她就是不能忍受乏味的東西，我也很難責怪她。據我所知，她只對三件事有興趣：跳舞、繪畫和性。而我們真正有共同興趣的東西也只有性。我想讓她對我的工作產生興趣，可說是十分愚蠢的事。所以，她拋下我自己去跳舞。她告訴我，前天晚上她夢見自己走進我的公寓，放火燒掉我的書和筆記，然後我們圍繞著火焰跳舞。我最好得小心點，她的占有慾已經變得很強。我直到今晚才發現，我的公寓已經和她的住處非常相似……同樣是一團亂。我務必得少喝點酒。

7月16日

愛麗絲昨晚和費伊見面了。我一直都在擔心，一旦她們面對面時會發生什麼事。愛麗絲從柏特那裡知道阿爾吉儂的事後跑來找我。她知道這表示什麼，她仍然覺得必須為從一開始就鼓勵我接受手術的事負責。

我們喝咖啡聊到很晚。我知道費伊去星塵舞廳跳舞，所以沒料到她會這麼早回來。但大約凌晨一點四十五分時，費伊突然出現在防火梯上，讓我們嚇了一大跳。她敲敲窗戶，然後推開半開的窗，手上拿著酒瓶跳著舞滑進房間。

「我不請自來，」她說：「而且自備飲料。」

我告訴過她，愛麗絲為大學的計畫工作，而我以前也向愛麗絲提過費伊，所以她們見到彼此時，沒有太過訝異。互相打量對方幾秒鐘後，她們開始談起藝術以及我的事情，談到起勁時，根本就忘了我的存在。她們都很喜歡彼此。

「我去煮咖啡。」然後我溜去廚房，讓她們單獨相處。

我回來時，費伊已經脫掉鞋子，坐在地板上，從酒瓶中啜飲她的琴酒。她正在向愛麗絲解釋，根據她的看法，日光浴對人體是最重要不過的事，而天體營是世上道德問題的最佳解答。

費伊提議我們都去參加天體營，讓愛麗絲笑得幾近歇斯底里，她向前傾身，接受費伊倒給她的酒。

我們坐著談到天亮，然後我堅持送愛麗絲回家。她先是反對，認為毫無必要，但費伊強調，在這個城市裡，只有傻瓜才會在這個時刻單獨出去。所以，我下樓去叫了部計程車。

「她很特別，」愛麗絲在回家的路上說：「我不知道那是什麼，可能是她的坦誠、她的全然信任、她的無私……」

我同意。

「而且她愛你。」愛麗絲說。

「不，她愛每一個人，」我強調，「我只是通道對面的鄰居。」

「你沒有愛上她嗎？」

我搖搖頭。「妳是我唯一愛過的女人。」

「我們不要談這個。」

「這樣妳就等於切斷了一個很重要的話題來源。」

「我只擔心一件事，查理，就是你喝酒的問題。我聽說你有時候會喝到宿醉。」

「告訴柏特，把他的觀察和報告集中在實驗資料上，我不要他在妳面前打我的小報告，喝酒的問題我應付得來。」

「這件事我以前就聽過。」

「但都不是從我口中聽到。」

「我只在這件事上對她有意見，」她說：「她帶你喝酒，而且干擾你的工作。」

「這件事我也能應付。」

「你的工作現在很重要，查理。不只對全世界以及千百萬未知的人，就算對你自己也很重要。查理，你也必須為自己解決這個問題，千萬不要讓任何人綁住你的手腳。」

「所以，這才是妳真正要說的實話，」我揶揄她，「妳希望我少和她見面。」

「那不是我的意思。」

「這正是妳的意思。如果她干擾到我的工作，妳我都知道，我就得把她趕出我的生活之外。」

「不，我不認為你應該把她推出你的生活之外，她對你有好處，你需要一個像她這樣的女人在你身邊。」

「妳才是對我有好處的女人。」

她把臉轉開。「但跟她的方式不同，」她回過頭看著我。「我今天來的時候，已經準備好要恨她，我要把她看成一個跟你鬼混的邪惡愚蠢妓女，我擬定了阻撓你們的大計畫，不管你怎麼想，都要把你拯救出來。但見過她之後，我發現自己無權評斷她的行為。我想她對你有好處，這也真的讓我消了氣。即使不同意，我還是喜歡她。然而，如果你還繼續跟她喝酒，把你們在一起的時間都耗在夜店或去酒館跳舞，那她就仍是你的障礙。這個問題只有你才能解決。」

「還有其他問題嗎？」

「你能解決這個嗎？你和她已有了深切的關係，我看得出來。」

「不是那麼深。」

「你把自己的事告訴過她嗎？」

「沒有。」

我看得出她不自覺地鬆了口氣。如果我還保留著自己的秘密，就表示我至少沒有完全把自己交付給費伊。我們倆都知道，費伊再怎麼好，也絕對不會了解的。

「我需要她，」我說：「她在某種意義上也需要我，我們隔鄰而居，互相有個照應，如此而已。但我不會說這是愛情……這和存在我們之間的東西不一樣。」

她皺眉低頭看自己的手。「我不確定存在你我之間的是什麼。」

「那是某種深刻、意義重大的東西，以致每次我有機會和妳做愛，體內的查理就會開始恐慌。」

「和她在一起的時候呢？」

我聳聳肩。「所以我知道她不重要，對查理來說，她沒有意義重大到讓他恐慌。」

「太好了！」她笑了起來。「這真夠諷刺，你談起他的口氣，讓我痛恨他在我們之間作梗。你覺得最後他會不會讓你……讓我們……」

「我不知道，我希望會。」

我在門口和她道別。我們只握了手，但很奇怪，這卻好像比擁抱更親近而密切。

我回家和費伊做愛，但繼續想著愛麗絲。

7月27日

夜以繼日地工作。我不顧費伊反對，搬了張摺疊床進實驗室。她的占有慾太強，而且痛恨我的工作。我想她可以容忍另一個女人，但受不了這種她無法掌握的全心投入。我也害怕走到這個地步，但我對她已失去耐心。我捨不得離開工作中的每一刻，對每個想偷走我時間的人都不耐煩。

我的多數寫作時間都花在筆記上，我把這些筆記存放在另一個文件夾裡，但還是習慣不時記下自己的感受與思緒。

智慧的微積分是門迷人的學問。從某方面來說，這是攸關我整個生命的問題，但也是應用我所有知識的地方。

時間現在具有另一個層次的意義……工作與全心投入追尋解答。周遭世界以及我的過去似乎變得遙遠而扭曲，時間與空間就像經過拉扯、揉搓與扭動的太妃糖，已經完全變了樣。唯一真實的事物，就只有實驗大樓四樓的這些籠子、老鼠與實驗儀器。

如今，白天或夜晚已無區別，我必須在幾星期內擠出畢生的研究。我知道應該休息，但在找出正在發生的真相之前，我不能停下來。

愛麗絲現在對我幫助很大，她帶三明治和咖啡給我，但沒有任何要求。

關於我的知覺：一切都那麼敏銳與明晰，每種知覺都變得更強、更亮，紅、黃、藍的色調鮮明到幾乎要發光。睡在這裡也帶來一種奇怪的效果，狗、猴子與老鼠等實驗動物的味道，會把我帶到回憶中，讓我很難知道我究竟是在經歷一種新的知覺，或只是在回憶過去。我無法分辨其中有多少回憶成分，或是此時此刻存在的是什麼……這是一種摻雜著回憶與現實的奇怪混合體；過去與現在；既是對儲存在大腦中心的刺激物的反應，也是對房間內刺激物的回應。彷彿我學到的所有事物，都已融入一個在我面前旋轉的水晶世界，讓我可以清楚地看到以美妙光芒照耀出的每個層面……

一隻猴子坐在籠子的中央，以充滿睡意的眼睛瞪著我，有如小老頭般乾枯的手在臉頰上摩挲……吱吱……吱吱吱……吱吱吱吱……然後牠蹦離籠子的鐵絲網，躍上頭頂的鞦韆，那裡坐著另一隻猴子，靜默地視著空無。牠們在那裡面尿尿、拉屎、凝視著我、嬉笑……吱吱……吱吱吱……吱吱吱吱……

猴子在裡面跳上跳下，躍高縱低，晃過來又晃過去，還伸手要去抓另一隻猴子的尾巴，但靠近欄柱的那隻，毫不在意地不斷把牠揮開，不讓牠抓住。好猴子……可愛的猴子……眼睛大大的，尾巴不停揮動。我可以拿粒花生餵牠嗎？……不行，管理員會對我大喊制止。籠子上的牌子也說不可以餵動物。這是隻黑猩猩，我可以摸牠嗎？不行。我要摸黑猩猩。算了，我要去看大象。

外頭，陽光照耀下的人群穿著春裝。

阿爾吉儂躺在自己的糞便堆裡，一動也不動，散發的臭味比以往更加濃烈。而我呢？

7月28日

費伊有個新男友。昨晚我回家去找她，我先去我房間拿瓶酒，然後登上防火梯。還好我進去前先看了一下，他們躺在沙發上。奇怪的是，我並不真的在乎，幾乎還有鬆了口氣的感覺。

我回實驗室和阿爾吉儂一起工作。牠也有振作的時刻，有時會間歇地跑一趟移動迷宮，但如果失敗了，發現自己跑到死巷，反應就會很激烈。我進到實驗室時，探頭看了一下，牠很機靈，立刻迎向前，彷彿認識我似的。牠渴望工作，我放下牠進入迷宮的鐵絲網門後，牠立刻沿著通道一路跑到獎賞箱。牠成功地跑完兩次迷宮，第三次時，牠跑了一半，在交叉路口停下來，猛烈抽搐一下之後轉到錯誤方向，我知道牠再來會有什麼反應，原本想在牠跑進死巷前，伸手把牠取出來，但我忍住了，繼續觀察牠的動靜。

牠發現自己走在不熟悉的路上後，就放慢速度，動作也變得錯亂：前進、停頓、退後、轉過身體又繼續前進，直到走入死巷，被輕微地電擊一下，告訴牠跑錯路為止。這時，牠不是向後轉去找尋替代路徑，而是開始繞圈子，像唱針刮過唱片的溝槽一樣，發出吱吱喳喳的聲音。牠一次又一次地用身體衝撞迷宮的牆，先整個躍起，向後扭滾掉落下來，然後繼續衝撞。牠的腳爪兩次勾住頭頂的鐵絲網，激烈地掙脫後，又絕望地重複同樣的動作。最後，牠停了下來，身體蜷縮成一個小球。

我抓起牠時，牠的身體並未伸直，仍然保持原來的模樣，彷彿已進入緊張性僵直的狀態。我觸動牠的頭或四肢時，牠的身體就像蠟一樣僵硬。我把牠放回籠子繼續觀察，直到漸漸脫離麻痺狀態，開始正常地四處活動為止。

我一直掌握不到牠退化的原因……這是特殊案例？一個孤立的反應？或是程序上出現基本錯誤後的必然現象？我必須找出其中的規則。

如果我能找出結果，只要能對已知的心智障礙增添一絲絲了解，能對和我一樣的人帶來幫助，我就會感到無比滿足。無論我的下場如何，我對那些尚未出世生命的幫助，已等於讓我活過千百次正常的人生。

這樣就足夠了。

7月31日

我已經走到突破的邊緣，我感覺得出來。大家都認為我這樣的工作節奏形同自殺，但他們不了解的是，我正處於神智清明的美妙顛峰，是我從來不曾有過的體驗。我身體的每一部分都為工作而妥善調適。在入睡前的每一刻，不管白天或夜晚，我全身的每個毛細孔都在吸收東西，各種想法像煙火一樣在我的腦中爆發，世上再沒有比為問題找出答案更美妙的事了。

很難想像這股沸騰的能量、足以填滿一切事物的活力，會因為任何事情的發生而遭到剝奪。我過去幾個月吸收的知識，此刻彷彿已結合在一起，把我提升到光明與理解的絕頂。這是美、愛與真的合一，是何等的歡愉。我好不容易才找到它，如何能再次放棄？生命與工作是一個人所能擁有最美妙的事物。我愛上自己正在做的事，因為問題的答案已存在我心中，很快地……非常快……就會在我的意識中綻放出來。我要解開這個問題。我祈求上帝讓答案符合我的期待，但如果事與願違，我也願意接受任何答案，對找到的結果心懷感激。

費伊的新男友是星塵舞廳的舞蹈老師，我其實不能怪她，因為我沒有太多時間可以陪她。

8月11日

兩天沒有進展，毫無頭緒。我一定在某個地方轉錯方向，因為我找到許多問題的答案，卻解答不了最重要的問題：阿爾吉儂的退化如何影響實驗的基本假設？

幸好我對心靈的運作程序已有足夠了解，不會對這個挫折太過憂心。我不但不能驚慌或放棄（或是更糟糕，沒命地催逼不願迸出的解答），還必須暫時把心思從問題上移開，讓問題慢慢燉煨著。我已在意識的層面上盡最大努力，現在必須由意識下的神秘運作來決定。如何把自己學習與經歷的一切應用到問題上，是個難以解釋的奇妙事情。催逼過甚只會讓事情更加凍結。世上有太多問題未獲解答，但究竟是因為人們知道得不夠多？或是因為對創造的程序以及他們自己沒有足夠的信心，不願放任整個心靈去運作所造成呢？

所以，昨天下午我決定暫時擱下工作，出席尼姆太太的雞尾酒會。宴會是為了向威伯格基金會的兩位董事會成員致敬而辦，也多虧他們，她的丈夫才能夠獲得撥款。我本來打算帶費伊去，但她說另有約會，而且她寧可去跳舞。

晚宴開始時，我打定主意要討人喜歡，廣結朋友。但這些日子以來，我的人際關係一直不太好。我不知道問題出在我或他們身上，但所有談天的意圖在一、兩分鐘之後，通常就會消失殆盡，代之而起的則是溝通障礙的升高。或許那是因為他們怕我？但也可能他們打從心底就不在乎，而我也同樣滿心不願意？

我喝了些酒，在寬敞的房間裡四處晃蕩。有幾群人坐著聊天，談的都是我無意加入的話題。最後，尼姆太太找上我，並介紹我認識基金會的董事希倫・哈維。尼姆太太是個頗有魅力的女人，約四十出頭，金髮，濃妝，紅色指甲。她的手臂勾著哈維的手。「研究有什麼進展嗎？」她想要知道。

「和我期待的一樣順利，我現在正準備解開一個難題。」

她點了根菸對我微笑。「我知道整個計畫的每位成員都很感激你的加入與提供協助，但我猜想你可能寧願做些自己的研究。接續別人的工作，而不是自己構思與創始的研究，一定相當無趣。」

她的言詞很犀利，沒關係。她想提醒希倫・哈維不要忘記她先生的功勞。我忍不住回敬幾句。「沒有人能真正開創新的東西，尼姆太太，每個人都建立在別人的失敗之上。科學裡沒有真正原創的東西，重要的是每個人能對整體知識帶來什麼貢獻。」

「當然，」她轉身對她尊貴的客人說，而不是對著我發言。「真可惜高登先生以前沒在這裡協助解決這些最後的小問題，」她笑了起來。「但是……哎呀，我都忘了你那時還沒有能力做心理實驗呢。」

哈維跟著笑了起來，我想我最好少說話為妙。貝莎・尼姆是不會讓我在言語中占上風的，如果繼續鬥下去，場面一定會變得很難看。

我看到史特勞斯醫生與柏特在和威伯格基金會的另一位董事喬治・雷諾說話。史特勞斯說：「雷諾先生，問題的癥結在於像這些計畫一樣，爭取到足夠的資金從事研究，而又不被設定的條件綁住。如果錢是針對特定用途而撥款，我們會很難有發揮的空間。」

雷諾搖搖頭，對著圍在身邊的小團體揮動他的大雪茄。「真正的問題在於說服董事會相信這類研究具有實際價值。」

史特勞斯搖搖頭。「我要強調的論點是，這筆錢是為研究而撥，但沒有人能預先知道研究會不會帶來有用的結果。研究的結果往往是否定的，我們從中學到某件事是行不通的結論，這個結論對從此處出發的人來說，便是有正面意義的重要發現。至少，他知道哪些事是應該避免的。」

我走向這個團體時，注意到早先已被介紹認識的雷諾太太。她是個漂亮的黑髮女子，年約三十歲。她瞪著我看，或許該說對著我的頭頂看，彷彿期待那裡會長出什麼東西。我對著她瞪回去，她覺得不自在，便轉身面對史特勞斯醫生。「現在的計畫進展如何呢？你預期這些技術能用在其他智障者身上嗎？這些技術能被全世界廣泛使用嗎？」

史特勞斯聳聳肩，對著我點頭。「現在還很難說，你先生讓查理加入這個計畫來協助我們，我們有很多結果必須看他有什麼發現才能決定。」

「那當然，」雷諾先生插進來說：「我們都了解在你那樣的領域進行純粹研究的必要，但如果我們能夠建立一套真正可行的方法，在實驗室外獲得永久性的結果，告訴全世界我們確實拿得出具體成績，這對我們的形象將會有重大助益。」

我剛準備開口，但史特勞斯大概已經料到我會說些什麼，便站起來一手放在我肩上。

「畢克曼大學的每個人都覺得，查理正在做的研究非常重要，他現在的工作是找出事實的真相。我們把面對大眾、教育社會的工作，交給你們的基金會去處理。」

他對著雷諾夫婦微笑，然後拖著我離開。

「那可不是我準備要講的話。」我說。

「我相信你不會，」他抓著我的手肘低聲說：「我從你眼中的光芒看得出來，你已經準備把他們切成碎片。我可不允許這種事發生，我能嗎？」

「我猜大概不行。」我同意他的話，同時伸手端了另一杯馬丁尼。

「你喝那麼多酒對嗎？」

「不對，我只是想放鬆一下，但我似乎來錯地方了。」

「好吧，放輕鬆，今晚別惹麻煩。這些人可不是笨蛋，他們很清楚你對他們的想法，就算你不需要他們，我們可需要。」

我揮手向他敬禮。「我盡量，但你最好讓雷諾太太離我遠點，如果她再對著我扭屁股，我可是會去摸她一把的。」

「噓……！」他制止我，「她會聽到的。」

「噓……！」我同樣地回敬他，「對不起，我會乖乖坐在這個角落，免得擋住別人的路。」

我開始有些迷茫，但仍依稀感覺得出別人在瞪我。我猜自己一直在喃喃自語，而且過於大聲。我不記得說了些什麼。過了不久，我意識到賓客很不尋常地陸續提前告退。但我不很在意，直到尼姆出現在我面前。

「你他媽究竟自以為是誰，你怎麼能這麼囂張？我這輩子從來沒見過你這麼粗魯的人。」

我掙扎著起身。「哎，你為什麼說這種話呢？」

史特勞斯試著制止他，但他氣急敗壞、上氣不接下氣地嚷著：「我會這樣說，是因為你不知感恩，也不看場合。畢竟在很多方面，你就算不是虧欠我們，也是虧欠這些人。」

「從什麼時候開始，連天竺鼠也必須懂得感恩啦？」我大聲叫著，「我已經達成你們的目的，現在還努力解決你們的錯誤，你倒說說，我又怎麼會虧欠誰呢？」

史特勞斯趕緊上前要把我們分開，但尼姆阻止他。「且慢，我想聽聽，這是大家把話說清楚的時候了。」

「他喝太多了。」他太太說。

「沒那麼多，」尼姆哼聲說：「他說話還很清楚，我忍他很久了。他把我們的研究搞慘了……如果這還不算摧毀的話，現在我要從他自己的嘴裡聽聽他的理由。」

「噢，算了吧，」我說：「你不會真的想知道事實。」

「可是我真的想，查理。至少想聽你的版本，我想知道你是否感激大家為你做的這些事……你發展出的能力、學習到的知識，以及經歷的體驗。或是你認為你以前的生活過得更好？」

「在某方面，確實是。」

這句話讓他們震驚。

「過去幾個月我學到很多東西，」我說：「不只是關於查理・高登，也關於人和生命，而且我發現沒有人真的關心查理・高登，不管他是個白痴或天才。所以，這有什麼區別呢？」

「喔，」尼姆笑著說：「你在自憐自艾。你還能期望什麼呢？這實驗的目的是讓你變聰明，可不是要讓你受歡迎。我們可控制不了你的人格，而且你已經從一個討人喜歡的弱智年輕人，變成傲慢、自負、反社會的雜種。」

「親愛的教授，問題是你希望把一個人變聰明後，還可以繼續將他關在籠子，必要時搬出來展示，為你博取榮耀。但我可是個人哪！」

他非常生氣，我看得出他內心的掙扎，他既想結束爭吵，又想進而將我擊倒。「你的話完全不公平，你一向如此，你很清楚我們一直對你很好，努力為你設想一切。」

「設想一切，但就是不把我當人看。你一再宣稱我在接受實驗前什麼也不是，我知道為什麼。因為如果我什麼也不是，你就可以成為我的上帝和主人。你無時無刻憎恨我不知感恩，但信不信由你，我確實感激。然而，你為我做的事儘管美妙，你卻沒有權利可以像實驗動物一樣對待我。我現在是個獨立的個人，但查理在走進實驗室前，同樣也是獨立的個人。你看起來很驚訝！是的，突然間我們發現我一直是個人，即使以前也是，這對你的信念是一大挑戰，因為你認為智商低於一百的人不值得被當人看待。尼姆教授，我相信你看我的時候，你的良心會感到不安。」

「我聽夠了，」他打斷我的話，「你醉了。」

「啊，沒有，」我告訴他，「因為如果我醉了，你會看到一個和現在完全不一樣的查理・高登。沒錯，走進黑暗中的另一個查理仍然與我們同在，就在我身體裡面。」

「他已經昏頭了，」尼姆太太說：「他說得好像有兩個查理・高登似的，醫生，你最好注意一下他。」

史特勞斯醫生搖搖頭。「不，我知道他的意思，我們在最近的療程中談過。過去兩個月左右，他經歷了某種特殊的人格分裂。他曾在幾次經驗中，感知他接受實驗前的狀況……一個分離而獨立的個體仍在他的意識中活動，彷彿舊查理掙扎著想要控制他的身體……」

「不！我沒有這樣說！不是掙扎著想要控制，而是在等待。他從未想要接管，也從未試圖阻撓我想做的任何事。」然後，我突然想起愛麗絲，於是又修正一下說法，「好吧，應該說是幾乎從來沒有。你剛才談到的謙卑、低調的查理，只是耐心地等著。我承認我在很多方面和他相似，但不包括謙卑與低調。我知道這種人在這世界上吃不開。」

「你變得憤世嫉俗，」尼姆說：「你得到的機會對你沒有太大意義，你的才華已經摧毀你對世界與世人的信心。」

「這不全是真的，」我輕聲說：「但我學到光是智慧沒有太大意義。在你的大學裡，智慧、教育與知識都是大家崇拜的偶像。而我現在知道，你們一直忽略了某件事：如果沒有人性情感的調和，智慧與教育根本毫無價值。」

我從旁邊的餐櫃端了另一杯酒，然後繼續說教。

「不要誤解我的意思，」我說：「智慧是人類最偉大的恩賜之一，只是在追尋知識的過程中，對愛的追尋往往就被擱在一旁。這是我自己最近發現的結論。我可以把這個假設提供你參考：沒有能力給予和接受愛情的智慧，會促成心智與道德上的崩潰，形成神經官能症，甚至精神病。而且我還要說，只知專注在心智本身，以致排除人際關係並因此形成封閉的自我中心，只會導致暴力與痛苦。

「當我還是弱智的時候，我有許多朋友，現在卻半個也沒有。當然，我認識一些人，很多很多人，但沒有任何朋友，這和我在麵包店時的情況不同。世上沒有一個朋友對我有任何意義，我也不對世上的任何人有意義。」我發現我說的話變得含糊，頭有點輕飄飄。「這樣是不對的，對嗎？」我繼續撐著。「我的意思是說，你覺得如何？你認為這……這樣對嗎？」

史特勞斯走過來抓住我的手。

「查理，你最好躺一下，你喝太多了。」

「你……你們為什麼都這樣看我？我說錯了嗎？我什麼事說錯了？我並不想說些不對的話。」

我聽到我的話黏在嘴裡出不來，好像頭部被注射了麻醉藥。我醉了……完全不聽控制。在那個時刻，幾乎就在瞬間的轉換中，我已變成在餐廳走道上觀看這幕景象。我看到自己變成另一個查理……就在餐櫃旁，手裡拿著酒杯，眼睛睜得很大，一臉驚恐的模樣。

「我一直都想做對的事，我媽媽總是教我要對別人好，她說這樣你就不會惹上麻煩，而且會一直有很多朋友。」

而且，我看到他不斷抽動並扭曲身體，因為他得去上廁所。喔，天哪，千萬不要在他們面前出醜。「抱歉，」他說：「我得去……去……」然而，即在醉茫茫的麻痺情況下，我還是努力地讓他走離他們，朝洗手間移動。

他總算及時衝進洗手間，幾秒鐘後，我已重新掌控局面。我把臉靠在牆上休息，然後用冷水洗臉。雖然還是有點昏昏沉沉，但我知道不會有事了。

這時候，我看到查理從洗手台後的鏡子裡望著我。我不曉得為什麼會知道那是查理，而不是我。大概和他臉上遲鈍、疑惑的表情有關。他的眼睛大而驚恐，似乎只要我開口說個字，他就會轉身鑽進深藏在鏡中的世界。但他沒有逃跑，只是嘴開開地回瞪我，下巴鬆垮垮地懸著。

「哈囉，」我說：「你總算和我面對面了。」

他皺了一下眉，就那麼一下，似乎不懂我的意思，想要我解釋，但又不知如何開口要求。然後他放棄了，從嘴角擠出一個啼笑皆非的微笑。

「留在我前面不要動，」我嚷著，「我受夠了你躲在走廊或我抓不到的暗處偷窺。」

他瞪著我。

「你是誰，查理？」

他沒有答腔，只是微笑。

我點頭，他也跟著點頭。

「那你想要什麼嗎？」我問。

他聳聳肩。

「噢，拜託，」我說：「你一定是想要什麼，你一直在跟蹤我……」

他垂下目光，我也低頭看著手，想知道他在看什麼。「你想把這些要回去，對吧？你希望我離開這裡，然後你就可以回來，接收你留下的軀體。我不怪你，這是你的身體和頭腦……還有你的生活，雖然你用的並不多。我沒有權利奪走這些，誰都沒有權利。誰能說我的光明就比你的黑暗美好呢？我有什麼資格說呢？……

「但我要告訴你一些別的事，查理。」我站直身子，倒退著離開鏡子。「我不是你的朋友，我是你的敵人，我不會不經抗爭就放棄我的智慧。我不能回到那個洞穴，現在我已經沒有地方可去，查理。所以你必須離開，留在潛意識裡，那裡才是你該去的地方，別再到處跟著我。我不會放棄的……不管他們怎麼想。不管這有多寂寞，我都會留住他們給我的一切，為這個世界，還有像你一樣的許多人做些偉大的事。」

我轉身往外走時，感覺他正向我伸出手。但這整件該死的事都再愚蠢不過，我不過是喝醉了，而他就是我投射在鏡中的影像。

我走出來時，史特勞斯準備叫部計程車送我回去，但我堅持可以自己回去。我只是需要一些新鮮空氣，而且不想讓別人跟著我一起走，我要自己走出去。

我看到自己變成的真正模樣：尼姆已經說過了，我是個傲慢、自負的雜種。我和查理不同，我沒有結交朋友的能力，不懂為別人和他們的問題設想，我只對自己有興趣。在那鏡中的悠長片刻，我透過查理的眼睛看到自己……我低頭看自己，然後看到自己真正變成的模樣。我覺得羞恥。

幾小時後，我回到自己的公寓前面，我登上樓梯，走在燈光昏暗的走廊上。經過費伊的房間時，我看出裡面還點著燈，便朝她門口走去。正想敲門時，我聽到她在咯咯笑，以及一個男人陪笑的聲音。

這樣做有點太晚了。

我悄悄進了自己的房間，在黑暗中站了一段時間，既不敢動，也不敢打開燈。我只是站在那裡，感覺眼中的漩渦。

我是怎麼啦？為何老是孤零零地活在世界上。

清晨四點三十分——就在我昏昏欲睡時，答案找上了我。一切豁然開朗！所有東西都對了，我看到早該在一開始就發現的東西。不睡了，我必須回實驗室測試，再和電腦算出的結果比對。終於發現實驗的錯誤，我找到了。

現在，我會有什麼樣的下場呢？

8月26日

致尼姆教授的信函（複本）

親愛的尼姆教授：

我在另外的函件中，寄了一份研究報告給你，標題是「阿爾吉儂—高登效應：提升智慧的功能與結構研究」，如果你覺得合適，可以把報告出版。

如你所知，我的實驗已經完成。在研究報告的附錄裡，我收錄了所有公式以及資料的數學分析。當然，這些都還需要驗證。

結果十分明確。雖然我的智慧增強速度十分驚人，但仍舊掩蓋不了事實。你和史特勞斯醫生發展出的手術與注射技術，此刻在提升人類智慧上，只有很少或甚至沒有實際的應用可行性。

讓我們檢視阿爾吉儂的資料：儘管牠的身體仍舊年輕，但心智已經退化。牠的運動活力衰減，腺體功能普遍降低，協調機能加速喪失，而且有逐漸失憶的強烈跡象。

我在報告中已經指出，這些體能和心智衰減的綜合症狀，都可應用我的新公式算出統計上的重要結果，來加以預測。我和阿爾吉儂接受的手術刺激，雖然促成所有心智程序的強化與加速，但整體智慧增強的邏輯上擴延卻是個缺陷，我已自作主張把這個缺陷稱為「阿爾吉儂——高登效應」。此處證實的假設，可以下列術語簡單描述：

人工導入智慧衰減的速度，與增強的分量直接成正比。

只要我還有能力書寫，我會繼續在進步報告中記下我的想法和觀點。這是我僅有的孤獨樂趣之一，對這項研究的完整性也是不可或缺。然而，所有跡象顯示，我自己的心智衰減也會相當快速。

我已反覆核對自己的資料十幾次，希望找出其中的錯誤，但我必須很遺憾地說，結論站得住腳。然而，我還是很高興能為人類心靈的運作與人工增長智慧的控制法則知識，帶來一點小小的貢獻。

前幾天晚上史特勞斯醫生說過，實驗失敗雖然否定了某項理論，但對於知識的進步，仍然和成功的實驗一樣重要。我現在知道，這的確是事實。不過，我很遺憾自己對這個領域的貢獻，竟然是建立在這個團隊工作的灰燼之上，特別是大家已經為我費了這麼多心力。

誠摯的

查理・高登

附件：報告

副本：史特勞斯醫生

威伯格基金會

9月1日

我一定不能恐慌。很快就會出現情感不安與失憶的跡象，這是油盡燈枯的初步徵兆。我能在自己身上辨識出來嗎？我現在能做的，只是儘可能客觀記錄自己的心智狀態，因為這份心理學日記是這類報告的第一次，可能也是最後一次。

今天早上，尼姆請柏特把我的報告和統計數據送到哈爾斯敦大學，請這個領域的幾位頂尖人士檢驗我的公式應用和研究結果。整個上星期，他們一直讓柏特重複檢查我的試驗與方法圖表。其實，我大可不必為他們的謹慎而生氣。畢竟，我只是剛冒出來的查理，要尼姆接受我的研究已經超越他這個事實勢必十分困難。他對自己權威的神話已堅信不移，而我只是個局外人。

其實我已不再在乎他或別人對這件事的想法，時間已經不多。研究已經完成，資料數據俱在，剩下的只是靜觀我根據阿爾吉儂的數字精確推算的曲線，是否也會預告我的未來遭遇。

我把這消息告訴愛麗絲後，她哭著跑了出去。我一定得讓她相信，她沒有理由為這件事懷有罪惡感。

9月2日

一切都還不確定。我仍在明亮的白光中活動，圍繞著我的只有等待。我夢到獨自在一座山的峰頂，審視四周的大地，有綠有黃……太陽在正上方，我的身影被壓縮成腳邊四周的一個球形。太陽在午後的天空落下後，影子逐漸拉開，朝地平線延展，長長窄窄地，拖曳在我的身後……

我要在這裡重述已對史特勞斯醫生說過的話，沒有人必須在任何方面為發生的事受到責難。這項實驗經過審慎的準備，也對動物做過深入試驗，並在統計學上獲得證實。他們決定用我做第一次人體試驗時，有理由確信不會對人體造成傷害。心理上的陷阱則根本無法預先測知，我不希望任何人因為我的遭遇而承受罪過。

現在的唯一問題是：我還能撐多久？

9月15日

尼姆說我的研究結果已獲得確認。也就是說，實驗的瑕疵是關鍵性的，整個假設如今已站不住腳。這個問題也許有一天終能解決，但那個時刻尚未降臨。我建議在對動物的進一步研究能夠澄清所有問題之前，不要再用人體進行實驗。

我自己覺得，由酵素不平衡領域的研究者來推動，最有可能在這方面獲得成功。就像很多事物一樣，時間是個關鍵因素……找到缺陷的速度，還有控制荷爾蒙替換的速度。我很想協助這個領域的研究，也想參與找尋可用以局部控制腦部皮層的放射性同位素，但我現在知道，時間已經不允許。

9月17日

變得心不在焉。我把一些東西放在桌上，或收在實驗室的抽屜裡，可是找不到東西時，便會大發脾氣，對每個人發火。這是初步徵兆嗎？

阿爾吉儂兩天前死了。早上四點半，我在濱海區附近晃蕩後回到實驗室時，發現牠側躺在籠子的角落上，就像在睡夢中奔跑。

解剖結果顯示我的預測是正確的。和正常的腦比起來，阿爾吉儂的腦部重量已經萎縮，腦回大致變得平滑，腦溝則變得更深、更寬。

想到同樣的事此刻可能正在我身上發生，實在夠嚇人的。看到阿爾吉儂的遭遇，讓一切變得真實，我也第一次對未來存有恐懼。

我把阿爾吉儂的屍體放在一個小金屬容器裡帶回家，我不會讓他們把牠丟進焚化爐。這樣做有些愚蠢和傷感，但昨天深夜我把牠埋在後院。把一束野花放在墳上時，我哭了起來。

9月21日

我準備明天去馬克斯街拜訪母親。昨晚的一場夢引發連串回憶，照亮了一大片過去，但重要的是我必須在遺忘之前，趕緊記錄在紙上，因為我現在似乎很容易忘記東西。夢境和我母親有關，我現在比以往更想去了解她，想知道她是怎樣的人，為什麼她會有這樣的行為。我一定不能恨她。

在去看她之前，我必須先接受她，才不致有嚴酷或愚蠢的舉動。

9月27日

我應該立刻記下的，因為保持這項紀錄的完整很重要。

我三天前去看蘿絲。我終於強迫自己再向柏特借車子，我有些害怕，但我知道我必須去。

起初我抵達馬克斯街的時候，還以為走錯了路，因為和記憶中的景象完全不同。街道很髒，許多塊地上的房子已經拆掉，現在都空置著。人行道上有台沒門的廢棄冰箱，路邊有張舊床墊，彈簧已經從裡面鑽了出來。許多房子的窗上釘著木板，有些房子看起來有如拼湊搭建的棚屋，一點都不像住家。我把車子停在一條街外，再走路過來。

馬克斯街上沒有玩耍的小孩，這和我想像中到處都是小孩，而查理透過前窗觀看的畫面完全不一樣（奇怪的是，我記憶中的這條街多數都框在窗戶中，而我總是在窗內看著外面的孩子嬉戲）。但現在，只有一些老人站在陳舊的門廊陰影下。

走近房子時，我經歷了第二次驚嚇。我的母親穿著一件棕色舊毛衣站在屋子前面，雖是陰冷颼風的天氣，她仍彎著腰清洗一樓外面的窗戶。她隨時都在工作，好讓鄰居知道她是多盡責的太太與母親。

別人的想法永遠最重要，外表要比她自己或家人更優先，而且認為是理所當然。雖然麥特一再強調，別人對你的想法不是生活中唯一重要的事，但一點用也沒有。諾瑪必須穿得體面，房子裡必須有高雅的家具，查理也必須留在家裡，別人才不會知道他有什麼不對勁。

我停在大門口，看她挺直身子喘氣。看到她的面孔讓我開始顫抖，但那已不是我費盡力氣去回想的臉。她變白的頭髮中夾雜著鐵灰色髮絲，瘦削的臉頰佈滿皺紋，額頭上的汗珠閃閃發亮。她發現我在看她，回頭凝視著我。

我想移開目光，掉頭走回街上，但我不能退卻……特別是走了這麼遠一趟路之後。我可以只是問個路，假裝在陌生的街坊迷失了方向。看到她就已足夠。我卻只是呆站在那兒，等她先有動作，而她也只是站在那裡望著我。

「你需要什麼嗎？」她沙啞的聲音，仍是記憶走廊中無法磨滅的回響。

我張開嘴，但發不出聲音。我的嘴在動，我知道，也努力要和她交談，想說些話，因為在那個時刻，她的眼睛告訴我，她已經認出我。這絕不是我要她看到我的方式，不是這樣呆站在她面前，一句話也表達不出來。可是我的舌頭就像個巨大的路障，繼續堵在那裡，嘴裡則是全然的乾澀。

最後，總算發出一點聲音，卻不是我想說的話（我原先計畫要說些鼓舞、慰藉的話，準備三言兩語就消除所有的過去與痛苦，並迅速掌控局面），但從我乾裂的喉嚨迸出來的話卻只是：「媽……」

我學了那麼多知識，精通各種語言，面對站在門口凝視著我的她，能說出來的卻只是「媽……」就像飢渴的羔羊對著母羊的乳頭。

她用手臂拭去額頭的汗珠，然後對著我皺眉，好像看不清楚的樣子。我向前幾步，已經越過大門，進入步道，並靠近台階。她後退了幾步。

起初，我不太確定她是否真的認出我，然後她倒抽一口氣說：「查理……」沒有驚叫，也不是輕聲低語，而是倒抽一口氣的聲音，就像剛走出夢境。

「媽……」我開始登上台階，「是我……」

我的動作讓她受到驚嚇，她向後退，踢到裝著肥皂水的桶子，骯髒的肥皂水跟著沖下台階。「你在這裡做什麼？」

「我只是想看妳……跟妳說說話……」

我的舌頭依舊卡在嘴裡，發出的聲音變得很怪異，有著厚厚的哀鳴腔調，可能就是我很久以前的說話方式。「別走開，」我懇求道：「別從我身邊跑開。」

但她已走進前廳，然後關上門。過了一陣子，我可以看到她從門上小窗的白色透明窗簾後方窺視我，眼神中充滿恐懼。她的嘴唇在窗後無聲無息地動著。「走開！別煩我！」

為什麼？她為何這樣否定我？她有什麼權利趕我走？

「讓我進去！我要跟妳說話！」我使勁狠敲門上的玻璃，由於用力過猛，玻璃竟裂成網狀，還一度緊緊夾住我的皮膚。她一定以為我已經發瘋，是特地來傷害她的。她跑離大門，沿著走廊逃進房間裡。

我再次用力推門，門鉤鬆開了，我冷不防失去平衡，跌進前廳。我的手被敲破的玻璃割破流血，我一時不知道該怎麼辦，便把手插進口袋，免得血液沾到她剛刷洗過的地毯。

我開始向前走，走過我在夢魘中不時見到的階梯。我常在這漫長、狹窄的樓梯間被惡魔追著跑，它們抓住我的腳，要把我拖到地下室，我試著發出無聲的吶喊，因為被自己的舌頭噎住，靜默地發不出聲，就像華倫之家的啞巴男孩。

住在二樓的是房東先生與房東太太，邁爾斯夫婦對我一向很好，他們會給我糖果，讓我坐在廚房和他們的狗玩。我想看看他們，但不用別人告訴我，我也知道他們一定已經死了，那條路徑已永遠對我關閉。

在走廊盡頭，蘿絲逃進那道門後，已把門鎖住。我站在那裡遲疑了一陣子，不知道該怎麼辦。

「開門。」

但答腔的是隻小狗的尖聲狂吠，讓我嚇了一跳。

「好吧，」我說：「我不會傷害妳或怎樣，可是我老遠跑來，沒跟妳聊聊是不會離開的。如果妳不開門，我會硬闖進去的。」

我聽到她在說：「噓噓！拿皮……來，進去房間。」過了一會兒，我聽到開鎖的聲音，門打開後，她站在那裡瞪著我看。

「媽，」我柔聲說：「我不會對妳怎樣，我只是想跟妳談談。妳必須了解，我跟過去已經不一樣，我變了，我現在正常了。妳不了解嗎？我不再是弱智，也不是笨蛋。我跟大家一樣，就像妳、麥特還有諾瑪一樣。」

我試著不停說話，讓她不會再把門關上。我想一口氣把所有事情都告訴她，「他們改變了我，對我動手術，讓我變得不同，就像妳一直要我變成的樣子。妳沒在報上讀到這條新聞嗎？有項新的科學實驗可以改變人的智慧，我是他們實驗的第一個對象。妳不了解嗎？妳為什麼這樣看我？我現在變聰明了，比諾瑪、賀曼叔叔或麥特更聰明。我甚至知道一些大學教授不懂的東西。跟我說話呀！妳現在可以為我感到驕傲，也可以告訴所有鄰居。客人來的時候，妳不需要再把我藏在地下室。妳跟我說說話呀，跟我說些事情，就像我還是小孩的時候一樣，我要的只是這些。我不會傷害妳，也不會恨妳。但我必須了解自己，在還沒太遲之前，好好認識我自己。妳必須知道，除非我了解自己，否則不能成為一個完整的人，現在妳是世上唯一能幫助我的人。讓我進來，我們坐下好好聊聊。」

她聽得入迷，但那是因為我說話的方式，而不是話裡的內容。她只是站在門口盯著我看。我不知不覺把手抽出口袋，握著拳向她懇求。她看到我的手時，表情跟著軟化下來。

「你受傷了……」她未必是為我難過，因為她對撕裂腳爪的狗，或在打鬥中被抓傷的貓也會做同樣的事，而不是因為我是她的查理。

「進來洗乾淨，我有繃帶和碘酒。」

我跟著她來到裝有波紋滴水板的破水槽邊，每當我從後院進來，準備吃飯或上床前，她常就在這裡幫我洗手和臉。她看著我捲高袖子。「你不該打破玻璃的，房東會很生氣，我也沒有足夠的錢付修理費。」然後，她似乎對我清洗的方式不耐煩，便從我手上拿走肥皂，親自幫我洗手。她清洗時十分專注，我只能保持沉默，以免破壞氣氛。她的舌頭偶爾會發出咯咯聲，或嘆息著說：「查理呀，查理，你總是把自己弄得一團糟，你什麼時候才能學會照顧自己呢？」她似乎已退回到二十五年前，我還是她的小查理的往日時光，那時候的她，還會為我在世上的地位而奮戰。

她洗清血跡，再拿紙巾擦乾我的手後，抬起頭看我的臉，她的眼睛突然因為驚嚇而睜得圓滾滾地。「噢，天哪！」她倒抽一口氣，身體跟著後退。

我趕緊開始說話，輕柔地說服她相信，我不會做不該做的事，也不會傷害她。我說話時，可以看出她的神智已經恍惚。她心不在焉地環顧左右，把手放在嘴上，再看我時，嘆了口氣。「這間房子一團亂，」她說：「我沒料到會有客人來，你看那些玻璃，還有那裡的門框。」

「沒關係，媽，不用擔心這些。」

「我得再去給地板打蠟，必須把一切都弄乾淨。」她注意到門上的一些手印，便拿起毛巾去擦。她抬起頭發現我在看她時，皺了一下眉頭說：「你是來收電費的嗎？」我還來不及說不是，她已搖著指頭責怪說：「我本來打算這個月第一天就寄出支票，但我先生出城辦事去了。我告訴他們不用擔心錢的事，因為我女兒這星期就會付款，我們會付清所有帳單。所以，沒必要為錢操心。」

「她是妳唯一的孩子嗎？再沒有其他孩子了嗎？」

她吃了一驚，然後眼光望向遠方。「我還有個男孩。他聰明到讓所有母親嫉妒，她們在他身上放了兇眼，他們叫它IQ，但那是邪惡的IQ。如果不是因為這樣，他一定會成為了不起的人物。他真的很聰明……很不尋常，這是他們說的。他很可能變成天才……」

她拿起板刷。「對不起，我得去準備點東西，我女兒帶了位年輕人回來吃晚飯，我得把這地方整理乾淨。」她跪在地上，開始刷已經很光亮的地板，沒再抬頭看。

她開始喃喃自語，而我坐在廚房餐桌旁。我要等她清醒過來，等到她認出我，了解我是誰為止。除非她認出我是她的查理，我不能離開，這件事總得有人了解。

她開始哀傷地對自己哼歌，然後突然停下，抹布懸在水桶與地板之間，彷彿突然意識到我就在她後面。

她轉過身，那張臉看起來很疲憊，但眼睛閃閃發亮，她歪著頭說：「這怎麼可能？我不懂，他們告訴我，你永遠不會改變。」

「他們對我做了手術，讓我改變。我現在成名了，全世界都知道我。我現在很聰明，媽。我會讀會寫，我還能夠……」

「感謝上帝，」她輕聲說：「我的禱告應驗了……這些年來，我以為祂從來沒聽進我的祈禱，但祂確實一直在聽，只是等待適當的時機來實現祂的意志。」

她用圍裙擦臉，我伸手摟住她時，她在我肩上放聲哭泣。這時，所有痛苦都已一掃而光，我很高興跑了這一趟。

「我得告訴每一個人，」她微笑說著：「要讓學校的每一位老師知道。噢，你且等著看他們知道這件事情後臉上的表情。還有鄰居，還有賀曼叔叔，他一定很高興。等你爸爸回來，還有你妹妹，喔，她看到你一定會樂壞了。你想不到的。」

她擁抱我，興奮地說話，盤算我們要一起度過的新生活計畫。我沒有勇氣提醒她，我童年時的老師多數已離開這所學校，鄰居早就搬走，賀曼叔叔很多年前就已過世，爸爸也已離開她。這些年的夢魘已經夠痛苦了，我只想看到她微笑，並知道我才是能讓她快樂的人。在我的生命中，我第一次讓她的嘴唇綻開笑容。

過了一會兒，她若有所思地停下，好像記起什麼事情似的，我感覺她的神智又要開始恍惚。「不！」我大聲嚷著，把她嚇回到現實中，「等等，媽！還有一件事，在我離開前，我有件東西要給妳。」

「離開？你現在不能走。」

「我必須離開，媽。我還有事要做，但我會寫信，也會寄錢給妳。」

「但你什麼時候會再回來？」

「我不知道……還不清楚。但是我走之前，我要留下這個給妳。」

「一本雜誌？」

「不完全是，那是我寫的一篇科學報告，非常專業。妳看，標題就叫阿爾吉儂——高登效應。這是我發現的東西，所以有一部分用我的名字命名。我要妳留下一份報告，這樣妳就可以告訴別人，妳兒子其實不是笨蛋。」

她收下後，以敬畏的眼光看著雜誌。「這是……這是你的名字。我就知道會這樣，我一直都說總有一天會發生的。我試過一切辦法，你那時候太小，不會記得了，但我試過。我告訴他們，你有一天會上大學，成為專業人士，並在世界上帶來你的貢獻。他們都笑我，但我已經告訴他們。」

她含淚對我微笑，但過了一會兒就不再看我。她拾起抹布，開始擦洗廚房四周的門框，一面哼歌……更快樂地，我想……好像在夢中一樣。

狗兒又開始吠叫，前門打開又關上，一個聲音叫著：「好啦，拿皮，好啦，是我。」小狗興奮地對著臥室的門跳躍。

我很生氣被困在這裡，我不想見到諾瑪。我們對彼此沒什麼話可說，我不想讓這趟造訪遭到破壞。但這裡沒有後門，唯一的出路只能從窗戶爬進後院，再翻過圍籬出去，但別人一定會以為我是小偷。

我聽到她的鑰匙在門中轉動的聲音，我輕聲對母親說……不知道為什麼……「諾瑪回來了。」我輕觸她的手臂，但她沒聽到我的話，她太專心於邊哼歌邊擦洗門框。

門打開了，諾瑪看到我時皺了一下眉頭。剛開始她沒認出我，房間裡有點昏暗，燈也沒打開。她放下抱著的購物袋，然後開燈。「你是誰呀？……」但我還沒回答，她已經用手掩著嘴，踉蹌後退靠在牆上。

「查理！」她和母親一樣，倒抽一口氣說。她和母親以前的模樣很像，纖細、分明的輪廓，小鳥依人般可愛。「查理！我的天哪，這真是大驚奇！你應該跟我們聯絡，讓我有點心理準備。你應該先打個電話。我不知道該說些什麼……」她看著我們的母親，她坐在水槽邊的地板上。「她還好嗎？你沒嚇著她吧……」

「她神智清楚了一陣子，我們簡單談了一會兒。」

「我很高興，她最近不太記得事情。年紀大，老糊塗了。波特曼醫生要我送她進療養院，但我辦不到，我無法忍受把她送去那種機構。」她打開臥室的門，讓狗兒出去，狗兒高興地又跳又叫時，她把狗兒抓起來抱在身上。「我沒辦法對自己的母親做這種事。」然後，她有些猶疑地對我微笑。「哇，真讓人驚喜，我作夢都想不到。讓我好好看一下你，如果在街上，我一定認不出你。變得太多了。」她嘆息道：「真高興見到你，查理。」

「真的嗎？我以為妳再也不想見到我。」

「啊，查理！」她抓住我的手。「別這麼說，我真的很高興見到你。我一直等著要見你。自從我讀到你在芝加哥出走的報導後，就知道總有一天你會回來，只是不知道什麼時候。」她往後拉開身子，抬頭看著我。「你不知道我有多想你，猜你到底去了哪裡，都在做什麼。直到那位教授到這裡來……那是什麼時候的事啦？三月嗎？才七個月前？……我本來不知道你還活著，媽告訴我你死在華倫之家。這些年來，我一直相信她說的。他們告訴我你還活著，而他們需要你來做實驗時，我不知道該怎麼辦。那位什麼教授的……尼姆，那是他的名字嗎？他不讓我見你，擔心在手術前見面會讓你驚慌。當我在報紙上讀到手術成功，而你變成天才時……天哪！……你不知道我讀到這則報導時的感受。

「我告訴辦公室所有同事，還有橋牌社的所有女生。我拿你在報上的照片給他們看，告訴他們有一天你會回來這裡看我們。現在你回來了，真的回來了，你沒忘記我們。」

她再次抱我。「喔，查理，查理……突然發現自己有個大哥真是太好了。這是你想像不到的事。坐下來，讓我幫你弄點吃的。你要把這件事從頭到尾告訴我，還有你將來的計畫，我……我不知道從何問起？我看起來一定很好笑，就像突然發現自己的哥哥是英雄或電影明星的小女生一樣。」

我有些糊塗了。我沒料到會得到諾瑪的熱烈歡迎。我從未想過這麼多年來和母親單獨相處會讓她有所改變。然而，這其實是不可避免的。她早已不是我記憶中被慣壞的小孩，她已經長大，變得親切、體貼、重感情。

我們聊個不停。諷刺的是，我們兄妹兩人聊到母親時，口氣就像她不在現場，但其實她就在房間裡。每次諾瑪說到她和母親如何過活，我都會看看蘿絲有沒有在聽，但她只是沉浸在自己的世界中，好像並不了解我們的語言，或是這些已和她毫不相干。她像幽靈一樣在廚房四處遊走，自個兒撿起東西放好，絲毫沒來干擾我們。這情景真夠嚇人。

我看到諾瑪在餵狗。「所以，妳終於得到牠了。拿皮……這是拿破崙的簡稱吧，不是嗎？」

她坐直身子，皺著眉問道：「你怎麼知道？」

我向她解釋我的記憶：她帶著成績單回家，希望得到一條狗當獎勵，以及麥特不允許的經過。我說這件事時，她的眉頭也鎖得更深。

「我一點都不記得了。噢，查理，我對你真的那麼壞嗎？」

「有件讓我很好奇的記憶，我不確定究竟是記憶、夢境，或只是自己編出來的東西。這是我們最後一次像朋友一樣一起玩。我們在地下室玩遊戲，頭上載著燈罩假裝是中國苦力，並在舊床墊上跳高跳低。那時候妳大概七或八歲，我大概十三歲。我記得妳被彈出床墊，撞到牆壁。不是撞得很厲害，就只是碰了一下，但爸媽都衝下來看，因為妳叫得很兇，還說我想殺妳。

「媽怪麥特沒看好我，讓我們兩個單獨玩在一起，她拿了條皮帶抽我，打得我幾乎昏迷。妳記得這件事嗎？事情真的是這樣嗎？」

諾瑪對我描述的回憶聽得十分入迷，好像她沉睡中的畫面也跟著被喚醒。「這些事已經很模糊了，我還以為那是我的夢，但我記得我們戴著燈罩在床墊上跳上跳下。」她凝視窗外。「我那時候很恨你，因為他們一直為你煩惱。爸媽從來沒有因為你沒寫作業，或是考試成績不好打你屁股。你大多時候沒去上課，一直在玩，而我卻得去學校上些難得要命的課。噢，我那時候真恨你。在學校的時候，同學會在黑板上塗鴉，他們畫了個頭上戴著笨蛋紙帽的男孩，底下還寫著：『諾瑪的哥哥』。他們還在校園走廊上畫了些東西……白痴的妹妹與笨蛋高登家族。有一天，我沒被邀請參加艾蜜麗・雷斯金的生日派對，我知道這都是因為你的關係。所以，當我們戴著燈罩在地下室玩，我就找機會出氣。」她開始哭泣。「所以，我編了謊話說你傷害我，噢，查理，我好傻……我是被寵壞的孩子，我真可恥……」

「別怪自己，面對其他孩子的作弄一定很痛苦。對我來說，廚房就是我的世界……還有那個房間。只要這裡是安全的，其他的都不重要。但妳卻得面對外面的世界。」

「他們為什麼把你送走？查理。你為什麼不能留在家裡，跟我們一起生活？我一直對這件事覺得奇怪，每次我問媽，她都說這是為你好。」

「在某方面來看，她是對的。」

她搖搖頭。「她是因為我才把你送走嗎？噢，查理，為什麼會是這樣？為什麼這種事都發生在我們身上？」

我不知道該怎麼告訴她。我也希望能告訴她，我們就像希臘神話中的阿特洛伊斯

（Atreus）家族或卡德穆斯（Cadmus）❻一樣，是為了我們祖先的罪惡，或是為了實現古希臘的某個神諭而受苦。但我沒有答案可以給她，或是給我自己。

「這些都過去了，」我說：「我很高興再次跟妳見面，這讓事情容易多了。」她突然抓住我的手。「查理，你不知道這些年來跟她一起生活，我是怎麼過的。這間房子、這條街，還有我的工作，一切都像惡夢一樣。每天回到家，我都懷疑她是否還在這裡，是否弄傷了自己，也為自己這種想法而有罪惡感。」

我站起來，讓她把頭倚在我肩上哭泣。「噢，查理，我真高興你回來了，我們需要可以倚靠的人，我好疲倦……」

我曾經夢想過這種時刻，此刻雖身歷其境，但有什麼用呢？我不能把自己即將面對的遭遇告訴她，而且，我能夠接受這種出於虛假前提的親情嗎？如果我還是以前那個弱智、需要倚賴別人的查理，她勢必會以不同方式和我說話。所以，我現在有什麼權利可以要求呢？我的面具很快就會被撕掉。

「不要哭，船到橋頭自然直，」我聽到自己說出這些陳腔濫調，「我會盡量照顧妳們兩個。我存了點錢，加上基金會給我的費用，可以定期寄錢給妳們……至少一段時間。」

「但你不會離開吧？你現在必須跟我們在一起……」

「我還得外出旅行一陣子，做些研究、發表演說，但我會試著回來探望妳們。好好照顧她，她經歷過不少風浪，我會儘可能幫助妳們。」

「查理！不，不要走！」她緊抓著我，「我很害怕！」

這是我一直想扮演的角色……大哥哥。

就在這時，我注意到一直靜靜坐在角落的蘿絲正盯著我們看。她的眼睛睜得大大的，身子前傾靠在椅子前緣，她的姿態讓我想起一隻蓄勢俯衝的蒼鷹。我把諾瑪推離我身上，但還沒說什麼，蘿絲就已經站起來。她從桌上拿起一把菜刀指著我。

「你對她做了什麼？離她遠遠的！我告訴過你，如果再逮到你碰你妹妹，我會怎麼修理你。你這骯髒鬼！你不是正常人！」

我們兩個都被嚇得往後跳開，更瘋狂的是，我竟然有罪惡感，彷彿我做了什麼壞事被逮到，而且我知道諾瑪也有同樣的感覺。似乎母親的指控真有其事，我們正在做什麼骯髒事。

諾瑪對她大叫：「媽！把刀放下！」

看到蘿絲拿著刀站在那裡，讓我回想起那一晚她強迫麥特帶我離開的景象。她現在正重新經歷那一幕。我無法開口或移動，覺得全身一陣噁心，肢體緊張僵直，耳中有許多聲音嗚響，胃不停地糾結拉扯，好像要從體內撕裂開來。

❻希臘神話中，阿特洛伊斯家族因歷代犯下父母殺害子女、藐視神明以及妻子殺害丈夫等罪行而屢遭天譴。相關故事可見包含《阿格曼儂》、《奠祭者》與《復仇女神》的「奧瑞斯提亞三部典」。而卡德穆斯是腓尼基國王之子，因公主歐羅芭被天神宙斯擄走，國王命諸子外出尋找，否則不得回國。卡德穆斯由於聽從太陽神阿波羅之言放棄尋找，不再回國，在底比斯城建立國家。但由於背叛父親，使他的後代發生多起母子、父子、夫妻間相殘的命運折磨。著名悲劇「伊底帕斯」即為其中之一。

她手上有把刀，愛麗絲也有刀，我父親有把刀，史特勞斯醫生也有把刀……

所幸諾瑪的神智還很清楚，她拿走她的刀，但未能消除蘿絲眼中的恐懼，她繼續對我大吼。「趕他出去！他不能帶著色迷迷的心思看妹妹！」

蘿絲吼叫著，跌坐在椅子上哭泣。

我不知道該說什麼，諾瑪也一樣。我們都覺得很尷尬，現在她知道我為什麼被送走了。

我懷疑我曾做過什麼事，讓母親有如此驚恐的理由。我沒有相關的記憶，但我如何確定在我受盡折磨的良知障礙背後，沒有一些遭到壓抑的可怕念頭呢？在那些密閉通道，不通的死巷之外，是我無法掌握的領域。也許我永遠不會知道，但不論事實如何，我都不能因為蘿絲保護諾瑪而恨她，我必須了解她的觀點。除非我能原諒她，否則我將一無所有。

諾瑪激動得直發抖。

「放輕鬆，」我說：「媽不知道自己在做什麼。她不是對我發飆，而是對以前的查理吼叫。她擔心他或許會對妳做出不好的舉動，我不能因為她想保護妳而怪她。但我們現在別去想這件事，因為他已經永遠離開了，不是嗎？」

她沒在聽我說話，臉上的表情如同正在作夢。「我剛才經歷了一種很奇怪的體驗，好像某件事發生時，你覺得自己知道這件事即將發生，因為以前就已經用同樣的方式發生過，你現在只是看著事情重新展開……」

「這是大家常有的經驗。」

她搖搖頭。「剛才看到她拿刀的時候，我覺得就像我很久以前作過的夢。」

我沒必要告訴她，在她還是個小女孩時，那一晚她一定曾被吵醒，並從自己的房間裡看到整件事的經過。那些景象遭到壓抑扭曲，直到她以為那只是自己的幻想。我沒有理由讓這件事實加重她的負擔，在未來的日子裡，和母親一起生活就已經夠她難過了。我很樂意承接她肩上的重擔與痛苦，但開始一件我無法完成的事是沒有意義的。我有自己的苦難要面對，想要阻止知識的流沙穿過我心中的沙漏消失，是不可能的事。

「我得走了，」我說：「好好照顧自己，還有她。」我握緊她的手。我走出去時，拿破崙對著我吠。

我儘可能強忍著，但一走到街上，我就再也忍不住了。要記下這件事很難，但在走回停車處的路上，我像個小孩似的痛哭，路人都盯著我看。我壓抑不住，也不在乎。

走在路上時，一首童謠的可笑歌詞反覆在我腦中敲擊，並一直伴著嗡嗡的噪音節奏升高：

三隻瞎眼的老鼠……三隻瞎眼的老鼠，
看牠們跑得多麼快！看牠們跑得多麼快！
牠們都在追趕農夫的太太，
她用切肉刀切掉牠們的尾巴，
你可曾見過這樣的景象，

三隻……瞎眼的……老鼠？

我試著摀上耳朵，但沒有用，有一次我轉頭看那房子與門廊，看到一個男孩盯著我看，臉頰緊貼著窗格上的玻璃。

進步報告——17

10月3日

急速惡化。萌生自殺念頭，想趁著還能掌控，也感覺得到周遭一切時做個了結。然後，我想到在窗邊等待的查理。我無權拋棄他的生命，我只是借用一段時間，現在我被要求歸還。

我必須記得，我是唯一有這種遭遇的人。只要我還能夠，就必須記下我的想法和感受。這些進步報告是查理・高登對人類的貢獻。我變得焦躁易怒，因為在深夜把音響開得太大聲，已經和大樓裡的人吵過幾次。自從我不再彈鋼琴以來，我就常常這樣。一直把音響開著是不對的，但我這樣做是為了讓自己保持清醒。我知道我應該睡覺，但我想抓住清醒的每一秒鐘。不只是害怕夢魘，我也害怕失去控制。

我告訴自己，當一切都變暗，我就會有足夠時間可以大睡特睡。

住在我樓下公寓的維諾先生，以前從來沒有抗議過，但他現在經常敲打水管或他住處的屋頂，好讓我聽到我腳下的敲擊聲。起初我不理他，但昨晚他穿著浴袍上來。我們大吵一架，我當著他的面把門甩上。一小時後，他帶著一位警察回來，警察說我不能在清晨四點鐘把音樂開得這麼大聲。維諾臉上的笑容讓我十分憤怒，我必須費盡力氣才能忍住不揮拳揍他。他們離開後，我搗毀所有唱片和唱機，我一直在欺騙自己，我早已不再喜歡這類音樂。

10月4日

這是我有過最奇怪的治療。史特勞斯很難過，他也沒料到會變成這樣。這應該算是種心理經驗或幻覺，我不敢稱之為記憶，我不想加以說明或詮釋，只是記下事情發生的經過。

我到他辦公室時，已經處於很敏感的狀態，但他假裝什麼事都沒發生。我立刻躺在長沙發上，他則和往常一樣，坐在我身後一側，剛好是我看不見的地方，等我開始慣有的儀式，把胸中累積的怨恨宣洩出來。

我抬頭往後瞄了一眼。他看起來疲備而鬆弛，多少讓我想起坐在理髮椅上等待客人的麥特。我告訴史特勞斯這個聯想，他點點頭等我繼續說下去。

「你也在等客人嗎？」我說：「你應該把這張沙發設計得像理髮椅一樣，你需要他們自由聯想時，就把病人放平，就像理髮師為客人塗肥皂泡一樣。等五十分鐘過後，你再把椅子往前推正，並交給病人一面鏡子，讓他看看你為他的心靈修過臉後，他的外表變成什麼模樣。」

他沒有回答，但我雖然對自己糟蹋他的方式覺得丟臉，卻停不下來。「以後，你的病人每次來時，就可以說『把我的焦慮頂部剪掉一些，拜託』，或是『如果你不介意，別把我的超我修得太短』。他甚至可以進來要些雞蛋（egg）洗髮精……啊，我是說自我（ego）洗髮精。啊哈，你注意到我說溜嘴了嗎？醫生。請務必記下來，我把自我洗髮精說成雞蛋洗髮精，egg…… ego……的拼字很接近，不是嗎？這是否表示我想洗淨自己的罪惡？想獲得重生？這是洗禮的象徵嗎？或是我們修臉修得太短了？一個白痴（idiot）還會有本我（id）嗎？」

我在等待他的反應，但他只是挪了一下椅子。

「你還醒著嗎？」我問。

「我有在聽，查理。」

「只是聽？你都不會生氣嗎？」

「你為什麼希望我對你生氣？」

我嘆了口氣。「冷淡的史特勞斯……無動於衷。讓我告訴你一件事，我已經受夠了來這裡。這項心理治療還有什麼意義？你我都知道再來會發生什麼事。」

「但我以為你不想停止，」他說：「你還想繼續，不是嗎？」

「這太蠢了，只是徒然浪費你我的時間。」

拖力。

這讓我生氣，我要擺脫。但在與宇宙融合的邊緣，我聽到意識分水嶺四周的低語，那看似輕微的拉扯，把我拉回下面有限與平凡的世界。

隨著波浪的消退，我擴張的靈魂也緩緩縮回地面……我並非心甘情願，因為我寧可迷失自己，卻已被下面的力量拉回，回到自己的體內。僅僅片刻間，我已再次回到沙發上，把意識的指頭伸進軀體的手套中。如果想要，我知道我已能移動指頭或眨眼，但我不想動，我不要移動！

我等待著，被動地對這莫名的經驗保持開放。查理不要我突破心靈的上層簾幕，他不要我知道外在的世界是什麼。

他害怕見到上帝嗎？

或是害怕什麼也見不到？

我躺在那裡等待，在那個時刻，我已回到自己的身體，並再次失去身體的所有感覺與知覺。查理正拖著我回到自己體內。我向內凝望那視而不見的眼睛中央，盯著那轉變成多瓣花朵的紅點……那朵深藏在潛意識核心內閃爍、旋轉，並發著冷光的花。

我逐漸萎縮。但不是說體內的原子變得更緊、更密，而是一種融合……我自己的原子融成一個微小的宇宙。那裡會有高熱與難忍的光芒……地獄中的地獄……但我不會注視那光芒，只會看著那既不增殖、也不分解的花朵，看著它從多融合為一。閃爍的花朵在片刻間轉變成繞著繩子旋轉的金盤，然後又變成旋轉的彩虹泡沫，最後我回到寧靜黑暗的洞穴，在潮濕的迷宮中游泳，尋找一個接受我……擁抱我……並將我吸收到他自身之內的人。

這樣我才能夠開始。

我在核心中又看到光芒，是許多最黑暗洞穴中的一個開口，微小而遙遠……像是從望遠鏡的末端看進去……燦爛、刺眼、閃爍，我也再次看到多瓣的花朵（旋轉的蓮花……浮在潛意識的入口附近）。如果我膽敢回去，能夠穿過洞穴，直到光芒彼端的洞窟，我將會在洞穴入口處找到答案。

還不是時候！

我害怕。不是恐懼生命，或死亡，或是虛無，而是害怕虛擲生命，好像我從來不曾存在過似的。而且，我開始走向洞口時，感覺到來自四周的壓力，就像洶湧的波濤，不斷把我推向洞穴的開口。

洞口太小了！我穿不過去！

突然間，我被一次又一次猛擲到牆上，並強迫穿過洞穴開口，那裡的強光幾乎要刺穿眼睛。於是，我知道我將突破外殼，進到那神聖的光芒中。但那不是我所能夠承受。從來不曾有過的痛苦、冰冷、噁心，以及像有一千隻翅膀在頭頂拍打的嗡嗡鳴響。我睜開眼，但被強烈的光芒刺痛。我揮擊著空氣、顫抖，並尖叫。

我被一隻粗暴的手搖動喚醒。是史特勞斯醫生的手。

我看著他的眼睛。「感謝上帝，」他說：「你讓我很擔心。」

我搖搖頭說：「我沒事。」

「我想今天這樣就夠了。」

我站起來搖動一下身體，以恢復視野。房間似乎變得很小。「不只是今天，」我說：

「我想我不會再回來治療，我再也不要了。」

他有些沮喪，但未試圖說服我改變心意。我拿起帽子和外套，然後離開。

而現在……在火焰背後的壁架上，柏拉圖說過的話在陰影中嘲笑我：

「……洞穴中的人會這樣說他，他攀高又爬低，但都用不著眼睛……」

10月5日

坐下來打這些報告很困難，而且少了錄音機，我根本無法思考。我大部分時間都在拖延，但我知道這件事很重要，我必須完成。我告訴自己，除非坐下來寫點東西……任何東西都好，否則我不吃晚餐。

尼姆教授今天早上又找我去。他要我去實驗室做些測驗，以前做過的那些。起初我覺得這樣也是對的，畢竟他們仍在付我錢，而且保持紀錄的完整很重要。但我到畢克曼大學和柏特做了測驗後，便知道這已不是我能承受。

起初是以紙和鉛筆做的迷宮測驗。我還記得剛學會如何快速完成，以及和阿爾吉儂比賽的情況，我感覺得出，我現在需要更長時間才能完成。柏特伸出手要拿紙時，我卻把紙撕碎，丟進字紙簍。

「夠了，我受夠了迷宮。我現在已經走到死巷，再沒什麼好做的了。」

他擔心我會跑走，所以努力安撫我。「沒關係，查理，放輕鬆就好。」

「你說放輕鬆是什麼意思？你根本不知道那是什麼情況。」

「我確實不知道，但我可以想像，我們對這件事都很難過。」

「留著你的同情吧，只要放過我就好。」

他很尷尬，然而我了解這不是他的錯，我對他的態度太惡劣了。「對不起，我不該對你發作，」我說：「你過得如何，論文完成了嗎？」

他點點頭。「目前已在重新打字，我二月就能拿到博士學位。」

「好傢伙。」我拍拍他的肩膀，好讓他知道我沒對他生氣。「繼續加油，沒什麼東西比得上教育。忘了我剛才的話，我會做你要求的任何事，但就是不再跑迷宮。」

「好吧，尼姆希望做一次羅沙哈測驗。」

「他想看看深處底下出了什麼問題？他期待能發現什麼呢？」

我大概看起來很沮喪，因為柏特已開始退縮。「我們不一定得做，你是自願來的，如果你不想做的話……」

「沒關係，就做吧。你可以發卡片了，但別把你發現的結果告訴我。」

事實上也沒有必要。

我對羅沙哈圖形測驗的了解已經夠多，知道關鍵不在於你從卡片上看到什麼，而在於你對圖形的反應。圖形有完整的，有局部的，有動作或靜止的，看你是否會特別注意彩色墨點，或加以忽視，會提出特別的觀點，或只是些普通的答覆。

「這沒什麼用，」我說：「我知道你在找什麼，也知道我該要有什麼反應，以創造出我心靈狀態的景象。我只需要……」

他抬頭看我，等我說下去。

「我只需要……」

然後，我有如腦袋一側挨了一拳，竟然記不起必須做什麼。那種情況就像我一直清楚看到心靈黑板上呈現的東西，但當靠近想讀個究竟時，一部分的內容已被擦掉，剩下的部分卻拼湊不出意義。

起初，我拒絕相信。我恐慌地檢視所有卡片，但因為太過倉卒，竟然說不出話來。我很想把墨跡撕裂，好讓答案顯現出來。有些墨跡的答案，我片刻之前還知道得很清楚。不是真的存在墨跡之中，而是在我的思維裡，能讓我賦予圖形意義和形式，表達出我對它們的想法。

然而，我做不出來，我記不得必須說什麼。所有東西都消失了。

「那是個女人……」我說：「……跪在地上刷地板。我的意思是……不……那是個男人拿著刀子。」即使在說這些話時，我也知道自己想說的是什麼，所以我轉移話題，轉向另一個方向。「兩個人在為某件東西爭吵……似乎是個玩偶……一人拉一邊，東西好像快被拉壞了，而且……不！……應該是兩張臉隔著窗戶互相凝視對方，然後……」

我推開桌上的卡片站起來。

「夠了，我再也不要做測驗了！」

「好吧，查理，今天就到此為止。」

「不只是今天，我不會再回來這裡。不管我身上還有什麼是你們需要的，你們都可以從進步報告中得到。我不再跑迷宮，不再是天竺鼠。我做夠了，現在我希望不要再被打擾。」

「好的，查理，我了解。」

「不，你不了解，因為這沒發生在你身上，除了我自己，沒有人能夠了解。我沒有怪你。你有你的工作要做，有博士學位要拿，而且……喔，是的，別告訴我，我知道你主要是基於對人性的愛而投入這項實驗，但你仍然有你的生活可過，我們並不屬於相同層級。我在往上攀升時經過你的樓層，現在我在下降途中再次經過，但我想我不會再搭這部升降梯。所以，此時此刻就讓我們相互道別。」

「你不覺得應該告訴史特勞斯醫生……」

「幫我向大家道別，好嗎？我不想再面對他們當中的任何人。」

我不讓他有機會多說或阻止我，就逕自走出實驗室。我搭電梯下樓，最後一次走出畢克曼大學。

10月7日

史特勞斯今天早上想再和我見面，但我不願開門，現在我要獨處。

當你拿起一本幾個月前還讀得很高興的書，如今卻發現內容已完全記不得，那種感覺實在怪異。我記得密爾頓曾帶給我很大快樂，但現在翻開《失樂園》，卻只記得這是關於亞當、夏娃與知識樹的故事，而現在我已無法了解其中的意義。

我站起來，然後閉上眼睛，我看到六、七歲時的查理……我自己，捧著一本書坐在餐桌旁，試著要唸書，一次又一次說著那些字，母親坐在他旁邊，我的旁邊……

「再試一次。」

「看傑克，看傑克跑，看傑克看。」

「不對！不是看傑克看，是跑，傑克跑！」她用粗糙、結繭的指頭比著。

「看傑克，看傑克跑，跑傑看。」
「不對！你不用心，再試一次！」
再試一次……再試一次……再試一次……
「放過孩子吧，妳把他嚇壞了。」
「他必須學，他太懶了，一點都不專心。」
跑傑克看……跑傑克跑……跑傑克跑……跑傑克跑……
「他比其他孩子遲鈍，給他點時間。」
「他很正常，沒什麼不對勁，只是太懶，我會打到他肯學為止。」
跑傑克跑……跑傑克跑……跑傑克跑……跑傑克跑……

然後，從桌面上抬起目光時，我似乎經由查理的眼睛看到自己捧著《失樂園》，我發現自己兩手太過用力，竟讓書的裝訂處就快裂開，彷彿我想把書撕成兩半。我弄破了書脊，又撕下幾頁丟在地上，再把書扔到房間角落，和破碎的唱片丟在一起。我讓書躺在那裡，缺頁的書本像咧著嘴在笑我讀不懂書中的意思。

我一定得把一些學過的東西抓牢。拜託，上帝，別把所有東西都收回去。

10月10日

我通常會在夜裡外出散步，在城裡四處遊蕩。我不知道為什麼。我猜是為了看更多面孔吧。昨晚，我不記得我住哪裡，一位警察帶我回家。我有種奇怪的感覺，似乎這種事以前經常發生在我身上……很久以前。我本來不想寫下來，但我不斷提醒自己，這世界上唯有我能夠描述這種事發生時的情況。

我不是在步行，而是在空間中飄移，不是明確、俐落地，而像有一片灰色的膠捲鋪在所有事物上。我知道自己正面臨什麼狀況，但完全無法可想。我不斷走路，或只是站在人行道上看著路過的人。有些人會朝我看，有些人不會，但沒有人開口和我說話……除了有一晚，一個男人走向前問我要不要女人。他帶我去個地方，他向我先要了十塊錢，我給了他，但他再也沒有回來。

然後我想起來，我原來是個大笨蛋。

10月11日

今早回到住處的時候，我發現愛麗絲躺在沙發上睡覺。房間整理得很乾淨，起初我以為走錯公寓，然後看到她沒去碰角落那堆摔壞的唱片和撕碎的書或樂譜。開門的嘎吱聲把她喚醒，然後看著我。

「嗨，」她笑著說：「你真是夜貓子。」

「不是夜貓子，是渡渡鳥，一隻愚蠢的渡渡鳥。妳怎麼進來的？」

「從費伊房間的防火梯。我打電話給她，想知道你的狀況。她說她很擔心，因為你的舉止很怪異，引起許多騷亂。所以，我決定現在是我該出現的時候。我整理了一下房間，我想你不介意吧。」

「我的確介意……非常。我不想看到四周有人為我難過。」

她走到鏡子前梳理頭髮。「我來這裡不是因為同情你，而是因為我為自己難過。」

「那是什麼意思？」

「沒什麼意思，」她聳聳肩，「只是……就像一首詩，我想看你。」

「動物園沒開嗎？」

「噢，別這樣，查理。不要把我推開，我等你等得太久了，決定自己來找你。」

「為什麼？」

「因為還有時間，我要和你一起度過。」

「這是一首歌嗎？」

「查理，不要笑我。」

「我不是在嘲笑，但我無法忍受和別人一起度過我的時間……我的時間只夠我自己用。」

「我不相信你想要完全地孤獨。」

「我的確想。」

「在失去接觸之前，我們曾經短暫地在一起。我們有過一些話可談，也有一起做過一些事。雖然時間不是很長，但畢竟有過。我們都知道這種情況或許會發生，這不是秘密。我不曾離開，查理，我只是一直在等待。你現在大約又回到我的水準了，不是嗎？」

我激動地在房間裡來回踱著。「這太瘋狂了，我毫無前景可言，我不敢讓自己去想未來的事……只敢往後回顧。再過幾個月、幾星期或幾天……天曉得多久？……我就會去華倫之家，妳不可能跟著我去那裡。」

「不會，」她承認，「我甚至可能也不會去那裡看你。一旦你去了華倫，我就會盡量忘掉你。我不會假裝成另一回事，但在你去那裡之前，我們也沒有各自保持孤獨的理由。」

我還沒再說什麼，她就吻了我。她在我旁邊的沙發上坐著，頭倚在我胸前。我等待著，但沒有恐慌出現。愛麗絲是個女人，但查理現在或許已經知道，她不是他的母親或妹妹。

知道我已度過危機，感覺如釋重負，我鬆了口氣，因為再沒有什麼可以阻止我。已經沒有時間害怕或假裝，因為我已不可能再和另一個人經歷這樣的事。所有障礙都已移除，我已解開她加諸的束縛，走出迷宮的終點，而她就在那裡等我。我全心全意地愛她。

我不需假裝了解愛情的奧秘，但這回並不只有性或女人的身體，我覺得我被升離地面，跳脫恐懼與折磨，屬於一個比自己更宏大的個體。我升離自我心靈的暗房，成為別人的一部分……就像那天在沙發上接受心理治療時的經驗一樣。這是往外邁向宇宙的第一步……宇宙之外……因為我們在宇宙中與之融合，重新創造與延續人類的精神。我們既向外擴張與爆裂，也向內收縮與成形，這是存在的節奏……就像呼吸、像心跳，或是白天與夜晚……而我們身體的節奏也在我的心靈中激起回響。這是重返那奇怪幻象的方式。覆蓋在心靈上的灰暗升離，光芒穿透其中，進入我的頭腦（多奇怪，那光芒竟會讓我目眩！），我的身體被吸回大片汪洋中，在海洋下的奇妙浸禮中洗滌。我的身體因為給予而驚顫，她的身體因為接受而驚顫。

這是我們相愛的方式，直到夜晚轉成靜謐的白晝。我和她一起躺在那裡時，我了解肉體的愛有多重要，我們需要埋在彼此懷裡，一面給予，一面接受。宇宙在爆裂，每個微粒彼此遠離，我們被拋入黑暗與寂寞的空間，把我們永遠地撕開……胎兒離開母體，朋友和朋友分別，每個人彼此分離，踏上自己的道路，邁向孤獨死亡的目標。

但這也是種抗衡，是束縛與抓牢的行為。就像在暴風雨中，人們為避免從船上被掃落海底，必須緊抓彼此的手，抗拒被撕離。所以，我們的身體也融合成人類鎖鏈中的一個連結，以免被掃落到虛無中。

在我沉入睡眠之前的片刻，我想起和費伊在一起的情形，我笑了起來。難怪我們的相處是那麼容易，因為那只是肉體關係，與愛麗絲的結合卻是一種神秘。

我傾身向前親吻她的眼睛。

愛麗絲現在已了解我的一切，也接受我們只能相處短暫時間的事實。她同意，當我要她走的時候，她會離開，想到這點就令人痛苦，但我猜想，我們擁有的已經比多數人一生中找到的更豐富。

10月14日

早上醒來時，我不知道身在何處，或是我在這裡做什麼，然後看到身邊的她，於是我想起來。當我發生狀況時，她都感覺得到，但她只是靜靜在公寓中移動，做早餐、清理房間或走出去，不問任何問題，讓我單獨面對自己。

今晚我們去聽一場音樂會，但我覺得乏味，我們中場就離開。我似乎已不太能集中精神，之所以會去，是因為我知道自己曾經喜歡史特拉汶斯基的音樂，但我現在對他已不再有耐心。

愛麗絲在身邊的唯一壞處，是我覺得現在必須對抗這件事。我想要停下時間，把自己凍結在這個層級，絕不放她走。

10月17日

我為何不記得？我必須努力抗拒這種怠惰狀態。愛麗絲告訴我，我躺在床上好幾天，似乎不知道自己是誰或身在何處。然後，記憶突然悉數回來，我認出她後知道發生了什麼事。這是失憶神遊症，第二幼年期的徵兆……他們是怎麼說的？……老糊塗？我可以看到自己正一步步變成老糊塗。

一切是那麼殘酷地合乎邏輯，這是加快所有心智程序的結果。我快速地學了那麼多，現在我的心智也同樣快速地惡化。如果我不讓它發生？如果我抗拒，又會如何呢？我想起華倫之家的那些人，空洞的笑容，漠然的表情，每個人都在嘲笑他們。小查理・高登正隔著窗格凝視我。天哪！別讓這件事再發生。

10月18日

我逐漸忘記剛學到的東西。看來一切都照著經典模式發生，最後學的最先忘記。模式就是這樣嗎？最好再確認一下。

重讀我的「阿爾吉儂——高登效應報告」，雖然知道這是我寫的，我卻仍然覺得是出自別人之手，我甚至讀不懂大部分內容。

但我為什麼這麼暴躁？何況愛麗絲還對我這麼好？她維持住處的條理和潔淨，隨時把我的東西放回定位，並且洗碗盤、擦地板。我不該像今天早上那樣對她吼叫，因為我把她弄哭了，我不要這種事再發生。但她不該把破碎的唱片、樂譜和書本撿起來，全都整齊地收進一個箱子，這讓我很生氣。我不要別人碰這些東西，我要看到它們堆在那裡，提醒我正要離開的世界。我把箱子踢翻，讓所有東西散滿地板，我告訴她，就讓它們留在那裡。

實在是愚蠢，毫無理由。我猜我是覺得被刺傷才發作，我知道她認為留下這些東西是很蠢的事，但她沒有告訴我她的想法，只是假裝一切都很正常，她是刻意迎合我。我看到箱子時，就想起華倫之家的那個男孩，那個做得歪七扭八的燈座，以及我們曲意迎合他的方式，假裝他做了什麼了不得的作品似的。

她就是這樣在迎合我，我沒辦法忍受。

她到臥室哭泣時，我覺得很難過，我告訴她這都是我的錯，我不值得她對我這麼好。為什麼我不能控制自己？我只要好好愛她就可以了。這樣就夠了。

10月19日

運動神經的功能減弱。我不斷絆倒或弄掉東西，起初我不覺得是我的問題，而是愛麗絲變換了東西的位置，字紙簍擋住我的路，椅子也是，所以我認為是她移動了東西的位置造成的。

現在我知道我的動作協調已經變差，必須放慢動作，才能把事情做好，而打字也愈來愈困難。我為什麼不斷責怪愛麗絲？她為何從不爭辯呢？這只會讓我更加生氣，因為我在她的臉上看到憐憫的表情。

我現在唯一的樂趣就只有電視機了。我一天的大部分時間都在看猜謎節目、老電影、肥皂劇，甚至兒童節目和卡通。我就是沒辦法把電視關掉。深夜的時候，電視裡有老電影、恐怖片、深夜秀、深深夜秀，甚至結束夜間廣播前的佈道，以及背景有國旗飄揚的「星條旗」國歌。最後，只剩電視台的測試圖經由螢幕的小窗框，像是從不闔上的眼睛回瞪著我……

我為什麼總是經由窗戶來看人生呢？

等所有節目都結束後，我會對自己感到噁心，因為我只剩下很少的時間閱讀、寫作與思考，而且我應該很清楚，我不能拿這些以我身上的幼童為目標的廢物，來毒害我的心靈，特別是我身上的幼兒已經要索回他的心靈。

這些我都很清楚，但當愛麗絲告訴我不要浪費時間時，我就會生氣，要她少管閒事。

我覺得我所以看電視，是為了可以不必思考，不用去想起麵包店、我的母親、父親以及諾瑪。我不要再想起過去。

今天我承受了一個可怕的驚嚇。我拿起一篇我在研究中用過的文章，柯魯格的〈論心理的整體〉，想看看能否幫助我了解自己的論文，以及我在報告中做了什麼。起初，我以為是我的眼睛出了問題，然後我了解我再也讀不懂德文。我又以其他的語文測試，都丟光了。

10月21日

愛麗絲離開了。讓我看看我還記不記得。起先她說，我們不能這樣住下去，地板上都是撕碎的書本、紙張與破唱片，整個房間一團亂。

「不要動那些東西。」我警告她。

「你為什麼要這樣子過活？」

「我要所有東西都留在我放的地方，我要看到它們在那裡。妳不曉得那是什麼感覺，當妳身體內部發生改變，妳卻看不到，也無法控制，只知道所有的東西都將從妳的指間流逝。」

「你說得沒錯，我從來沒說我了解發生在你身上的事。當你變得對我來說是太聰明時，我不了解，現在一樣也不了解。但我可以告訴你一件事，在你手術之前，你並不是這個樣子。你不會在自己的穢物中打滾，不會沉迷於自憐，不會整天整夜坐在電視機前污染自己的心靈，更不會大聲對別人咆哮。你有些令我們尊敬的特質……沒錯，即使是過去的你。你身上有些我從來沒在其他弱智者身上見過的特別東西。」

「我並沒有後悔接受實驗。」

「我也不後悔，但你已失去一些你以前的特質。你以前會微笑……」

「空洞、愚蠢的笑容。」

「不，是親切、真誠的笑容，因為你希望大家喜歡你。」

「而他們卻愚弄我、嘲笑我。」

「沒錯，但即使你不了解他們為什麼笑，你意識到如果他們會嘲笑你，他們就會喜歡你。而你就是希望大家喜歡你。你的舉止就像個孩子，你甚至和他們一起笑你自己。」

「如果妳不介意的話，我現在可不想嘲笑我自己。」

她努力想忍住不哭，而我卻想把她弄哭。「也許是因為這樣，我才覺得學習是很重要的事。我認為這樣能讓別人喜歡我，我以為這樣能讓我擁有朋友。這很可笑，不是嗎？」

「還有比擁有高智商更重要的事。」

這讓我很憤怒。也許那是因為我並不真正了解她的意思，最近幾天來，她愈來愈少直接說出她真正的心聲，常常是另有所指。她繞著圈子說話，並期待我了解她的想法。我聽她說話，假裝我了解，但在我內心，我卻害怕她會知道我完全不懂她的意思。

「我想現在是妳應該離開的時候了。」

她的臉色變紅。「不，查理，時間還沒到，不要趕我走。」

「妳讓我的處境變得困難，妳不斷假裝我可以了解或做些現在已遠超出我能力範圍的事。妳一直在逼我，就像我的母親一樣……」

「這不是事實！」

「妳做的每一件事都是。妳在我背後收拾與清理東西，妳把書本留在四周，以為我會重新對閱讀產生興趣，以及妳和我談新聞，想引發我思考的方式。妳說這沒有關係，但妳做的每一件事都說明，這些事大有關係。妳總是像個小學老師一樣。我不想去聽音樂會、逛博物館、看外國電影，或是會讓我痛苦地想起生活或我自己的一切事情。」

「查理……」

「不要管我，我已不是我自己。我正在解體，我不希望妳在這裡。」

這些話讓她哭了起來，今天下午她收拾行李離開了。公寓裡現在顯得安靜與空洞。

10月25日

持續惡化。我已放棄使用打字機，動作的協調太差了。從現在起，我必須用手寫來記錄我的報告。

我認真思考愛麗絲說的話，我想到如果我繼續閱讀與學習新的事物，即使我不斷忘掉舊的東西，我還是可以保留一些智慧。我現在搭著下樓的電扶梯，如果我站著不動，就會一路降到底部。但如果我開始往上爬，也許我至少還能維持原來的水準。重要的是，不論發生什麼事，都要繼續往上移動。

所以，我去圖書館弄一堆書來讀。我現在讀很多東西，多數的書對我都太難，但我不在乎。只要我繼續讀，我就會學些新東西，不會忘掉怎麼閱讀。這點才是最重要，只要我不斷地讀，也許我可以挺住在這個水準上。

愛麗絲離開的隔天，史特勞斯醫生來看我。他假裝只是要來拿進步報告，但我說我會把報告寄過去。我不要他過來這裡。我告訴他不必為我擔心，如果我覺得我已無法照顧自己，我就會搭上火車，前往華倫之家。

我告訴他，當時機來臨時，我寧可自己一個人前往。

我嘗試和費伊說話，但我看得出來她很怕我。我猜想她一定以為我已經瘋了。昨晚她帶了一個人回家……那個人似乎很年輕。

今天上午，女房東穆尼太太端了一碗熱雞湯和一些雞肉過來，她說她只是想來看看我，了解我的情況如何。我說我有很多食物可以吃，但她還是把東西留下來，味道很不錯。她假裝她是自己想要過來，但我還沒有那麼笨。一定是愛麗絲或史特勞斯要她過來看看，確定我的情況還好。好吧，那也沒關係。她是位親切的老太太，說話有愛爾蘭腔調，她喜歡談論住在整棟樓裡的房客。她看到我房間內地板上的混亂情況時，也沒有多說什麼。所以，我想她沒有問題。

11月1日

我已經一星期不敢提筆寫東西。我不知道時間都到哪裡去了。我知道今天是星期日，因為我可以從窗戶看到人們走過街道去上教堂。我大概整星期都躺在床上，但我記得穆尼太太有幾次送食物給我，並問我是不是生病了。我要怎麼辦呢？我不能一直單獨待在這裡，整天看著窗外。我必須掌握自己。我一直在說我必須做點事，但馬上就忘掉，也許不要去做我說要做的事，可能比較容易些。

我仍然有一些從圖書館借來的書，但大部分對我都太難了。我現在讀許多神秘故事，以及有關古代國王與皇后的書。我讀到一本書，說到有一個人自認是騎士，他騎著一匹老馬和他的朋友一起出遊。但他不論做什麼事，最後總是被打敗並且受傷，就像他把風車當作是龍的時候。起初，我以為這是一本愚蠢的書，因為只要他不是瘋子，他一定不會把風車看作龍，而且世界上也沒有巫師與魔法城堡。然後，我記得書中還有其他應有的涵義……有些故事中沒有明白說出來，只隱約暗示的意義。但我不知道是什麼。這讓我很生氣，因為我覺得我以前都會知道。但我每天繼續閱讀與學習新的東西，我知道這對我會有幫助。

我知道在寫這篇之前，我應該寫下更多的進步報告，好讓他們知道我經歷了什麼事。但寫東西已變得愈來愈難，連一些簡單的字我也必須翻字典。這也讓我對自己生氣。

11月2日

我忘了在昨天的報告中，記下對面巷子大樓裡比我低一層的女人。上個星期，我從廚房的窗戶看到她。我不知道她的名字，或是她的上半身長什麼樣子。但每個晚上大約十一點時，她都會進去浴室洗澡。她從來不拉下窗簾，如果我關掉燈，她走出浴室擦乾身體時，我可以從窗戶看到她脖子以下的身體

這讓我很興奮，但當她切掉電燈時，我就覺得失望與孤單。我希望有時候能夠看到她的模樣，好知道她是否漂亮。我知道在這種情況下看女人是不好的，可是我沒有辦法。但如果她不知道我在看她，這反正也沒有什麼差別。

現在已經快十一點，是她洗澡的時間了，所以我最好去看看……

11月5日

穆尼太太很擔心我。她說我整天躺著無所事事的樣子讓她想起兒子被她趕出家門之前的模樣。她說她不喜歡遊手好閒的人。如果我生病了那是一回事但如果我只是遊手好閒那是另外一回事她也拿我沒辦法。我告訴她我生病了。

我盡量每天讀一點東西多數都是故事書但有時候我必須同樣的東西讀很多次因為我不懂其中的意思。而且寫字很難。我知道我必須在字典中查所有的字但我一直都覺得很疲倦。

然後我想到我可以只用簡單的字不要去用困難的字。這樣可以節省很多時間。外面已經變得寒冷但我仍然放花在阿爾吉儂的墳上。穆尼太太認為我放花在一隻老鼠的墳上實在很笨

但我告訴她阿爾吉儂是一隻很特別的老鼠。

我到走廊對面拜訪費伊但她叫我走開而且不要再來。她在她的門口換了一個新鎖。

11月9日

又是星期日了。我沒有什麼事可以讓我忙碌因為電視機壞了而我一直忘記找人修理。我想我弄丟了大學給我的這個月支票。我不記得了。

我的頭很痛而吃阿斯匹靈也沒有什麼用。穆尼太太現在相信我真的生病了所以她為我感到南過。當有人生病時她是個很好的女人。現在外面變得很冷我必須穿兩件毛衣。

對面的女士現在都拉下窗簾所以我再也看不到。真是倒霉。

11月10日

穆尼太太找來一位奇怪的醫生來看我。她說她擔心我會死掉。我告訴醫生我沒有病得那麼重只是有時候會忘記東西。他問我有沒有朋友或親戚而我告訴他我沒有任何朋友。我告訴他我曾經有位叫阿爾吉儂的朋友但它是一隻老鼠我們經常一起比賽。他很好笑的看著我好像我已經發風了似的。

我告訴他我以前是個天才時他笑了起來。他像對待嬰兒一樣和我說話並且對著穆尼太太眨眼。我很生氣因為他在朝笑我所以我把他趕出去並且鎖上門。

我想我知道我為什麼運氣不好。因為我丟掉了我的兔腳和馬蹄鐵。我必須趕快在去弄另一個兔腳。

11月11日

史特勞斯醫生今天來到門口而愛麗絲也來了但我不讓他們進來。我說我不要任何人來看我。我要獨自一個人。後來穆尼太太帶著一些食物上來。她告訴我他們付了房租並留下錢讓她買食物以及我需要的任何東西。我告訴她我在也不要用他們的錢。她說錢就是錢總是必須有人付房租否則她就要把我趕出去。然後她說我為什麼整天遊手好不閒不出去找工作。

除了以前在面包店的工作外我不知道還有什麼事可以做。我不要回去那裡因為他們在我聰明的時候就認識我他們可能會朝笑我。可是我不知道還有什麼事可以賺錢。我要什麼事都自己付錢。我很強壯而且可以工作。如果我不能照故我自己我就會去華倫之家。我不要別人的就濟。

11月15日

我看了一些我以前的進步報告但是很奇怪我讀不董我寫的東西。我看得董一些字但不知道意思。我想這些是我寫的但我不太記得了。我試著讀我在雜貨店買的一些書時很快就覺得疲倦。但有漂亮女孩照片的那幾本就不會。我喜歡看她們但作了關於她們的奇怪的夢。這不太好。我在也不要買這種書了。我在其中一本書裡看到他們有魔粉能讓人變得強壯和聰明並且做很多的事情。也許我因該去買一些給自己用。

11月16日

愛麗絲又一次來到門口但我說走開我不要見妳。她哭了起來我也跟著哭但我不讓她進來因為我不要她朝笑我。我告訴她我不在喜歡她而且我在也不要變聰明。這不是真的。我仍然愛她仍然想要變聰明但我必須這樣說才能讓她離開。穆尼太太告訴我愛麗絲帶了更多錢要來照故我並且付房租。我不要我必須去找工作。

拜託……拜託不……不要讓我忘記怎麼讀和寫……

11月18日

我回去面包店找杜納先生請他給我以前的工做時他對我很好。起初他很懷疑但我告訴他發生在我身上的事情後他看起來很傷心然後他把手放在我的肩上說查理你真有種。

我到樓下開始工做像以前一樣清掃廁所時大家都在看我。我告訴自己查理如果他們取笑你不要生氣因為你必須記得他們不是像你以前想的那麼聰明。而且他們曾經是你的朋友如果他們朝笑你那並不表示什麼因為他們也喜歡你。

一位我離開後才來這里工作的新人他的名子叫作梅爾・克勞斯他對我做了一件不好的事。我在搬面粉的時後他過來對我說嗨查理我聽說你是個很聰明的家伙……一個真正聰明的神童。說些聰明的話來聽聽。我覺得很不舒服因為從他說話的方式我知道他在朝笑我。所以我繼續我的工做。但他就走過來很很的抓住我的手並且對我吼叫。我在和你說話的時後你最好給我注意聽。要不然我就打段你的手。他扭痛了我的手我很怕他會像他說的一樣折段我的手。而且他一面笑一面扭我的手我不知道怎麼辦。我害怕到想哭但沒有哭出來然後我必須去廁所真是要命。我的胃在我身體內整個扭動起來好像如果我不立刻去廁所我一定會爆裂開來……因為我在也忍不住了。

我告訴他拜託放開我因為我必須去廁所但他只是朝笑我而我不知到怎麼辦。所以我就開始哭起來。放開我。放開我。然後我就拉出來了。我拉在褲子裡聞起來很臭而我一直哭。他放開我並做了一個噁心的表情然後看起來有點害怕。他說我發誓我沒有惡意查理。

但這時候喬・卡普進來了他抓著克勞斯的襯衫說你這個可惡的雜種不要惹他否則我就捏

段你的脖子。查理是個好人凡是欺負他的人都必須付出代價。我覺得很丟臉便趕緊跑去廁所洗乾淨和換衣服。

我回來的時候法蘭克已在那裡喬告訴他發生的事。然後金皮也來他們又告訴他經過的事他說他們必須把克勞斯趕走。他們要叫杜納先生把他開除。我告訴他們不要趕他走害他必須去找工作因為他有一個太太和一個小孩。而且他已經對他做的事說他很抱欠。而且我記得我自己被面包店開除時我也很傷心地離開。我說克勞斯因該有弟二次的機會因為他現在不會在對我做不好的事了。

後來金皮拖著他的壞腳過來他說查理如果有人惹你或想占你便宜你就告訴我或喬或是法蘭克我們會把他擺平。我們要你記住你在這里有朋友決對不要忘記。我說謝謝金皮。那讓我覺得很棒。

有朋友真好……

11月21日

今天我做了一件很笨的事我忘了我已經不在紀尼安小姐的成人中心班級上課。我走進去坐在教室後面的老位子上她看到我時表情很怪然後問說查理你都到拿裡去了。所以我說哈囉紀尼安小姐我今天已準備好要上課只是我弄丟了我們在用的書本。

她開始哭起來並且跑出去教室。大家都轉頭看我而我發現很多人都不是我以前班上的同學。

然後我突然想起有關手素以及我變聰明的一些事情。於是我說天哪我這次真的擺了查理‧高登一道。我在她回教室之前就離開了。

那就是我為什麼要永遠離開這里去華倫之家的原因。我不要在做出這樣的事來。我不要紀尼安小姐為我難過。我知到面包店里的每個人都為我難過但我也不要這個。所以我要去一個有很多像我一樣的人的地方那里不會有人在乎查理曾經是個天才而現在卻連書也看不董或是字也寫不好。

我代了好幾本書一起走就算我讀不董我也會認真練習。說不定我不須要手素就可以比手素前的我還聰明一點。我弄了一隻新的兔腳甚至還有一些摩粉也許他們會幫上忙。

紀尼安小姐如果妳有機會讀到這個請不要為我難過。我很感機我就像妳說的得到生命中的第二次機會。因為我學到很多我以前甚至不知到這世界上真的存在的事情。我很高興能夠看到這些即使只是很短的時間。我很高興我發現了所有關於我的家人和我的事。好像在我想起他們並且看過他們之前我並沒有家人似的但現在我知到我有家人而且我和大家一樣也是一個人。

我不知到為什麼我又便笨或是做錯了什麼事。也許那是因為我不夠用工或是因為有人用邪眼害我。但是如果我努力嘗試而且非常用工練習也許我就可以便得聰明一點並且董得所有字的意思。我還記得一點點讀那本書面已經被撕破的藍色書時感受到的快樂。當我閉上眼睛時我會想起撕破那本書的人。他看起來和我很像只是他看起來很不一樣說話也不同但我不任為他就是我因為我好像是從窗戶看到在外面的他。

無論如何那就是我繼續想要便聰明的原因這樣我才能在次有那種感覺。聰明並且知到很多東西是很棒的事情我旦願我能夠知到世界上的所有事情。我希望我現在就能夠在便聰明。如果我能的話我就會坐下來一直讀書。

無論如何我感說我是世界上第一個為科學找出一些重要花現的笨蛋。我做了一些事但我不記得是什麼。所以我猜我可能是為華倫之家以及全世界所有和我一樣的笨蛋做了一些事。

再見了紀尼安小姐還有史特勞斯醫生以及所有的人……

還有：請告訴尼姆教受當別人朝笑他時皮氣不要那麼暴躁這樣他就會有更多的朋友。如果你讓別人朝笑你你就比叫容易有朋友。我要去的地方我將會有很多的朋友。

還有：如果你有機會請放一些花在後院的阿爾吉儂墳上。

第5位莎莉 新譯本。

丹尼爾·凱斯Daniel Keyes——著

《24個比利》作者丹尼爾·凱斯作者刻劃多重人格的精采姊妹作！
無解的騷動，錯亂的意識，陌生的靈魂，究竟是你／不是你？

莎莉依稀記得這樣的畫面：小時候，她帶著四個寶貝娃娃躲到衣櫥裡，度過難以忘懷的秘密時光，她們不僅是小莎莉最親密的玩伴，更帶她逃離童年歲月不堪回首的夢魘。長大後的莎莉再平凡不過，但她卻隱隱覺得有人一直在偷她生命中的時間，一小時又一小時、一天接著一天……

她失去時間、失去記憶，因為她只擁有1/5個自己。她不知道在她一個身體裡其實住著五個靈魂，有時她是諾拉，愛好藝術與閱讀，急欲尋求生命的真理；有時她是貝蕾，性感撩人，喜歡跳舞、音樂；有時她是憤世嫉俗的金妮，殘酷冷血，殺人不眨眼；有時她是杜芮，情感豐沛，對生命充滿源源不絕的熱情。

女孩們輪流登場，上演自殘、偷竊、誘惑等一齣齣荒腔走板的戲碼，直到支離破碎的生活全面失控，莎莉終於鼓起勇氣尋求艾許醫師的協助。然而他沒有想到，莎莉體內的四個女孩都想成為獨一無二的「莎莉」。此時此刻，唯有將零落的時間碎片逐步歸位，回溯她們現形的那一刻，讓塵封已久的往事重見天日，才能讓完整的莎莉重獲新生！

每個人都有不想面對的回憶，我們可以選擇遺忘或面對、抗拒或妥協。然而，當這些傷痛化作一個個與你大相逕庭的「人格」，又會變成什麼狀況？丹尼爾·凱斯這部刻劃多重人格的精采傑作，宛如鑽石稜面折射出既神祕又危險的光芒，讓我們在目眩神迷之餘，也不禁重新審視自己：哪一個我，究竟來自哪一段幽微的記憶？

鏡像姊妹

丹尼爾·凱斯Daniel Keyes—著

1個秘密、2個人格、3個預言……
誰的關鍵治療能滲透她彌封的意識？
她的亡命之旅將扭轉所有人的命運！

這是芮文第六次被送進精神病院，她在肚皮上輕輕刻下第六道傷痕，藉此讓自己清楚記得此時此刻正在發生的事。病名為人格分裂和戲劇型加邊緣型人格異常，她希望成為眾所矚目的焦點，討厭獨處，害怕被拋棄。

他們都說她病了，但芮文卻跟她的另一個人格和平共處，那是她早夭的妹妹，卻在芮文體內發展成大膽粗魯的性格。每當芮文猶豫不決或心生膽怯時，妹妹的聲音、表情就會浮顯出來。她是芮文阻隔外在世界的武器，是芮文最親密的夥伴；她的存在更代表那段緊緊纏繞芮文的童年陰影，宛如鬼魅，卻是芮文心底最堅固的倚靠。

然而有些人關注的並非芮文被兩個人格所控制的雙重人生，而是被催眠封印在她意識底層的那首預言詩，那些隱晦的字句，掩藏著決定眾人命運的關鍵訊息！精神病院遭到襲擊，芮文被迫展開一場亡命之旅。各方勢力都想從芮文身上得知預言詩的內容，但無論狂暴的追索或溫柔的療癒，唯有繞過分裂人格的重重阻礙，追溯芮文心底最幽微的記憶，才能解除預言之詩所隱藏的秘密！

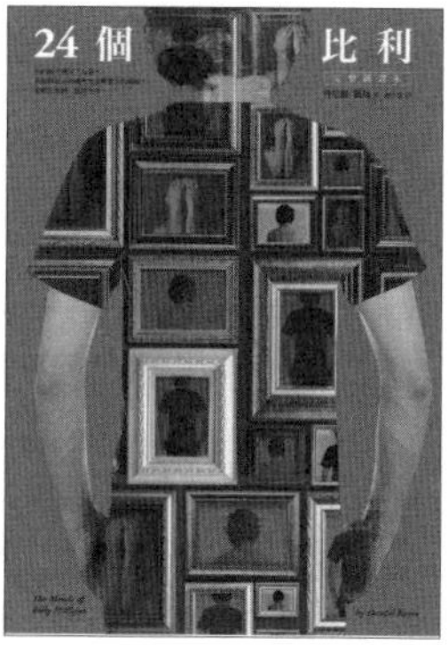

24個比利 新譯本。

丹尼爾・凱斯Daniel Keyes—著

我的意識是一幅巨大的拼圖，每個人都握有一片存在，
只有拼湊每個碎裂斷層，才能看見全景……

比利・密利根在獄中醒來，發現自己因為綁架、搶劫、強暴多位大學女生而被捕，但他卻對自己曾經犯下的罪行毫無記憶。媒體未審先判，民眾對於「校園之狼」落網更是群情激憤，檢察官也順應民意求處重刑，根本不知道發生了什麼事的比利只能撞牢房牆壁企圖自殺。

法庭決定暫緩審判，讓比利接受心理評估，醫生卻赫然發現比利飽受精神分裂之苦，在他體內共有十個主要人格、十三個被放逐場外的「討厭鬼」，以及融合所有人格的「老師」。二十四種人格不斷互相爭奪主導權，也讓比利的「時間」和「身分」陷入混亂。

面對確鑿的證據，比利究竟真的是多重人格失序的受害者，還是裝瘋賣傻、意圖脫罪的高明騙子？……

本書堪稱歷來探討「多重人格」最膾炙人口的經典之作，多年來也被列為各大學、高中、國中的最佳推薦讀物。作者丹尼爾・凱斯透過大量的訪談和調查，深刻揭露這樁創下美國司法審判史紀錄的真實事件，也完美呈現人類心靈的矛盾、複雜與脆弱。而比利要克服的不只是外界的質疑與殘酷，如何與內在所有的「自己們」和解，也將是最撼動人心的課題。

比利戰爭 新譯本。

丹尼爾・凱斯Daniel Keyes—著

我決定活下去，奮戰到底，
戰略就是待在這個星球上，把每個人都煩死……

在大審判之後過了兩年，患有多重人格障礙的比利，從原本接受治療的心理健康中心被移送到素有「地獄」之稱、專門收容精神異常罪犯的州立利馬醫院。

利馬醫院之所以被稱為「地獄」，是因為很少有病人能在這裡獲得良好的照料並痊癒，反而只要病人鬧事或不聽從院方人員的指示，就會被以激進的方式「治療」。許多人在「電擊治療」後變成植物人，或無法忍受不堪的對待而自殺。

在這樣艱難的環境下，比利幾乎沒有和外界接觸的機會，而院方開出的藥物也讓比利的意識更加混亂，還好他和幾個院友成為同甘共苦的戰友，包括開朗的喬伊、大塊頭蓋伯、有老鼠般獠牙的巴比，以及單純而膽小的理查。

然而，內有二十四個人格在互相爭鬥，外有醫護人員的肢體和語言暴力，這場看似絕望的「戰爭」，究竟能不能找出一絲光明的希望？……

本書是《24個比利》出版十三年後，才在無數讀者殷殷期盼下推出的續集。書中真實揭露精神病院罔顧人權的黑幕，也因為太具爭議性，歐美各國至今無法出版，全世界僅有中文版和日文版。而透過比利的真實故事，也讓我們看到了人性的尊嚴，即使在最幽微的黑暗中，依然熠熠生光。

日落之後

史蒂芬·金Stephen King—著

故事中的故事，超越《四季奇譚》！
書中之書，史蒂芬·金生涯攻頂之作！

就在日落之後，史考特遇見了怪事！那些死於九一一事件的同事，原本應該早已毀於大火中的遺物，竟然神秘地出現在他的公寓裡！他害怕地立刻把這些東西全都扔掉，但沒過多久，它們卻又自動回來了……

就在日落之前，圖書推銷員莫奈讓一個自稱又聾又啞的背包客搭上了自己的便車。當那人睡著時，莫奈忍不住說起自己的滿腹委屈：老婆外遇又盜用公款，連女兒的大學學費都沒了！兩天後，警方找上莫奈，告知他的妻子與情夫竟然被人殺死了……

就在丈夫詹姆士的葬禮後，憂傷的安接到一通只有她聽得見鈴聲的電話，電話彼端竟是已死的詹姆士！安問起死後的世界，並向詹姆士訴說來不及說出口的愛意；多年之後，當安再次回到舊屋，看到答錄機顯示有一通未接來電，她滿懷希望地回撥，聽到的卻是……

在一九九九年的那場車禍中，史蒂芬·金只差一點就會喪命，從此死後的世界就成為他小說題材的豐富創意來源。在《日落之後》的十三個故事中，當想像力開始奔馳，生與死的界線變得如此模糊，而愛得以穿越重重障礙，完成救贖。在大師筆下，日落之後，生命，才真正開始！

國家圖書館出版品預行編目資料

獻給阿爾吉儂的花束【新譯本】/ 丹尼爾・凱斯(Daniel Keyes)著；陳澄和譯. -- 初版. -- 臺北市：皇冠, 2010.09
面；公分. --（皇冠叢書；第4022種 CHOICE；200）
譯自：Flowers For Algernon

ISBN 978-957-33-2701-1 （平裝）

874.57 99015216

皇冠叢書第4022種
CHOICE 200

獻給阿爾吉儂的花束

Flowers For Algernon

作　　者—丹尼爾・凱斯
譯　　者—陳澄和
發 行 人—平　雲
出版發行—皇冠文化出版有限公司
台北市敦化北路120巷50號
電話◎02-27168888
郵撥帳號◎15261516號
皇冠出版社(香港)有限公司
香港銅鑼灣道180號百樂商業中心
19字樓1903室
電話◎2529-1778　傳真◎2527-0904
總 編 輯—許婷婷
美術設計—王瓊瑤
印　　務—林佳燕
校　　對—鮑秀珍・劉素芬・許婷婷
著作完成日期—1966年
初版一刷日期—2010年09月
初版十二刷日期—2024年05月
法律顧問—王惠光律師

讀者服務傳真專線◎02-27150507
電腦編號◎375200
ISBN◎978-957-33-2701-1
Printed in Taiwan
本書定價◎新台幣300元/港幣100元